昔々の昔から

イヴァーナ・ブルリッチ＝マジュラニッチ

訳＝栗原成郎

挿画　ヴラディミル・キーリン

松籟社

Priče iz davnine

by

Ivana Brlić Mažuranić

Translated from the Croatian by Shigeo Kurihara.

Japanese edition published by arrangement through The Sakai Agency

目次

昔々の昔から

ポティエフが真実にたどり着くまで

一

それは遠い、遠い昔のことです。原始の樫《かし》の森の中にある開墾地に、ヴィェスト爺さんが三人の孫と一緒に住んでいました。家に不幸があって、お爺さんは三人の男の子の孫とともに取り残されてしまい、それ以来、幼い孫たちを育ててきたのでした。その孫たちは今や成長して少年になり、お爺さんの肩まで背が伸びた子もいれば、お爺さんの肩よりも高くなった子もいます。三人の名前はマルーン、リュティシャ、ポティェフといいました。

ある春の日の朝、ヴィェスト爺さんは日の出前に起きて、三人の孫たちを起こして、前の年に野生の蜜蜂が集めておいた蜂蜜を調べに森に行かせ、蜜蜂たちが冬眠から覚めたかどうかを見てくるように言いつけました。

蜜蜂のいる場所まではかなりの道のりがありました。しかし三人の兄弟は森の中の道をよく知っていたので、迷うことなく楽しげに森の中に入っていきました。それでも森の中はまだ陽が昇っていなかったので、暗くてどことなく気味が悪く、鳥の声も獣の声も聞こえませんでした。そのためその静けさのなかで兄弟たちは少し怖くなりました。というのは夜明け近くには、太陽が昇る直前まで、森のすべての悪霊たちの支配者である意地の悪いビェソマールが梢《こずえ》から梢へと渡り歩いているからです。

そこで兄弟たちは互いに尋ね合いました。――森のかなたの世界はいったいどうなっているのだろうか、と。しかし、この三人のうち森の向こうの世界に出たことのある者はひとりもいなかったので、その世界について話のできる者はおりませんでした。そうして兄弟たちの気持ちはいっそう暗くなりました。それでも少しばかり気を晴らそうとして三人は歌をうたいはじめ、太陽が出てくるようにとスヴァロジッチに呼びかけました。

わたしの神様　スヴァロジッチ様よ
金色《こんじき》の太陽　明るい世界よ！
わたしの神様　スヴァロジッチ様
ほらほら、それそれ！

三人は声を上げてこんな歌をうたいながら、もうひとつの山が見える場所まで来ました。そこへ着いたとき、その向こうの山の頂上にそれまで見たことのない光がきらめき、金色《こんじき》の旗のように揺れ動いていました。

兄弟たちはこの不思議な光景を目の当たりにして呆然と立ち尽くしました。するとその光は山の上から消えて、ある大きな岩の上に近づき、それからさらに菩提樹《ぼだいじゅ》の大木の梢に近づいてきて、ついには三人の真ん前に来て、純金のように輝きはじめました。そして兄弟たちの前に目もくらむような衣に身を包んだとても美しい若者が現れました。その若者の周りには金色《こんじき》のマントが金色《こんじき》の旗のようにはためいていました。兄弟たちは若者の顔をまともに見ることができずに、大いなる恐れから両手で目を覆いました。

「わたしを呼び出しておきながらわたしを怖がるなんて、馬鹿な少年たちだね！」光り輝く若者は笑いました。その若者はスヴァロジッチだったのです。

「スヴァロジッチを呼んでおいて、スヴァロジッチを怖がるのかね。広い世界のことを口に出しておきながら、広い世界のことを知らないのだね。それなら、わたしがきみたちに広い世界を見せてあげよう、大地も空もね。そしてきみたちに定められた運命を教えてあげよう」

スヴァロジッチはそう言うと、金色《こんじき》のマントを振って、マルーン、リュティシャ、ポティェフの三人を裾《すそ》で捉えました。スヴァロジッチが金色《こんじき》のマントを振ると、マントははためき、兄弟たちはマントの裾に乗って巻き上げられ、ぐるぐると回りました。旋回しながら舞い上がっていくと、眼下に全世界が広がりはじめました。

まず、はじめに兄弟たちは世界にあるすべての豊かさを目にしました。野や畑や、あらゆる富や財を。次に、ぐるぐる旋回して、世界にその時あったすべての軍隊、すべての槍、すべての隊長たち、すべての戦利品を見ました。それから、さらに舞い上がり、旋回していくと、あらゆる星と星座と月と風とあらゆる雲が一度に見えました。こんなにたくさんのものを見たために兄弟たちは頭が混乱してきました。しかし、マントはためきつづけ、金色《こんじき》の裳裾《もすそ》のように、ぱたぱた、さらさらと音を立てていました。ふと気がつくと、マルーン、リュティシャ、ポティェフの三人は再び森の中の草地にいました。兄弟たちの前には金色《こんじき》に輝く若者スヴァロジッチが立っていて、前と同じように、三人に言いました。

「さて、きみたち、お馬鹿さんの少年たちよ、世界にあるすべてのものを今見ただろう。今度は、きみたちがどのような定めにあるか、そして自分の幸せを得るためには何をすべきか、よく聞きなさい」

スヴァロジッチがこう言うと、三人の兄弟はいっそう不安になって、すべてを正確に記憶しようと、気を引き締めて耳をそば立てました。スヴァロジッチは言いました。

「いいかね、きみたちがしなければならないことはこうだ。きみたちは森の中の開墾地にとどまって、お祖父《じい》さんのほうがきみたちを見捨てて出ていくまでは、お祖父さんを決して置き去りにしてはならない。そしてきみたちがお祖父さんに恩返しができるまでは、良い仕事のためであれ、悪い仕事のためであれ、決して世間に出てはならない」

こうスヴァロジッチは言うと、マントを振るい、今までいなかったかのように姿を消してしまいました。そして森に明るい朝が来ました。

森の悪霊たちの支配者であるビェソマールはこのことを全部見聞きしていました。ビェソマールは霧のように忍び寄って、ずっと兄弟たちの後をつけ、梢《こずえ》から梢へと渡り、樫《かし》の大木の枝の陰に身を隠しました。ビェソマールはもうだいぶ前からヴィェスト爺さんを憎んでいました。ビェソマールは、悪人が正義の人を憎むように、お爺さんを憎んでいましたが、ことにお爺さんが森の中の開墾地に決して消えることのない聖火をともした時に、お爺さんに対する憎しみは頂点に達しました。ビェソマールは聖火の煙のためにひどく咳が出るのでした。

それで、兄弟たちがスヴァロジッチの言うことを聞いてお爺さんのもとにとどまって、お爺さんの世話をすることに、ビェソマールは我慢ができなくなって、孫たちに反抗心を起こさせてヴィェスト爺さんに害を加えてやろうと企てました。

マルーン、リュティシャ、ポティェフがあの不思議な体験をしたあと我に戻って、家に帰る支度をはじめたとき、ビェソマールは目にもとまらぬ速さで、風をともなった雲のように、大きな柳の樹のある森の谷間に降り立ちました。その柳の樹にはあらゆる悪鬼たちがいっぱいに群がっていました。小さなものや、不恰好なものや、背中の曲がったものや、まだらなものや、やぶにらみのものなど、ありとあらゆる小鬼どもが柳の枝の上で遊び戯れていました。口笛を吹いたり、キーキー声を上げたり、おどけたりしていました。これらの小鬼どもは愚かで頭の悪い連中であって、人間の側からきっかけをつくってやらないかぎりは、どんな仕事にも適さず、人に害を加えることもできないのです。子分の鬼どもをそのような悪者に仕立てたのは親分のビェソマールです。

ビェソマールは悪鬼たちのうちから三匹の小鬼を選び出して、開墾地に出かけていって、それぞれが三人兄弟のうちの一人を自分の相手と決めて、その孫を使ってヴィェスト爺さんに危害を加えるように、命じました。ビェソマールが小鬼たちを選び出していたちょうどそのとき、マルーン、リュティシャ、ポティェフは帰りの道を歩いていましたが、突然なんとも言えない恐怖に襲われて、空中を飛行しているあいだに自分たちが見た世界のことも、スヴァロジッチに言われたことの内容も覚えていられなくなりました。

　小屋に着くと、兄弟たちは小屋の前の石の上に腰をおろして、お爺さんに自分たちの身に起こったことを話しました。

「それで、空を飛んでいるあいだお前は何を見て、スヴァロジッチに何を言われたのかね」とお爺さんは一番年上のマルーンに尋ねました。

　マルーンはどぎまぎしました。マルーンは何もかも忘れてしまい、スヴァロジッチに何を言われたかを思い出すことができなかったからです。しかしそのとき、マルーンが腰をおろしている石の下から小鬼が這い出してきました。それはまったく小さい、不恰好な、角のある、鼠《ねずみ》のように灰色の小鬼です。

　小鬼は後ろからマルーンのシャツを引っ張って、マルーンにささやきました。

「こう言うのだよ。たくさんの富があり、蜜蜂の箱が何百とあり、きれいに削られた丸太で造られた家があり、上等な毛皮がたくさんあった、とね。そしてスヴァロジッチはぼくに『きみは兄弟のなかで一番金持ちになる』と言った、とね」

　マルーンは小鬼がささやいたことが本当のことであるかどうかをよく考えもせずに、嬉しくなって、小鬼が耳打ちしたことを全部繰り返してお爺さんに言いました。小鬼はこう言ったかと思うと、あっという間にマルーンの背負い袋の中に滑り込んで、袋の中の隅に身を隠しました。

　次にお爺さんは二番目の孫のリュティシャに、空を飛んでいたとき何を見たか、スヴァロジッチに何を言われたか、と訊きました。しかしリュティシャも自分が見聞きしたものを何も思い出せませんでした。すると、石の下から二番目の小鬼が這い出してきました。とても小さい、角をもった、醜い、鼬《いたち》の

ようにこげ茶色の小鬼です。小鬼は後ろからリュティシャのシャツを引っ張って、リュティシャにささやきました。

「こう言いなさい。――大勢の武装した人々、たくさんの弓矢、大勢の鎖につながれた捕虜を見た――とね。そしてスヴァロジッチは『きみは兄弟のなかで一番強い人間になる』と言った、とね」

リュティシャは、マルーンと同じように、小鬼の秘密の助言を喜んで受け、小鬼がささやいたことを繰り返して、お爺さんに嘘をつきました。小鬼はすぐさまリュティシャの襟《えり》の後ろに回り込んでシャツの中に潜り込み、懐《ふところ》の隅に隠れました。

最後にお爺さんは一番年下の孫のポティェフに同じことを尋ねました。しかしポティェフも何も思い出せずにいました。そのとき石の下から三匹目の小鬼が這い出してきました。一番ちっぽけな、一番みっともない恰好で、角だけは大きく、土竜《もぐら》のように全身真っ黒な小鬼です。

小鬼はポティェフのシャツを引っ張ってささやきました。

「こう言いなよ。――ぼくは天の全体とすべての星とすべての黒雲を見た――とね。そしてスヴァロジッチは『きみは最も偉大な賢者となり、風が何を歌っているか、星たちが何を話しているかが分かるようになる』と言った、とね」

しかしポティェフは心から真実を愛する少年だったので、お爺さんを騙《だま》す気などなく、小鬼を足で蹴って退け、お爺さんに言いました。

「おじいちゃん、ぼくは何を見たのか、何を聞いたのか、まったく覚えていないんだよ」

小鬼はピーピー声を上げてポティェフの足に噛み付くと、蜥蜴《とかげ》のように石の下に滑り込みました。ポティェフはすばやく薬草を一本取って傷がすぐに治るように足に包帯をしました。

二

ポティェフがそうして足で小鬼を追い払うと、小鬼はまず石の下に逃げ込みましたが、そのあと草地に潜り込み、それから草地を抜けて森の中に走り込み、森の奥の谷間にある柳の樹に駆け込みました。

小鬼はビェソマールの前に出て、恐怖に震えながら言いました。「ビェソマールさま、厳しい王様、あなたさまがわたくしの相手にお決めになった少年は、こっちの思うとおりになりませんでした」

ビェソマールはものすごく腹を立てました。ビェソマールはこの三人の兄弟のことをよく知っており、とくにポティェフが本当のことを思い出すのを最も恐れていたからです。もしポティェフが本当のことを思い出したら、ビェソマールはヴィェスト爺さんからも聖火からも逃れることがどうしてもできなくなるからです。

怒ったビェソマールは小鬼の角を摑《つか》んで高々と持ち上げて、白樺《しらかば》の鞭《むち》でいやというほど打ちました。

「もう一度行ってこい」とビェソマールは怒鳴りました。「あの少年のところへ行け。あいつが本当のことを思い出したら大変なことになるんだぞ」

ビェソマールはこう言うと、小鬼を放しました。小鬼は臆病兎《おくびょううさぎ》のようにおびえて、三日のあいだ柳の葉陰に隠れて、どうやってこのむずかしい任務をやり遂げたらよいかと、いろいろ考えをめぐらせました。

「おれがポティェフのことで苦しむのとまったく同じように、ポティェフもおれのことで苦しむようにさせてやろう」と小鬼は思いました。それでもこの小鬼は単なる道化者にすぎなかったので、そのようなむずかしい仕事は本当はやりたくなかったのです。

この小鬼が柳の葉陰にそうしてうずくまっているあいだに、もう二匹の小鬼――マルーンの背負い袋の中にいる一匹と、リュティシャの懐《ふところ》の中にいるもう一匹――はすでに仕事に取り掛かっていました。マルーンとリュティシャはその日から森や谷間をさまよい歩きはじめ、家で寝ることも少なくなりました。これはみな小鬼たちがそうなるように仕向けたためです。

マルーンの背負い袋の底に潜んでいた小鬼は何よりも――自分の角以上に――富を大事なものと思っていました。この小鬼は一日じゅうマルーンの脇腹を小突いて絶えず急《せ》かせ、ぶつぶつ言いつづけました。「急げ、急げ、さあ行け！　探さねばならんぞ！　見つけ出さねばならんぞ！　野生の蜜蜂の巣をたくさん見つけて、蜂蜜を集めて、百個もの蜜蜂の巣の持ち主になれるように自分のしるしを木につけるのだ！」

小鬼がこう言ったのは、その当時は野生の蜜蜂の巣に自分のしるしをつけた者はそれだけ金持ちになれたからです。

リュティシャの懐の中にいたもう一匹の小鬼も角でリュティシャを小突きました。この小鬼は仲間のうちで最も強い鬼になり、自分たちの世界の主人になりたがっていました。小鬼はリュティシャを急《せ》き立てて森へ行かせ、四手《しで》の若木と質の良い楓《かえで》を探させ、それで勇士の武具と武器を作らせようとしたのです。

「急げ！　急いで行け！　良い木を探し出さねばならぬ。それを使って、動物や人間を恐れさせるような、勇士にふさわしい槍と弓矢を作るのだ。それでお前は一番強くて一番勇敢な勇士になるのだぞ」と小鬼は喚《わめ》きました。

マルーンもリュティシャも自分にとりついた小鬼の言うことを聞いて、小鬼に案内されるままに、自分の仕事を求めてさまよっていました。

一方、ポティェフはその日とそれにつづく三日のあいだずっとお爺さんのそばにいて、スヴァロジッチが言ったことが何であったか、一生懸命思い出そうとしていました。ポティェフはお爺さんに本当のことを話したいと願っていたのですが、本当のことはどうしても思い出せませんでした。

こうして一日が過ぎ、二日が過ぎ、三日が過ぎました。四日目になってポティェフはお爺さんに言いました。

「おじいちゃん、さようなら。ぼくは森へ出かけていって、本当のことを思い出すまで帰ってきません。たとえ百年かかろうとも」

ヴィエスト爺さんは白髪の老人であり、この世で孫のポティェフ以外のことには関心はありませんでした。お爺さんは、色褪せた木の葉が一滴《ひとしずく》の露《つゆ》をいとおしむように、この孫をいつくしみ、愛していました。それでお爺さんは呆然となって言いました。

「ポティェフよ、その本当のことというものが、わしにとってどんな意味があるのかね。お前がそれを思い出すまでにこの白髪頭の老人が三度も死ぬかも知れないのに」

お爺さんはこう言うと、心の中ではこの言葉では言い表せないぐらいに悲しくなり、「この子はわしを置き去りにするのではなかろうか」と思いました。

しかしポティェフは言いました。

「おじいちゃん、ぼくは行くよ。そうすることが正しいと思うからだよ」

ヴィェスト爺さんは賢明な老人だったので、こう考えました。――「この子は年寄りの頭よりもずっと賢い知恵があるかも知れない。ポティェフは正しい、神様に祝福された子だから、もしわしのせいで判断を間違うようなことがあれば、きっと後で後悔することになるだろう」――そう思うと、ヴィェスト爺さんはますます悲しくなりましたが、それ以上なにも言わずに孫と口づけを交わして、ポティェフを行きたいところへ行かせることにしました。ポティェフはお爺さんのことを思うと非常に心が痛み、敷居のところで考え直して、もう少しでお爺さんの家にとどまりそうになりました。しかしその思いを断ち切って、最初に決心したとおりに、森に向かって出ていきました。

ポティェフがお爺さんに別れを告げていたとき、柳の樹の葉陰に隠れていた小鬼はついに自分の困難な仕事にとりかかる決心をして、なんとしてでもポティェフにとりついてやろうと開墾地めざして出かけました。

ポティェフは森へ行く道を歩いていきました。最初の大きな石のところへ来て下を向くと、目の前に突然あの小鬼が現れました。

「やい、またこいつか！　土竜《もぐら》みたいに黒い化物め！　小さいくせに角ばかりでかいときている」とポティェフは思いました。

小鬼は道の真ん中に立ちはだかって、ポティェフに通せん坊をしました。ポティェフは自分の邪魔をするこのちっぽけな妖怪に腹を立てて、石を拾って小鬼めがけて投げつけると、角と角の間に命中しました。「やっつけたぞ！」とポティェフは思いました。ところが見ると、小鬼は生きてぴんぴんしており、石が当たったところに新しい角が二本生えていました。「えいっ、こいつは石ではやっつけることはできないぞ」とポティェフは独り言を言い、さらに自分の道を進みました。しかし小鬼はまたポティェフの前に躍り出て、左に走ったかと思うと右に走り、兎《うさぎ》のように小道をぴょんぴょんと跳んでいきました。

こうしてポティェフと小鬼は岩山の間のあまり大きくない石地の窪地《くぼち》に着きました。そこには岩清水も湧いていました。「ここに腰を落ち着けよう」とポティェフは考え、野生の林檎《りんご》の樹の下にさっそく自分のコージュフ[*1]を敷いて腰をおろしました。そこの静かな場所でポティェフは、スヴァロジッチが自分に言った本当のことは何だったのか、思い出そうとしたのです。

しかし小鬼はその様子を見ると、ポティェフの目の前の茂みのなかに座り込んで、さまざまな悪ふざけをしてポティェフを困らせはじめました。ポティェフの足元に蜥蜴《とかげ》を這わせたり、シャツに棘《とげ》のある草を投げつけたり、袖の中に螽斯《きりぎりす》を跳び込ませたりしました。「やれやれ、困ったことになったものだ」としばらくしてポティェフは思いました。「ぼくはここで落ち着いて本当のことを思い出すために、賢

＊1　コージュフ……羊皮の半コートで、ふつう表はバック・スキン、裏は毛になっている。

いお爺さんと大事な兄さんたちを置いて家を出てきてしまったのだ。それなのに今このつまらぬ小鬼を相手に時間を無駄にしてよいのだろうか」

しかしポティェフは大事な用事のためにここに来たのであるから、やはりここにとどまることが最も正しいのだ、と心を決めました。

三

こうしてポティェフと小鬼は石地の窪地で一緒に暮らしはじめました。それからは、最初の日と同じように、毎日小鬼はポティェフを悩まし、ポティェフが考えるのを邪魔しました。

美しい朝がくるとポティェフは眠りから覚め、起きあがって、嬉しくなりました。「静かな日だ、嬉しい日だ。今日は本当のことを思い出すだろう」――しかしそう思ったとたん、野生の林檎《りんご》の樹から林檎がポティェフの頭の上にばらばらと落ちてきました。ポティェフは頭がガンガンして考えが乱れました。頭上の林檎の樹の上ではあの野卑な小鬼が笑いこけ、そして笑いながら気取って見せました。ポティェフは木陰で再び一生懸命考えを集中させて、「やっと今、考えがひらめいて、本当のことが思い出せるぞ」という気がしてきました。ところが、その時またもや小鬼が接骨木《にわとこ》の木で作った水鉄砲でポティェフを狙って冷たい水を浴びせかけたので、それまで考えていたことがすぐにみな頭から抜けてしまいました。ありとあらゆる悪ふざけ、ありとあらゆる馬鹿げたことを小鬼はこの窪地で仕出かしました。もしポティェフがこれらの馬鹿げた悪ふざけを決して見る気にならなかったならば、それ以上なにも問題は起こらなかったでしょう。でも、ポティェフが自分の問題について考えはじめると、ポティェフの目はおのずとこの小鬼が仕出かす悪さに向けられてしまうのでした。

ポティェフはこのことに我慢ができなくなりました。お爺さんの家に帰りたいという気持ちがますますポティェフを苦しめ、この小鬼がそばにいたら決して本当のことを思い出せない、と思ったからです。「この小鬼からのがれなくてはならない」とポティェフは決心しました。

しかしある朝、小鬼は新しい暇つぶしを思いつきました。小鬼は岩壁のてっぺんに登りました。そこには流れ落ちる水でえぐられてできた溝がありました。小鬼は平たい木切れの上に乗って、その溝を滑り台にして稲妻のような速さで滑り降りました。小鬼はすぐにこの遊びがほかのどんな遊びよりも気に入って、仲間を遊びに加えたくなりました。それで小鬼は一本の草を取って草笛を作り、岩山や森に響き渡るように草笛を吹きました。すると茂みの中から、岩陰から、柳の葉陰から、葦《あし》の叢《むら》の中から、この小鬼と同じような小鬼たちがとび出して、駆けつけました。ポティェフにとりついていた小鬼の指図に従って、小鬼たちはそれぞれに木切れを取って岩壁の上に登りました。小鬼たちが木切れに乗り、溝を矢のように滑り降りるさまは、なかなかの見ものです。悪鬼族に属するあらゆる種類の小鬼たちがここに集まりました。駒鳥《こまどり》のように赤い色のもの、蜥蜴《とかげ》のように緑色のもの、子羊のように毛むくじゃらのもの、蛙のように毛のないもの、蝸牛《かたつむり》のような角のあるもの、鼠《ねずみ》のような不恰好なもの。どの小鬼もそれぞれに木切れに乗って溝を滑り降りていくさまは、まさに暴れ馬に乗った狂気の悪鬼軍団です。小鬼たちは途切れることなく次から次へと岩山を滑り降りていって、苔に覆われた大石が横たわっている

V. KIRIN

平地の真ん中まで届きます。そこで小鬼たちは苔の中でとまり、遊び戯れ、おどけて見せたり、とんぼ返りを打ったり、互いに背中の上を跳び越し合ったりします。このように、この笑いさざめく道化者の仲間たちは二度、三度岩滑りを楽しんでいましたが、そのあいだポティェフの心の中では二つの気分がせめぎ合っておりました。一つは、小鬼たちの遊びを見物して笑いたい気持ち、もう一つは、小鬼たちがこのような馬鹿騒ぎを起こした以上、この騒々しさの中で考えを集中させて、真理を知ることなどできるはずがないという忌々《いまいま》しさです。ポティェフの心はあっちに揺れたり、こっちに揺れたりしましたが、ついにポティェフは心を決めました。「笑いも馬鹿騒ぎももうたくさんだ。ぼくはこんな怠け者たちと縁を切らなければならない。こいつらと一緒にいて時間を無駄に過ごしてしまったぞ」

ポティェフは目を上げて、小鬼たちの乗った木切れが溝から真っ直ぐ泉に向かって滑り落ちていくとき、もし苔に覆われた大石がなかったならば、小鬼たちが真っ逆さまに泉の中へ落ちることに気がつきました。ポティェフはこの大石に近づいて、小鬼たちが喚声と笑い声をあげて木切れに乗って岩山を滑り降りていたとき、すばやくその大石を転がして除きました。それでこの気違いじみた軍勢は全員、泉に向かってまっしぐらにとんでいきました。小鬼たちは、駒鳥《こまどり》のように赤い色のものも、蜥蜴《とかげ》のように緑色のものも、子羊のように毛むくじゃらなものも、蛙のように毛のないものも、蝸牛《かたつむり》のような角の生えたものも、鼠《ねずみ》のように角のない不恰好なものも、それに第一番に、ポティェフにとりついていた小鬼も、全員残らず、次から次に真っ逆さまに、もんどりうって泉の中に落ちました。

そこでポティェフはすかさずその大石で泉に蓋《ふた》をしました。こうして小鬼たちは、蠅《はえ》取り壜《びん》の中の蠅のように、捉えられてしまいました。

ポティェフは、これで小鬼どもの災いを免れることができた、と思って嬉しくなり、その場を去り、平安のうちに本当のことを思い出すために木陰に座りました。

ところがこれがポティェフにとってとんでもない災難となりました。というのは、小鬼たちは泉の中で今までなかったほどに激しく暴れ、荒れ狂いはじめたのです。泉の中から石のすべての裂け目や隙間を通して、小鬼たちが断末魔の苦しみから吐き出す小さな炎が噴出しました。炎は泉の周囲で跳びはね、震えはじめたので、ポティェフは頭がぐらぐらしはじめました。ポティェフは炎に考えを邪魔されないように目を覆いました。

しかし泉の中はあまりにものすごい騒ぎ声、怒鳴り声、ピーピー声、キーキー声、喚《わめ》き声、唸《うな》り声、助けを求める悲鳴に湧きあふれたので、ポティェフは耳の鼓膜が破れそうになり、なにか真面目なことを考えるどころではありません。ポティェフは聞くまいとして耳をふさぎました。

しかしそのとき、小鬼たちが断末魔の苦しみから吐き出した硫黄ガスと煤《すす》がポティェフを襲いました。このガスと煤のためにポティェフは息が詰まりそうになりました。

ポティェフは事態がなにも良くなっていないことを悟りました。「ああ、今やっとわかったぞ。閉じ込められた小鬼どもは自由の身である時よりも百倍も悪いのだ。こいつらからどうしても逃れられないのなら、こいつらを放してやったほうがましだ。助けを求める悲鳴よりもこいつらの馬鹿騒ぎのほうがまだ我慢できる」とポティェフは独り言を言いました。

ポティェフは泉に近づいていって大石を取り除きました。びっくり仰天した小鬼たちは、蜘蛛《くも》の子を散らしたように、四方八方にとび散り、森のあちこちに逃げ去って、岩山の窪地《くぼち》には二度と姿を現しませんでした。

ただ一匹、土竜《もぐら》のように黒くて大きな角をもった例の小鬼だけはビェソマールを恐れるあまりポティェフから離れようとはしませんでした。

しかしその日以来、小鬼はなんとなくおとなしくなり、これまでと違ってポティェフに一目置くようになりました。

こうしてポティェフと小鬼はまがりなりにも互いに馴れ合って一緒に暮らしはじめました。

あれからほとんど一年がたちましたが、ポティェフは本当のことがまだどうしても思い出せません。

——スヴァロジッチは実際に自分に何を言ったのか？

このような生活がつづいて一年目の日が近づいたとき、小鬼は再びポティェフを悩ませるようなことをしはじめました。「おれはいつまでここにいなければならないのか」と小鬼は思いました。それで、ある晩ポティェフが眠りにつこうとしていたとき、小鬼はポティェフのそばに来て言いました。

「いいかね、お前さん、ここへ来てやがて一年になるというのに、それがお前さんにとって何になるのかね？　こうしているあいだに、お前さんのお祖父《じい》さんは開墾地で死んでしまったかも知れないではないか！」

ポティェフの心は、まるで針に刺されたように、痛みましたが、それでもポティェフは言いました。

——「いや、ぼくは真実を知るまではここを立ち去らない、と自分で心を決めたのだ。真実は何事にもまさるからだ」——ポティェフは祝福された正義の人だったので、こういう言葉が出たのです。

しかしそれでもポティェフは、小鬼がお爺さんのことを思い出させたことで深い物思いに沈み、ひと晩じゅう寝つかれずに悶々《もんもん》とし、大切なお爺さんは家でどうしているのだろう、と思いながら絶えず寝返りを打っていました。

四

一方、この間《かん》お爺さんは開墾地でマルーンとリュティシャと一緒に暮らしていましたが、お爺さんの生活はたいへん重苦しいものになりました。孫たちはお爺さんの世話をしなくなり、なんの手伝いもしなくなりました。二人ともお爺さんに「おはよう」も「おやすみなさい」も言わなくなり、いつも自分たちの用事で駆けずり回り、背負い袋の中にいる小鬼と懐《ふところ》の中に隠れている小鬼の言うなりになっていました。

マルーンは毎日森から新しい蜜蜂の巣を運んできて、丸太を削り、組み立て、ついに新しい小屋を建てました。それに加えて、十本の計算用の棒に貸付金の額を刻み付けて、毎日それを数え、数え直して、満期の来る日を心待ちにしていました。

リュティシャは猟と略奪に行っては毛皮や獲物の鳥獣を持ち帰り、また戦利品やいろいろな財を運んできました。あるとき二人の捕虜を連れてきて、一日じゅう働かせて、自分たち二人の兄弟に仕える奴隷にしました。こういうことはお爺さんにとっては心苦しく、不愉快でした。孫たちはお爺さんを疎《うと》ましく思い、ますます反感をつのらせていきました。お爺さんは奴隷に仕えられるのを好まず、自分で薪《まき》を割り、泉から水を運んできて、孫たちに恥をかかせるばかりです。二人の孫にとってはそんなお爺さんは無用な老人にすぎません。お爺さんのすべてが孫たちにとって不愉快でした。ことにお爺さんが毎日聖火に薪をくべることが不愉快でなりません。ヴィェスト爺さんは、これがどういうことになるか、そして一家にとって終わりが近いことを、はっきり理解していました。お爺さんは命が惜しいとは思いませんでした。生きながらえたとて何になろうか――お爺さんは、老いの身にとっての喜びであり、祝福された、いとしい孫のポティェフに会うことなく死ぬことだけが唯一の心残りでした。

ある日の晩（それはポティェフがお爺さんのことを思って、心が千々《ちぢ》に乱れた時とちょうど同じ晩のことでした）、マルーンはリュティシャに言いました。

「なあ、リュティシャ、おれたちあの老いぼれにおさらばしようじゃないか。お前は武器を持っているから、爺さんを泉のところで待ち伏せして殺してしまえ」

マルーンがこう言ったのは、マルーンが何がなんでも古い家の建っている場所に養蜂場を建設したかったからにほかなりません。

「兄さん、それはできない」とリュティシャは答えました。リュティシャは殺害や略奪の生活を送っていたにもかかわらず、金持ちになることだけを望んでいるマルーンほど心は残酷ではありませんでした。

しかしマルーンはどうしても譲りません。背負い袋の中にいる小悪魔が絶えずマルーンをそそのかし、耳打ちしていたからです。この小悪魔は自分こそが一番にヴィェスト爺さんを破滅させることに成功してビェソマールから大いに褒められる者だと思っていました。

マルーンはリュティシャをそそのかしましたが、リュティシャはお爺さんを自分の手で殺すことだけはしたくありませんでした。話し合いの末に二人はその晩、古い小屋に火をつけるということで話をつけました。小屋が燃えてしまえば、中にいるお爺さんも焼け死んでしまうという魂胆です。

開墾地に夕べの静けさがおとずれるころ、兄弟は奴隷たちに命じて、森の中に仕掛けておいた罠《わな》を調べに行かせ、自分たちは辺りの様子をうかがってヴィェスト爺さんの小屋に近づき、お爺さんが火の手から逃れられないように戸に外からしっかりつっかい棒をして、小屋に四方八方から火をつけました。

そこまでのことをやると、兄弟は、お爺さんの助けを呼ぶ声を聞かずにすむように、森の方角へ遠ざかりました。二人は山裾《やますそ》を回ってゆくことに決めました。すべてが終わる朝までに、つまり小屋もお爺さんも焼けてしまう頃までに、帰ればよいとわざと遠回りの道を選んだのでした。

二人が立ち去ったあと、火は四隅からゆっくりと燃えはじめました。しかし小屋は石のように硬い胡桃《くるみ》の大木を材料にして建てられていたために火の回りが遅く、炎がすぐに小屋全体を舐《な》め尽くすにはいたりませんでした。しかし夜遅くなって、火は屋根に燃え移りました。

ヴィェスト爺さんは目を覚まし、目を開けて見ると、頭上の天井が燃えています。お爺さんは起き上がって戸口に行きましたが、戸は外からつっかい棒でしっかり閉められていたので、それが誰の仕業《しわざ》かすぐに分かりました。

「ああ、わしの孫たち、かわいそうな子どもたち」と老人は言いました。

「お前たちは魂の抜け殻だ。財産を増やすことしか頭にない。財産がたくさんあってもお前たちにはまだ足らないのか。自分たちの生まれた家を燃やして、祖父《じい》さんを焼き殺そうとするお前たちの心はもうすっかり空っぽになってしまっている」

ヴィェスト爺さんがこう言ったのは、マルーンとリュティシャのことを思ってのことでしたが、そのあとはこの二人の孫のことを考えることも憐れむこともやめました。ヴィェスト爺さんは座って静かに死を待ちはじめました。ヴィェスト爺さんは木箱の上に腰をかけて自分の長い人生について考えはじめました。今まで生きてきていろいろなことがあったけれども、この死を迎える時に、その身をずっと案じていた最愛の孫のポティェフがそばにいないことが何にも増して心に重くのしかかりました。

ヴィェスト爺さんがそのように考えているあいだに、屋根は松明《たいまつ》のようにすっかり炎に包まれていました。屋根組みが焼け、天井板がはじけるように燃えはじめました。燃えている梁《はり》が両側から崩れ落ち、炎に包まれた天井板が小屋の中に落ちてきました。ヴィェスト爺さんは火に囲まれましたが、崩れ落ちた屋根を通してすでに朝明けが広がりはじめた空が見えました。

ヴィェスト爺さんは立ち上がって、空に向かって両手をあげ、目を向けて、そうしたまま炎がこの世から老人とその古い家を取り去るのを待っていました。

五

その夜ポティェフは寝苦しい夜を過ごしましたが、曙《あけぼの》の光が輝きはじめたとき、ほてった頬を水で冷やすために泉に行きました。

ちょうど太陽は天空に昇り、ポティェフは泉のところまで来ました。ポティェフが泉に近づくと、水の中から光が輝きだしました。光が輝いて昇ると、ポティェフの前に金色《こんじき》の衣に身を包んだとても美しい若者が現れました。それはスヴァロジッチでした。

ポティェフは嬉しさのあまり我を忘れました。

「わたしの神様、スヴァロジッチ様、どれほどあなたさまをお待ちしたことか！　この哀れなわたしにあの時、わたしが何をなすべきか、お伝えになったお言葉を教えてください。わたしはこうしてここでまる一年苦しみもだえて知恵を絞っているのですが、どうしても本当のことが思い出せないのです」

ポティェフがこう言うと、スヴァロジッチは怒ったように金髪の巻き毛の頭を振りました。

「ああ、少年よ、わたしはこう言ったのだよ。――きみは自分のお祖父《じい》さんに恩返しをするまでお祖父さんのそばにとどまりなさい。そしてお祖父さんのほうがきみを置いていくまできみはお祖父さんを置いていってはならない、とね」とスヴァロジッチは言いました。そしてさらに言い加えました。

「わたしはきみが兄弟のうちで一番賢い子だと思っていたが、それどころかきみは一番愚かな子だ。きみは真実を知るためにまる一年苦しみもだえて、知恵をしぼってきた。きみは、きみの心が家の敷居のところで家に戻ってお祖父さんを置いていかないように、語りかけたとき、その心に従うべきだったのだ。きみは哀れな子だ。知恵を欠いた真実とはこういうものなのだ」

スヴァロジッチはこう言うと、いっそう腹立たしげに金髪の巻き毛の頭を振り、金色《こんじき》のマントをひるがえして姿を消しました。

ポティェフは恥じ入り、泉のほとりに呆然と立ち尽くしていました。石の陰からそういうポティェフを見て笑っていたのは、あの角だけ大きくて体の小さい、不恰好な小鬼でした。小鬼は、スヴァロジッチがあれほど正義感の強かったポティェフを恥じ入らせたことが大いに気に入りました。ポティェフは茫然自失の状態から我に返り、嬉しくなって叫びました。

「急いで顔を洗って、大好きなおじいちゃんのところへとんでいこう！」

ポティェフはこう言うと、顔を洗うために泉に近づきました。ポティェフは水を掬《すく》うために身をかがめました。ところがあまりにも低くかがみこんだために泉の中に落ちてしまいました。

ポティェフは泉に落ちて溺れ死にました。

六

小鬼は石の陰からとび出してきて、泉の淵まで駆け寄り、ポティェフが落ちたように思えたが、それが本当かどうか自分の目で確かめるために泉の中を覗き込みました。

確かにポティェフは水死しており、水の底に横たわっていて、その顔は蠟《ろう》のように真っ白でした。

「おやおや！」とまったく頭のおかしな、小鬼仲間のうちでも最も愚かな小鬼は叫びました。

「やれやれ、兄弟たちよ、今日やっとおれは帰れるぞ！」

小鬼が大声で叫んだので、その声は辺りの岩山全体にこだまして響き渡りました。

そのとき小鬼は泉の淵に横たわっていた石にもたれかかっていたので、石は転がって泉にちょうど蓋《ふた》をする恰好となりました。それで小鬼は石の上にポティェフの着ていたコージュフを敷いてその上にいったん腰をおろし、それから踊り、跳びはねはじめました。

「ああ、やれやれ、ああ、やれやれ。やっとこれでおれは自由になれたぞ！」と小鬼は喜びました。

小鬼はコージュフの上で軽やかに踊り、小さくピーピー声を上げていました。小鬼はしまいには踊り疲れて、辺りを見回しました。でも小鬼はなんとなく気が晴れませんでした。

小鬼はポティェフがそばにいることに慣れてしまい、この正義感の強い少年のそばにいる時ほど気楽に暮らせたことはそれまでない、と思うぐらいになっていました。ポティェフのそばでは小鬼は好きなだけ悪ふざけをすることができ、誰にも邪魔されることがなく、誰の指図を受けることもありませんでした。しかし今や、あの柳の樹へ、あの沼へ、あの大魔王ビェソマールのところへ、五百匹もいる最も気違いじみた小鬼の集団――自分もそのうちの一匹なのですが――のところへ帰らなければならないのです。

小鬼は古巣での生活をもう忘れていました。小鬼は考えました。考えれば考えるほど悲しくなりました。そしてこの一瞬、今まで喜びのあまり小躍りしていた馬鹿な小鬼は涙を流しはじめ、コージュフの上を悲しみのあまり転げまわりながら大声をあげて泣きだしました。

小鬼は、たった今まで喜んでいたのが嘘のように、泣き叫び、泣き喚《わめ》きます。小鬼はやはり小鬼。いったん泣きだすと、すさまじい声を上げて泣き叫び、コージュフの上を転げまわりながら、気が狂ったようにコージュフの毛をむしります。

ちょうどその時、マルーンとリュティシャが森の中の石地の窪地《くぼち》にやってきました。二人は森山の周囲を回り終えて、お爺さんが本当に焼け死んだかどうかを確かめるために開墾地に帰ろうとしていたところでした。開墾地に帰る途中、二人は今まで一度も行ったことがなかった窪地に来たのです。

マルーンとリュティシャは誰かが泣き叫ぶ声を耳にし、声のするほうを見てポティェフのコージュフがあるのに気がつき、弟の身になにか不幸が起こったことをすぐに理解しました。しかし二人は弟のことをあまり悲しむこともありませんでした。というのは、この二人にそれぞれ小鬼がくっついているかぎり、人を憐れむ気持ちは起こらなかったのです。

ところが兄弟にとりついていた小鬼たちは、自分たちの仲間が激しく泣き叫ぶ声を聞いて落ち着きをなくしはじめました。なにしろ、仲間が不幸に陥ったとき、この世で小鬼ほど仲間に対して厚い友情と強い信頼をよせる生き物はほかにいないからです。柳の樹のもとでは小鬼たちは言い争い、いがみ合いの喧嘩をするのですが、不幸に際しては、互いのために命を投げ出すことさえするのです。

二匹の小鬼はもぞもぞしはじめ、不安になり、耳をそばだてました。それから、一匹は背負い袋から、もう一匹は懐《ふところ》から首を出して外を覗いてみました。見ると彼らの目に入ったのは、自分たちの仲間が何者かと取っ組み合って転げまわり、吠え、叫び、毛がとび散っているように見える光景でした。

「あいつが恐ろしい野獣に引き裂かれている！」――小鬼たちはびっくり仰天して叫び、一匹は背負い袋の中から、もう一匹は懐の中からとび出して自分たちの仲間を助けに急ぎました。

そこへ駆けつけて見ると、仲間の小鬼はコージュフの上でのたうちまわり、叫びつづけています。

「あの若者が死んでしまった！　あの若者が死んでしまった！」

二匹の小鬼は仲間をなだめながら「こいつはかかとに棘《とげ》が刺さったか、耳の中に蚊がとび込んだにちがいない」と思いました。この小鬼たちはあの正義感の強い若者のそばで暮らしたことがなかったので、仲間が何を嘆き悲しんでいるのか、理解できませんでした。

しかしあの小鬼は泣き喚《わめ》きつづけ、その声は耳をつんざくばかりで、静めようがありません。二匹の小鬼は、仲間をどうしたらよいものか、と悩みました。この不幸な状態のまま仲間を置き去りにすることはできない。そこでコージュフの袖をつかんで仲間を乗せたまま引きずって森に入り、柳の樹のところへ、ビェソマールのところへ連れていくことを考えつきました。

マルーンとリュティシャから悪鬼という憑《つ》き物が落ちて、二人が我に返ったのは一年ぶりのことでした。小鬼たちが離れ去ったとき、二人の兄弟は、まる一年間盲目のうちに世界を歩き回った末、今になってやっとこの窪《くぼ》地《ち》で目が見えるようになったことに同時に気がつきました。

二人は思わず顔を見合わせ、お爺さんに対してとんでもない罪を犯したことを悟りました。「リュティシャ！」「マルーン！」兄弟は互いに声をかけました。「急いで行って、おじいちゃんを助けよう！」二人は、鷹の羽が生えたように、開墾地にとんでいきました。

開墾地に着くと、小屋の屋根は崩れ落ちてなくなり、小屋からは火柱が上がっていました。戸と壁だけが外からのつっかい棒に支えられて立っていました。

兄弟は駆け寄ってつっかい棒をはずし、小屋の中にとび込んで、お爺さんを抱きかかえて運び出しました。お爺さんの足はすでに火に包まれていました。

マルーンとリュティシャはお爺さんを外へ運び出して地面に寝かせ、声をかける勇気もないままお爺さんのそばに立っていました。

しばらくしてからお爺さんは目を開けました。お爺さんは二人を見て、とくに非難めいたことは言わず、ただこう尋ねました。

「お前たち、森の中のどこかでポティェフに会わなかったかね?」

「会わなかったよ、おじいちゃん」兄弟はお爺さんをまともに見ることもできずに答えました。

「ポティェフは死んだよ。今朝、泉の中で溺れ死んだのだよ。おじいちゃん、ぼくらを赦《ゆる》しておくれ。ぼくら、召使と同じように、おじいちゃんにお仕えして、お世話をするからね」

二人がこう言うと、ヴィェスト爺さんは体を起こして、立ち上がりました。

「子供たち、神様はお前たちをお赦しになっていると思う。お前たちはこうして元気に生きているのだから。だが、兄弟のうちで一番正しかった者が自分の罪に対して命をもって償《つぐな》わなければならなかったのじゃ。子供たちよ、わしはポティェフが死んだ場所を見に行かねばならぬ。わしをそこへ案内しておくれ」

マルーンとリュティシャは悲嘆にくれてお爺さんの言うことを聞いておりましたが、お爺さんの手をとって森の奥の窪地へと案内していきました。

しばらく行くと兄弟は道に迷ってしまい、その辺りの場所にはまったく不案内であることが分かりました。二人はそのことをお爺さんに伝えましたが、お爺さんは構わずその道をさらに先へ進むように命じました。

こうして兄弟とお爺さんはある急な斜面のところまで来ました。その険しい斜面には山の頂上にいたる道がありました。

「こんな急斜面を登っていったら、おじいちゃんは崖の上できっと死んでしまうよ。おじいちゃんはもうこんなに弱っているんだから」と兄弟はささやき交わしました。

しかしヴィェスト爺さんは頑《がん》として言いました。

「さあ行こう。この道が通じている所へ行こう」

そして三人は道を上へ上へと登りはじめましたが、老人の顔はだんだんと血の気を失い、蒼白になっていきました。山の頂では何かが快い音で鳴り、光り、きらめきました。

頂上に登り着くと、三人は驚きと恐れで呆然となり、言葉を失いました。

三人の目の前には森もなく、山もなく、平野もなく、ただ白い雲がまるで白い海のように広がっていました。白い雲の巨大な広がりの上に薔薇《ばら》色に輝く雲があります。その薔薇色の雲の上にガラスの山がそびえ、そのガラスの山の頂上に黄金の宮殿があり、その宮殿に通じる幅の広い階段があります。

それはスヴァロジッチの金色《こんじき》の光の宮殿でした。宮殿からはほのかな光が出て辺りに広がっていました。その光は薔薇色の雲からも、ガラスの山からも、純金からも出ていましたが、なににもまして宮殿の窓から出ていました。なぜなら、宮殿の広間には賓客《ひんきゃく》たちが座っていて、新しい招待客が到着するたびに、黄金の大杯をあげて乾杯が行われていたからです。

スヴァロジッチは、心になんらかの罪をもっている人間は一人として宮殿の中には入れません。そのために宮殿の中には清廉潔白《せいれんけっぱく》で高潔な人々だけが集まっており、窓から洩れている光はその人々から出ているものでした。

ヴィェスト爺さんと孫たちはこの光景を目の当たりにして山頂に呆然と立ち尽くしていました。三人が目を凝らして見ると、階段のところで誰かが座っているのが見えました。その人物は顔を両手で覆って泣いています。老人がさらに目を凝らして見ると、それがポティェフだと分かりました。老人の心は震えました。老人は背筋を真っ直ぐに伸ばして、大声で叫びました。その声は雲の上に届きました。

「ポティェフ！　お前どうしたんだね？」

「おじいちゃん、ぼくは泉の底から何か不思議な力で引き上げられてここに連れて来られたのだよ。ここまで来ることができたのに、宮殿の中には入れてもらえないのだよ。なぜならぼくはおじいちゃんに対して罪を犯したから」とポティェフは答えました。

お爺さんの目から涙がこぼれました。お爺さんの両手は自然に前に伸び、胸は張り裂けそうになりました。お爺さんは愛する孫を抱きしめて慰め、助けてあげたかったのです。

マルーンとリュティシャはお爺さんのほうを見ました。お爺さんは顔色が変わり、蒼ざめ、生きている人の顔とは思われませんでした。

「おじいちゃんは驚きのあまり死んでしまうのではないか」と孫たちはささやき合いました。しかし老人はこの瞬間、背筋をぴんと伸ばして少し遠くに離れ、それから二人のほうに向き直って言いました。

「子供たちよ、お前たちはここを去って開墾地に帰りなさい。お前たちは、罪が赦《ゆる》されたのだから、これからは正義に従って生きていきなさい。そして自分たちに定められていることを行いなさい。わしは最も重い代価を払ってその身をささげた者を助けに行く」

お爺さんの声はまったく弱々しかったのですが、お爺さんは孫たちの前に柱のように直立不動の姿勢で立っていました。

マルーンとリュティシャは顔を見合わせました。お爺さんはたわごとを言っているのではなかろうか——ほとんど口を利く力もないのに雲の上へ昇りたがっているなんて。

しかし老人はすでに二人のそばを離れていました。老人はだんだん遠ざかっていき、雲の上を地の上を行くように歩いていきました。老人はまるで彼自身が羽であるかのような身軽さで進み、その服は風にたなびいているので、大きな雲を背景にした小さな雲のように見えました。老人はもうすでに薔薇《ばら》色の雲のところに、その上に立つガラスの山のふもとに、そこへ昇る幅の広い階段のそばに来ていました。老人は階段へ、孫のところへ急ぎました。ついに喜びの時が来ました。お爺さんは孫をひしと抱きしめました。あまりにも強く抱きしめたので、孫を二度とその抱擁から放さないかのように思われました。マルーンとリュティシャは耳を澄ましていました。雲の上からお爺さんと孫の胸が喜びのあまり高鳴る音が聞こえました。

お爺さんは孫の手を取って階段を昇っていきました。お爺さんは左手で孫を支え、右手でドアをノックしました。

すると奇蹟が起こりました。ドアがぱっと開け放たれ、宮殿の中からさっと光が射して、招かれた客たちがヴィエスト爺さんと孫のポティェフを迎えに入り口に出てきました。迎えに出てきた人々は二人の手を取って宮殿の中へ導き入れました。

マルーンとリュティシャは、お爺さんとポティェフが窓辺を通り過ぎて、食卓の上席に並んで座らされるのをずっと見ていました。そこでは黄金の若者スヴァロジッチが客たちに歓迎の挨拶をして、乾杯のために黄金の杯をあげていました。

この不思議な光景を見てマルーンとリュティシャは恐怖に震えました。

「さあ、リュティシャ、開墾地へ帰ろう」マルーンはささやくような声で言いました。

兄弟は体の向きを変えて山を下りていきました。不思議な出来事に衝撃を受けて二人は開墾地に帰りましたが、その後は二度とこの山を森の中で見つけることはできませんでした。

七

このことは今や昔の出来事となりました。

マルーンとリュティシャは開墾地で暮らしつづけました。二人とも長生きをして、息子たち、孫たちをはじめ立派な子孫を育てました。すべての良いことは父から息子へと受け継がれ、開墾地にはいつも聖火が燃え、その火は決して消えることがなく、毎日薪《まき》がくべられました。

ビェソマールがポティェフを恐れたのも、無理もないことでした。というのは、もしポティェフが真実を求めて死なななかったならば、小鬼たちはマルーンとリュティシャから離れなかったでしょうし、開墾地に聖火が燃えつづけることもなかったでしょうし、誠実な人々が出ることもなかったでしょうから。

こうしてビェソマールとその悪鬼軍団は面目を失い、恥をかかされる羽目になりました。

あの二匹の小鬼がビェソマールのもとにポティェフのコージュフを引きずっていったとき、その上に乗っていたもう一匹の小鬼は半狂乱の状態で喚《わめ》きつづけていました。ビェソマールは恐ろしい形相で怒り狂いました。小鬼たちが三人の若者をそろって取り逃がしてしまったことがただちに分かったからです。情けなさと悔しさのあまりビェソマールは三匹の小鬼たちの角を切り取るように命じました。この三匹は小鬼族のあいだで恥さらしに一生角なしで過ごすことになりました。

ビェソマール自身も大きな恥辱をこうむることになりました。その時以来、毎日聖火の煙にむせんで咳が出るようになり、誠実な人々の誰かに会わないように開墾地に近い森へは敢えて近づかないようになりました。

結局、ビェソマールが得たものは、わずかにポティェフのコージュフだけでした。それはそれでいいのです。なぜなら、スヴァロジッチの金色《こんじき》の光の宮殿の中にいるポティェフにはコージュフなど必要なかったからです。

漁師パルンコとその妻

一

漁師のパルンコは自分の貧しい暮らしに、もううんざりしていました。彼は荒涼とした海辺にひとりで住み、来る日も来る日も骨でつくった釣針で魚を釣っていました。その地方では網で魚を捕る漁法はまだ知られていなかったのです。釣針だけに頼る方法では捕れる魚の量も高が知れています。

「どうしてこんなみじめな暮らししかできないんだろう」――パルンコはひとりでぼやくのでした。「昼間に捕った魚を晩には食べるその日暮らしさ。おれにはこの世でなんの楽しみもありはしないじゃないか」

世の中にはおもしろおかしく贅沢三昧《ぜいたくざんまい》に暮らしている金持で権力のある人たちがいる、という話をパルンコは聞いたことがありました。それでパルンコは自分もいつかそのような金持になって贅沢な暮ら

しをしてみたい、と思うようになり、その思いが頭から離れなくなっていました。

それである時パルンコは、沖合に出て小舟の中にまる三日座りつづけて、魚を捕らないでおく、という誓いを立ててみました。その願掛けでなにか良いことが起こるかもしれない、と思ったからです。

そこでパルンコは沖に出て、小舟の中に三日三晩座りつづけ、そのあいだ断食をして、魚を捕らずにおりました。四日目の朝が明けはじめた時のことです。海のかなたから金の櫂《かい》のついた銀の小舟が現れ、その小舟の中には麗《うるわ》しい王女のような光り輝く曙娘《あけぼのむすめ》*1が立っていました。

「あなたは三日間わたしの魚たちの命を守ってくれましたね。お礼にあなたになにかしてあげたいのです。望みのものを言いなさい」と曙娘は言いました。

「わたしをこの貧しい味気ない暮らしから助け出してください。わたしはこうして来る日も来る日もこの殺風景な海辺で働いていますが、昼間に捕ったものを晩には食べるというその日暮らしで、この世になんの楽しみもないのです」とパルンコは訴えました。

「家にお帰りなさい。あなたに必要なものがそこにあるでしょう」と曙娘は言いました。そう言うと、曙娘は銀の舟とともに波間に消えました。

パルンコは岸辺の道を家に急ぎました。パルンコが家の前まで来ると、遠い山の向こうから歩いてやって来て疲れきった様子の貧しげな娘が彼を待っていました。「わたしは母に死なれてこの世でひとりぼっちになってしまいました。パルンコさん、わたしをお嫁さんにしてください」と娘は言いました。

さて、パルンコはどうしてよいやら分からなくなりました。「ああ、本当にこれが曙娘がおれに贈ってくれた幸運なのだろうか？」パルンコは、娘が自分と同じように貧しい孤児《みなしご》であることがすぐに分かりましたが、それでも、判断をあやまてば幸運を取り逃がすことになりはすまいか、と思うと怖くなりました。そこでパルンコは娘の言うことをきいて、この孤児《みなしご》を妻として迎えました。娘は疲れきっていたので、横になると次の日まで眠りつづけました。

パルンコは、どんな幸運が舞い込んでくるかと、次の日が来るのを待ちどおしく思っていました。しかし次の日はなにも起こりませんでした。パルンコが魚を捕るために釣針を手に取ると、妻は藜《あかざ》＊2を採りに山に出かけました。夕方パルンコが家に戻ると、妻も帰ってきました。二人は夕飯に魚と少しばかりの藜を食べました。「ああ、もしこれが幸運というものであるならば、そんなものはなくてもいい、これじゃ今までの貧乏暮らしと変わりないではないか」とパルンコは心の中で思いました。

夕食が済むと、妻はパルンコの向かいに座って、夫の退屈を紛らすために物語を語りはじめました。豪奢《ごうしゃ》な王様の宮殿の話、宝物を護っている龍の話、庭に真珠を蒔《ま》いてダイヤモンドを刈り取る王女の話を聞いていて、パルンコは喜びに胸が躍りました。パルンコはわが身の貧乏暮らしを忘れました――

＊1　曙娘……太陽の昇る海から銀の小舟に乗り、金の櫂をあやつって現れる美しい娘。多くのスラヴ民族の昔話に登場する。この作品ではブヤーンの島に住む。
＊2　藜……普通は凶作の時や不毛の地で食用とされる野草。野生の菠薐草《ほうれんそう》のようなもの。日本語でも「藜の羹《あつもの》」と言えば「粗末な食事」の比喩であるが、この作品でもその意味で用いられている。

こうして三年でも妻の話を聞いていたい、と思うほどでした。「妻は妖精《ヴィーラ》[*1]の国から来たのだ。いつかきっと龍の宝物のところへ、王女の庭へ行く道を教えてくれるだろう。ただ今は我慢して、妻を悲しませてはならない」とひそかに思うと、パルンコはさらに嬉しくなりました。

パルンコはその日が来るのを待っていました。一日一日と過ぎていき、一年が過ぎ、二年が過ぎました。二人のあいだにはすでに男の児が生まれていました。男の児はヴラトコと名づけられました。しかし彼らの暮らしぶりはいっこうに変わりませんでした。パルンコは魚を捕り、妻は昼間は藜《あかざ》を採《と》りに山を歩き、夕方には夕食をつくり、晩には子供を寝かしつけてから、パルンコに物語を聞かせました。妻はますます話上手になり、パルンコは話に出てくる国へ行く日がだんだん待ちきれなくなってきました。ついにある晩彼の我慢は限界に達し、妻が「海の王」[*2]の無尽蔵《むじんぞう》の富と贅沢について長々と話していると、パルンコは怒ってとびあがり、妻の手を摑《つか》んで叫びました。――「もうこれ以上ぐずぐずしていられない。あした夜が明けたら、すぐおれを海の王のところへ連れていってくれ！」

妻はパルンコがそのように興奮してとびあがったのでびっくりしました。妻は、海の王の宮殿がどこにあるのか、自分は知らないと言いましたが、パルンコは怒り狂って妻を叩き、妖精《ヴィーラ》の秘密を明かさなければ殺してやる、と言っておどしました。

孤児《みなしご》の妻は、パルンコが自分を妖精《ヴィーラ》だと思っていたことを知って、泣きだし、言いました。

「ああ、なんということを！　わたしは身寄りのない女で、魔術なんか知りません。わたしは自分の心が命じるままにお話したのであり、それはあなたを退屈させないためだったのです」

パルンコはこれを聞いて、この二年間だまされてきたことが分かっていっそう腹を立て、怒りにかられて妻に、あすは夜明け前に子供を連れて海沿いに右の方角に行くように命じ、自分は左の方角に行き、互いに海の王のところへ行く道を見つけるまでは帰ってこないことにする、と言い渡しました。

夜明けに妻は泣いて、パルンコに別れ別れにしないでほしいと頼みました。「こんな岩ばかりの磯辺ではどちらかが遭難しないともかぎらないじゃないですか」と妻は言いました。しかしパルンコがまた妻につかみかかったので、妻は子供を連れて夫が命じた方角に泣きながら歩いていきました。パルンコは反対の方向に歩いていきました。

そうして妻は子供を抱いて一週間歩き、またもう一週間歩きました。海の王のところへ行く道はどこにも見つかりませんでした。

哀れな女は疲れはてて、ある日磯辺の岩の上で眠りこんでしまいました。彼女が目を覚ましたとき、幼児《おさなご》のヴラトコがいなくなっていました。驚愕のあまり彼女の心臓の血が凍りつき、心痛のあまり彼女は言葉を失い、口が利けなくなりました。

＊1　妖精《ヴィーラ》……南スラヴ人のあいだで知られる女性の神話的存在。白いロング・ドレスに身を包んだ、素足で、長い金髪の美しい顔の女性として想像される。翼をもち飛翔することもある。歌と踊りを好む。人間に害をなすこともあるが、しばしば英雄と子供を助ける。

＊2　海の王……海底の壮麗な宮殿に住み、無限の富と強大な権力をもつ「海の王」の話は、スロヴェニアやスロヴァキアの昔話、ロシアのノヴゴロド歌群のブィリーナ『サトコ』などに知られる。

物が言えなくなった孤児《みなしご》の妻は磯づたいに戻って家に辿り着きました。翌日パルンコも家に帰ってきました。パルンコもまた海の王のところへ行く道を見つけることができず、腹立たしさに狂ったようになって戻ってきました。

パルンコが家の中に入ってみると、赤ん坊のヴラトコの姿がなく、妻は口が利けなくなっていました。妻は夫に、何が起こったかを話すことができず、ただ悲しみにうちひしがれていました。

その日から二人のあいだには同じ状態がつづきました。妻は泣くこともせず、悲しみを声に出すこともせず、ただ黙って家事をし、パルンコの身の回りの世話をしましたが、家の中はまるで墓場のようにひっそりとして生気がありませんでした。パルンコはしばらくのあいだこのわびしさに堪《た》えていましたが、ついにどうしても我慢ができなくなりました。海の王のような贅沢三昧《ぜいたくざんまい》な暮らしがしてみたくてたまらなくなった矢先に、その高望みと引き替えに災難と不運に見舞われたのですから。

それで、ある朝パルンコは思い立って、また海の沖に小舟で乗り出しました。海の上に三日いて、三日断食し、三日魚を捕らずにいました。四日目の明け方、彼の前に曙娘《あけぼのむすめ》が現れました。

パルンコは曙娘にわが身に起こったことを話し、嘆きました。

「今の不幸は前よりもひどい。子供はいなくなるし、妻は言葉が話せなくなり、家の中は火が消えたようです。わたしは不幸のあまり死にそうだ」

「それであなたは何がお望みなの？　わたしはいつかまたあなたをお助けしますよ」

ところが、パルンコは一つの馬鹿げた考えにとらわれていて、海の王の富を見飽きるまで見て、贅沢三昧の暮らしをしてみたいという思いが頭を離れなかったため、子供を取り戻すことも妻が再び話せるようになることも願おうともせずに、曙娘にこう頼みました。

「それでは、光輝く曙娘よ、わたしに海の王のところへ行く道を教えてください」

曙娘はそれに対して何も反対はせず、パルンコに親切に指示を与えました。

「新月の日の夜明けに、あなたは小舟に乗って風を待ち、風に運ばれて東に進みなさい。風はあなたをブヤーンの島[*1]のアラティル岩[*2]まで連れていってくれるでしょう。わたしはそこであなたを待っていて、海の王のところへ行く道を教えてあげます」

パルンコは嬉しくなって家へ帰りました。

新月の日がくると、パルンコは、妻には何も告げずに、夜明けに家を出て小舟に乗り、風を待ち、風に運ばれて東に向かいました。

風は小舟を「どことも知れぬ」海[*3]まで、ブヤーンの島まで運んでいきました。島はまるで緑の庭園のように海に浮かんでいます。そこには若草が萌え、牧草地が広がり、葡萄《ぶどう》の灌木《かんぼく》が茂り、アーモンドの

＊1　ブヤーンの島……古代スラヴ人が楽園と空想した不思議な島。ロシアのフォークロアにおいて伝承されている。
＊2　アラティル岩……ブヤーンの島にある「白く燃え立つ」岩。世界の中心を成し、「すべての岩石の始源」にあたる岩石で太陽の別の姿と考えられる。
＊3　「どことも知れぬ」海……ブヤーンの島がある謎の海。「どことも知れぬ所」は「どこにもない所」とほぼ同意義。

花が満開です。島の中央には明るく輝く宝石の岩、アラティル岩があります。岩の上半分は島を燃え立つような光で照らし、半分は島の下にあって海中を照らしています。そのブヤーンの島のアラティル岩の上に曙娘《あけぼのむすめ》が座っていました。

親切にも曙娘はパルンコを待っていてくれて、パルンコに教えてくれました。島のそばの海には水車の輪が浮いていて、その車輪の周りで海の娘たちが輪舞[*1]を踊っている場所を曙娘は示しました。さらに曙娘はパルンコに、水車の車輪に自分を海の深淵に呑み込まれないようにして海の王のところまで連れていってくれるように頼めばよい、とまで教えてくれました。

さらに曙娘は付け加えて言いました。「あなたは海の王のところで有り余るほどの財産と贅沢三昧《ぜいたくざんまい》を身をもって知ることができるでしょうが、いいですか、もう地上へは戻れないものと思いなさい。なぜなら、恐ろしい番人たちが見張っているからです。一番目の番人は荒波を起こし、二番目は大風を起こし、三番目は雷電を起こすからです」

しかしパルンコは嬉しくなって小舟に乗り、水車の車輪のところまで行き、心の中でこう思いました。

「曙娘よ、あなたはこの世の不幸がどんなものであるかを知らないのだ。おれはこの世に未練はない。この世のむなしい不幸とはおさらばだ！」

パルンコが水車の車輪の近くまでくると、その周りを海の娘たちが大はしゃぎで踊りまわっていました。波の下に潜り、波の上を駆けまわり、波間に長い乱れ髪を漂わせ、銀色の尾鰭《おひれ》をきらめかせ、赤い口をあけて笑っていました。海の娘たちが水車の車輪の上に腰をかけると、車輪の周りの海の水が泡立ちました。

小舟が水車の車輪のそばに近づくと、パルンコは曙娘に教えられたとおりにしました。櫂《かい》を揚げて、海の深淵に呑み込まれないように、水車の車輪に向かってこんなふうに呪文を唱えました。

「車輪よ、回れ、ぐるぐる回れ、海の深い淵までか、それとも海の王の城までか」

パルンコがこの言葉を言うやいなや、海の娘たちはまるで銀色の小魚のように跳びはねて水車の車輪の周りに集まって、白い手で車輪のスポークをつかんで車輪を回しました。目がまわるような、ものすごい速さで回したのです。

海の中に渦が起こり、恐ろしい大渦となってパルンコを巻き込み、細い小枝のようにくるくる回して海の王の壮大な宮殿に引き降ろしました。

パルンコの耳にはまだ海のざわめきと海の娘たちの大はしゃぎの笑い声が残っていましたが、彼はすでに美しい砂の上、純金でできた細かい粒の砂の上にいました。

パルンコはあたりを見まわして、思わず驚きの声をあげました。「こりゃあ、たまげた、見渡すかぎりぜんぶ金の砂でできた原っぱだ！」

ところが、パルンコが原っぱだと思っていたところは、じつは海の王の大広間だったのです。大広間の周囲には海が大理石の壁のように立ち、海は大広間の上をガラスの円蓋のように覆っていました。ア

＊1　海の娘たち……腰から上は美しい人間の娘、腰から下は魚の姿をした人魚。

ラティル岩からは蒼白い光が月光のように漂ってきていました。大広間の上方には真珠でできた枝が垂れており、大広間には珊瑚《さんご》のテーブルが立ち並んでいました。

大広間の遠い隅のほうでは笛が吹奏され、小さな鈴が鳴り響いており、そこには海の王がどっかと座って休んでいました。海の王は金の砂の上に体を伸ばして、その雄牛の頭だけをもたげていました。海の王のそばには珊瑚でできた平板のテーブルがあり、その後ろには金でできた垣根がありました。

ほっそりとした笛がテンポの速い繊細な音を奏で、小さな鈴が震えるように鳴りつづけるなか、絢爛《けんらん》と光り輝く、贅《ぜい》を尽くした大広間に身を置いたパルンコは、この世にあっては考えられない幸福と歓喜に酔い痴れていました。

パルンコは嬉しさのあまり我を忘れて、酒に酔って心臓が躍り出したような気分になり、手を叩いて、すばしっこい子供のように金の砂の上を走り、道化の軽業師《かるわざし》のように、二度、三度と宙返りをしました。

このパルンコの軽業はひどく海の王の気に入りました。海の王は足がとても重く、それ以上に彼の雄牛の頭が重かったからです。海の王は破れ鐘のような声で笑い、そして彼が金の砂の上で体をゆすって笑うと、周りの砂がはねとぶのでした。

「お前はほんとうに身の軽い小僧だな」と海の王は言って、自分の上に垂れている真珠でできた枝を折ってパルンコに贈りました。海の王の命令によって海の娘たちが最良の料理と蜜のように甘い飲物を金の皿にのせて運んできました。そうしてパルンコは海の王と並んで珊瑚の板のテーブルについてご馳走を食べました。こんな大きな名誉をパルンコは今までに受けたことはありませんでした。

食事が終わると、海の王は尋ねました。

「小僧よ、まだ何か欲しいものがあるか」

今まで富というものを見たことのなかった貧しい孤児《みなしご》は、このうえ何が欲しいか、と訊かれてもとっさに答えに困りました。パルンコは長い旅をつづけてきてお腹が空いていたところへ、蜜のように甘い飲み物と最良の料理をお腹いっぱい飲み食いしたあとだったので、海の王にこう言いました。

「海の王様、わたくしめに何が欲しいかとお尋ねになりましたのでお答えしますが、どうか藜《あかざ》の煮物をひと皿ください」

この答えに海の王は怪訝《けげん》な顔をしていましたが、やがて納得がいったようで、笑ってこう言いました。

「なあ、兄弟、わしらのところでは藜は高価なものなのだ。真珠や真珠の細工品よりも高いのだ。なにしろ藜はここから遠いところにあるからな。しかしお前が欲しいと言うから、わしは翼のある海の妖精《ヴィーラ》を使って遠い国から藜を持ってこさせよう。だが、お前はわしのためにもう三回宙返りを見せてくれんか」

パルンコは嬉しかったので、宙返りすることは少しも苦ではありませんでした。パルンコが身も軽くとび上がると、海の娘たちや宮殿の召使たちがパルンコの宙返りを見ようとさっと集まってきました。パルンコが金の砂の上を助走して、栗鼠《りす》のように巧みに一回、二回、三回と宙返りをすると、海の王をはじめ召使全員がこの軽業に歓声と笑い声をあげました。

しかしパルンコの宙返りを見て最も嬉しそうに声を立てて笑ったのは、まだ小さな赤ん坊でした。この子供は小さな王様で、海の娘たちが自分たちの気まぐれな遊びのためにに勝手に王様に仕立てたのです。小さな王様は金の揺り籠の中に絹の肌着を着て座っていました。揺り籠は真珠でできた鈴で飾られており、子供は片手に金の林檎《りんご》を持っていました。

パルンコが宙返りをすると小さな王様があまりにも嬉しそうに笑うので、パルンコは声のするほうを見ました。小さな王様に目をやったパルンコはその場に棒立ちになりました。それは自分の幼い息子のヴラトコだったのです。

何ということだ！　パルンコは急に胸がむかむかしてきました。こんなふうに急に気分を害されるとは思ってもみませんでした。

パルンコの顔色が曇りました。怒りがこみあげてきました。いくらか心が落ちついてきたとき、パルンコは思いました。

「いったい、このざまは何だ！　このいたずら小僧め、悪ふざけのために王様なんかになって、こんな所に隠れおって、家では母親が悲しみのあまり口が利けなくなっているというのに！」

パルンコはくやしくて、この宮殿の中にいるわが身をかえりみることも息子に目をやることもできませんでした。しかし子供から切り離されてはならないと思って、敢えてなにも言いませんでした。そしてパルンコは自分の息子ヴラトコの召使になることにしました。「このままずっと子供と一緒にいれば、いつかは子供が父親と母親のことを思い出す時がくるだろう。そうしたらこのいたずらっ子を連れて逃げ、一緒に子供を待つ母のもとに帰ろう」と考えたからです。

このように考えていたパルンコに、ある日、待ちに待っていた子供と二人きりになる時が訪れました。パルンコは小さな王様の耳もとにささやきました。

「さあ、坊や、お父さんと一緒に逃げよう」

ところが、ヴラトコはまだ本当に赤ん坊なのにもう長いこと海の底にいたために、自分の父親のことを忘れてしまっていたのです。小さな王様は笑いました。パルンコがふざけているのだ、と思って笑ったのです。それでパルンコを小さな足でつつきました。

「きみはぼくのお父さんじゃないよ。きみは海の王様の前で宙返りをする道化だよ」

このことばはパルンコの胸にぐさりと突き刺さり、怒りのあまり気が遠くなりました。パルンコは子供のそばを離れて、悲しさとくやしさで声をあげて泣きました。海の王の召使たちがパルンコのまわりに集まってきて、口ぐちに言いました。

「ああ、この人は地上ではよほど偉い高貴な方だったにちがいない。こんな立派な宮殿で贅沢《ぜいたく》な暮らしをして泣くぐらいだから」

「みなさん、わたしはここの海の王と同じような者でした。わたしにも目に入れても痛くない子供がひとりいて、そして不思議な物語を話してくれる妻がいました。妻は藜採《あかざと》りの名人でして、藜捜しにしくじったことがなく、好きなだけ採ってくるのです」――パルンコは悲しげに話しました。

召使たちはパルンコの高貴さに驚いて、自分の不運を嘆くパルンコをそっとしておいてやることにしました。そしてパルンコは小さな王様の召使のままでいました。パルンコは息子を喜ばせるために何でもしました。いつかは子供を説得して一緒に逃げよう、と考えていたのです。しかし小さな王様は日ごとにわがままになり、やんちゃになり、日が経つにつれてパルンコは子供の目にはいっそう馬鹿な道化と映るようになりました。

二

パルンコがそうしているあいだ、彼の妻は家でひとりぼっちになり、悲しみに沈んでいました。最初の幾晩かは妻は竈《かまど》の火を絶やさないで食事の用意をしていましたが、パルンコが待っても帰ってこないとわかると、竈の火を消して、もはや二度と火を起こさなくなりました。

言葉を奪われた孤独な妻は敷居の上に座ったまま働きもせず、家事もせず、泣きもせず、嘆きもせず、悲しみと苦しみにうちひしがれていました。物が言えない妻は誰に相談することもできず、夫を捜しに海に出る気力も失っていました。悲嘆の遣り場のなくなった妻は、ある日、彼女の母が埋葬されている山のかなたの墓地へ出かけていきました。そして母の墓の上にたたずんでいると、目の前に一頭のきれいな雌鹿《めじか》が現れました。

雌鹿は物が言えない人の言葉[*1]で言いました。

「わたしの娘よ、そんなふうにじっとしたまま落ち込んでいてはいけません。そんなことをしていたら心が破れて、家が壊れてしまいますよ。あなたは毎晩パルンコのために夕食をつくり、夕食のあと細かい麻屑《あさくず》を梳《す》き分けて取りなさい。パルンコが帰ってこなかったら、翌朝早くパルンコの分の夕食と柔らかい麻屑と、さらに二管笛を持って岩山の上に行きなさい。そこで二管笛を吹きなさい。そうすると蛇たちと子蛇たちが夕食を食べに出てきて、鷗《かもめ》たちと子鷗たちが麻屑を巣に敷くために飛んできます」

娘は母が言ったことを全部頭に入れて、そのとおりにしました。毎晩夕食をつくり、夕食のあと麻屑を取り分けました。パルンコは帰ってこず、妻は夜明けとともに二管笛を取り、夕食と麻屑を持って岩山へ行きました。妻が二管笛を手に取り、右の笛を静かに吹くと、岩山の陰から蛇たちと子蛇たちが這い出てきました。蛇たちはご馳走を食べると、物が言えない人の言葉で彼女にお礼を言いました。そして左の笛を吹くと、鷗たちと子鷗たちが飛んできて麻屑を巣に敷き、妻にお礼を言いました。

こうして妻は来る日も来る日も同じことをしました。そして三か月が過ぎていきましたが、パルンコは依然として帰ってきませんでした。

物が言えない哀れな妻はまたもや悲しみにうちひしがれて、もう一度母の墓へ行きました。彼女の前に雌鹿が現れました。彼女は物が言えない人の言葉で言いました。

「ねえ、お母さん、わたしは教えられたとおりのことをしたけど、パルンコは帰ってこないの。もう待つのはいや！　いっそ海に身を投げるか、断崖の岩に体を打ちつけて死んでしまいたい」

「娘よ」と雌鹿は言いました。――「いらいらしてはいけません。あなたのパルンコはひどい苦しみを負っています。あなたがどうすればパルンコを助けることができるか、教えてあげますから、よく聞

＊1　物が言えない人の言葉……njemušti jezik とも言い、直訳すれば「唖者の言語」であるが、昔話では「動物ことば」の意。動物たちが用いる、人には通じない特別な言葉を解する人が昔話の世界に存在する。

きなさい。『どことも知れぬ』海に大きな鱸《すずき》がいて、その鱸には金の背鰭《せびれ》があり、その背鰭の上に金の林檎《りんご》がのっています。月夜にあなたがその鱸を釣り上げれば、パルンコの苦しみを和らげることができます。しかし『どことも知れぬ』海へ行くには三つの雲の洞窟を通らなければなりません。一つ目の洞窟にはすべての蛇たちの始祖である大蛇がいて、大波を起こして海を荒れさせます。二つ目の洞窟にはすべての鳥たちの始祖である巨大な鳥がいて、嵐を起こします。三つ目の洞窟にはすべての蜜蜂たちの始祖である黄金の蜜蜂がいて、雷を起こして稲妻を走らせます。娘よ、『どことも知れぬ』海へ行きなさい。その時は釣針とその二管笛のほかはなにも持っていってはなりません。そしてもし困ったことになった場合には、自分の右の白い縁縫《ふちぬ》いのない袖を引きちぎりなさい」

パルンコの妻はすべてのことを頭に入れて、次の日小舟に乗って大海原に漕ぎ出しましたが、釣針と二管笛以外はなにも持たずに行きました。海が舟をある場所へ運んでいくまで妻は海上をさまよいつづけました。そこは海の上に重い雲でできた三つの恐ろしい洞窟がある場所でした。

一つ目の洞窟の入口にはすべての蛇たちの始祖である恐ろしげな大蛇が鎌首をもたげていました。大蛇はそのおぞましい頭で入口全体をふさぎ、胴体を洞窟いっぱいに伸ばし、巨大な尾を振って海を濁し、大波を起こしていました。

妻はこの怪物に近づく勇気がありませんでしたが、二管笛のことを思い出して、右の管の笛を吹きはじめました。彼女が笛を吹いていると、遠くの岩山から蛇たちと小蛇たちが急いで泳いできました。色とりどりの蛇たちと小さな蛇たちは泳ぎ着くと、恐ろしげな大蛇に頼みました。

「われらのご先祖様、この人を通してあげてください。この人はわたしたちにたいへん良いことをしてくれました。毎朝わたしたちに食事をくれたのです」

「この者に洞窟を通らせることはできない。きょうわたしは海を荒れさせなければならないのだから」と恐ろしい大蛇は答えました。「だが、この者がお前たちに良いことをしてくれたというのなら、わたしはこの者にお返しをしなければならない。大きな金塊が望みか、それとも六本の真珠の首飾りが望みか」

心の清い妻は金や真珠に惑わされることはなく、大蛇に物が言えない人の言葉で言いました。

「わたしは小さな願いがあってここにまいりました。『どことも知れぬ』海にいる鱸を捜しに来たのです。もしわたしがあなたに良いことをしたのであれば、おそれ多い大蛇様、どうか洞窟を通らせてくださいませ」

蛇たちと子蛇たちが彼女の言葉をついで言いました。「この人はわたしたちを十分な食事で養ってくれたのです。ご先祖様、あなたさまは横になって少しお休みください。そのあいだわたしたちがあなたさまに代わって海を荒れさせますから」

大蛇はおびただしい数の自分の子孫の願いに逆らうことができなくなり、それに千年間寝たことがなかったので、ちょっと眠ってみたくなりました。そこで大蛇はパルンコの妻に洞窟を通り抜けることを許し、自分は洞窟の中で体を伸ばして、眠りこみました。眠る前に大蛇は蛇たちと子蛇たちに言いつけました。

「子供たちよ、わたしが休んでいるあいだしっかり海を波立たせておくのだよ」

物が言えない妻は洞窟を通り抜けることができました。蛇たちと小蛇たちは洞窟の中にとどまり、海を波立たせる代わりに、波を静めていたのでした。

こうして妻は海の上を進み、二つ目の洞窟のところまで来ました。そこにはすべての鳥たちの始祖である巨大な鳥がいました。怪鳥は洞窟の入口の外に恐ろしげな頭を突き出し、鉄の嘴《くちばし》をかっと開いて、洞窟の中いっぱいに巨大な翼を広げていました。その翼をはばたくと嵐が起こるのです。

妻は二管笛を手に取って左の管の笛を吹きました。すると、遠い岩山から灰色の鷗《かもめ》たちと鷗の子供たちが飛んできて、恐ろしげな怪鳥に、パルンコの妻を洞窟を通っていかせてほしい、と頼み、彼女が自分たちにたいへん良いことをしてくれて、毎日巣づくりのための麻屑《あさくず》を持ってきてくれたことを話しました。

「この人に洞窟を通らせることはできない。きょうは大嵐を起こす日なのだから。だが、この人がお前たちに良いことをしてくれたのなら、お返しをしなければならない。わたしはこの人に鉄の嘴から命の水を与え、生きた言葉を戻してやろう」

物が言えない哀れな妻は生きた言葉が戻ることを切に願っていましたので、この怪鳥の申し出は彼女の心に重くのしかかりました。しかし彼女の誠実な心は変わることはありませんでした。彼女は物が言えない人の言葉で言いました。

「わたしは自分に良いものを求めて来たのではありません。小さな願いのために来たのです。『どことも知れぬ』海にいる鱸《すずき》を捜しに来たのです。もしわたしがあなたに良いことをしたのなら、どうかこの洞窟を通らせてください」

鷗たちは始祖の大鳥にパルンコの妻を通してくれるようになおも頼み、さらに、少しばかり昼寝をす

るように勧め、そのあいだ自分たちが代わりに嵐を起こすから、と言いました。始祖の大鳥は子孫の鳥たちの願いを聞き入れ、鉄の爪を洞窟の壁に立ててとまり、寝入りました。

鷗たちと子供の鷗たちは嵐を起こす代わりに、風を静めました。

こうして物が言えない妻は二つ目の洞窟を通り過ぎて、三つ目の洞窟まで来ました。

三つ目の洞窟には黄金の蜜蜂がいました。入口のところに黄金の蜜蜂がぶんぶん飛びまわっていました。すると、稲妻が走り、雷鳴がとどろきました。海鳴りが洞窟の中にも響き、雷鳴とともに稲妻が黒雲を切り裂きました。

こんどはひとりきりでこの不気味な状況に陥った妻は、言い知れぬ恐怖にとらわれました。しかし妻は自分の服の右の袖のことを思い出し、縁縫《ふちぬ》いのない白い袖を引きちぎり、その袖を黄金の蜜蜂めがけて振りあげてその中に蜂を捕えました。

稲光と雷鳴はすぐに止み、黄金の蜜蜂は妻に頼みました。

「奥さん、わたしを自由にしてください。あなたに良いことを教えてあげましょう。広い海の上の向こうを見てごらんなさい。大きな喜びを見ることになりますよ」

妻は広い海の上の向こうを見ました。ちょうど太陽が昇ろうとしているところで、空が薔薇《ばら》色に染まり、海も東の方から薔薇色に輝き、海のかなたから銀色の小舟が現れました。小舟には麗《うるわ》しい王女のような明るく輝く曙娘《あけぼのむすめ》が乗っていて、そのそばには絹の肌着を着て金の林檎《りんご》を手に持っている幼児《おさなご》がいました。曙娘は毎朝こうして小さな王様を海の上で遊ばせているのです。

パルンコの妻はそれがいなくなった自分の子供だと分かりました。しかし海は広すぎて母親はわが子を抱きしめることができず、太陽は高く昇りすぎて、母親の手は子供にとどきません。

ああ、こんな不思議なことがあってよいのでしょうか。

彼女はあまりの嬉しさに、薄いやまならしの葉のように、体が震えました。子供に向かって手を差し伸べるべきだったのか？　優しい声で子供の名を呼ぶべきだったのか？　それとも今生《こんじょう》の見納めにこのままわが子の姿を瞼《まぶた》に焼き付けておくべきか？

銀色の小舟は薔薇色に染まった海の上を滑るように走り、海に潜るように水平線のかなたに消えました。母親はようやく我に返りました。

「あなたに道を教えてあげましょう」と黄金の蜜蜂が言いました。――「あなたは自分の息子である小さな王様のところに行き、一緒に幸せに暮らすことができるでしょう。しかしその前にわたしを放してください。わたしは洞窟の中で雷電を起こさなければならないのです。わたしを袖の中に入れたまま洞窟を通り抜けないでください」

　蜜蜂の切々たる言葉に哀れな母親は打ちのめされ、心をかき乱されました。――わが子を見た、自分が切に願っていたものを確かにこの目で見た、見るには見たが、この手に抱きしめることも口づけすることもできなかった！　蜜蜂の言葉によって彼女の心は千々に乱れました。自分は夫パルンコに対して誠実な妻であるべきか否か？　蜂蜜を放してやって、わが子のところへ行くべきか？　それともこの洞窟を抜けて「どことも知れぬ」海に大きな鱸《すずき》を捜しに行くべきか？

　パルンコの妻は蜜蜂によってあまりにも激しく心を揺さぶられたために、涙が心から振り落とされました。その途端に生きた言葉が妻の口に戻りました。そして妻は生きた言葉で蜜蜂に言いました。

「黄金の蜜蜂さん、わたしを悲しませないで！　わたしはあなたを放してあげません。わたしはこの洞窟を通り抜けなければならないのですから。わたしは自分のいなくなった子供のことを思って泣き、子供を自分の心の中に埋葬しました。わたしは自分の幸せのためにここに来たのではありません。小さな用事のために来たのです。『どことも知れぬ』海の鱸を捜しに来たのです」

　こう言って妻は洞窟の中に入りました。妻は洞窟の中で休み、小舟の中でひと息いれて、夜の訪れと月の出を待つことにしました。

　ああ、何という不思議だろう！　きょうは海が荒れず、明け方には嵐がおさまり、一つ目の洞窟では恐ろしい大蛇が眠り、二つ目の洞窟では怪鳥がまどろみ、三つ目の洞窟の中で旅に疲れた妻が休んでいるとは！

　こうして一日が静かに暮れてゆき、夜が訪れ、月が輝きはじめました。月が空高く昇り、真夜中になるとすぐに妻は「どことも知れぬ」海に釣針をつけた綱をおろしました。

三

夕方、小さな王様は召使のパルンコに、今夜のうちに立派な手綱《たづな》を絹糸で編んで作るように、言いつけました。「あしたの朝早くぼくの乗る馬車にきみを繋ぐんだぞ。金の砂の上を走りまわってもらうためだよ」

ああ、この命令はパルンコには酷なことでした。これまでは朝、曙娘《あけぼののむすめ》が海の下に降りてきたとき、パルンコは曙娘の前から身を隠してきましたが、あすは息子が自分を馬の代わりに馬車に繋いでいるのを彼女に見られてしまうだろう。

宮殿の召使たちはみな眠っています。海の王も、やんちゃ坊主の小さな王様も眠っていますが、パルンコだけは眠らずに起きています。手綱を編んでいるのです。一心不乱にせっせと編んでいます。

ついに頑丈な手綱が編み上がったとき、パルンコは心の中で言いました。

「おれは道化を演じてきたが、自分が我に返った今、もう馬鹿役は止めた。この気持ちは誰にも分かるまい」

そう心の中で言うと、パルンコは息子がぐっすりと眠っている揺り籠にそっと忍び寄り、手綱を揺り籠の桟《さん》に通して、揺り籠を自分の背中にしっかりと結びつけ、息子を背負って逃げだしました。

パルンコは金の砂の上を忍び足で歩を運び、広大な広間を通り抜けて、広々とした平野に出る所まで来て、金でできた垣根を這ってくぐり抜け、真珠でできた枝をかきのけて進みました。そして海が壁のように立っている所まで来ました。パルンコは少しもためらわずに子供を背負ったまま海に入り、泳ぎだしました。

悲しいかな、海の王の宮殿から人間の世界までは気が遠くなるほど遠いのです。パルンコは泳ぎに泳ぎました。しかし一介の漁師が海を泳ぎきれるでしょうか。しかも彼の背中には金の林檎《りんご》を持った小さな王様と金でできた揺り籠が重くのしかかっているのです。彼の頭の上にある海はますます高く、ますます重くなっていくみたいです。

パルンコはとうとう力尽きてしまいましたが、まだ感覚だけは残っていました。なにかが金の揺り籠に突き当たって軋《きし》んだ音を立て、なにかが揺り籠の桟に引っ掛かりました。その途端、ものすごい勢いで体が引っ張られはじめました。

「こんどこそおれも一巻の終わりだ」——パルンコは思いました——「海の怪物の牙にかけられた」

しかしそれは海の怪物の牙ではありませんでした。それは骨で作られた釣針で、パルンコの妻が海に投げ入れたものでした。

釣針になにか重いものが掛かったことを感じた妻は嬉しくなって満身の力をこめて、大きな鱸《すずき》をのがしてはならじと、綱をたぐり上げました。

獲物が近くまで引き上げられたとき、最初に揺り籠の金の枠が海の中から頭を出しました。妻は月の光のもとで良くは見えませんでしたが、「これは鱸の金の背鰭《せびれ》にちがいない」と思いました。

それから金の林檎《りんご》を手に持った子供が浮かび上がりました。またもや妻は「これは背鰭《せびれ》の上についている金の林檎だ」と思いました。そして最後にパルンコの頭が海の中から現れたとき、妻は喜びの声をあげました。

「これが鱸《すずき》の大魚の頭だわ！」

歓声をあげて妻は獲物を手もとにしっかり引き寄せました。ああ、その時のみんなの喜びようは、とうてい言いあらわすことはできません。こうして、「どことも知れぬ」海の上に月の光に照らされて浮かぶ小舟の中に家族三人が揃ったのです！

しかし一刻もぐずぐずしてはいられません。洞窟の番人たちが目を覚まさないうちに洞窟を通らなければなりません。二人は櫂《かい》を取ると、力のかぎり漕いで舟を進ませました。

ところが思わぬ災難が生じたのです！　小さな王様が母親に目を向けた途端に、子供は母親を思い出しました。子供は両手をひろげて母親に抱きつきました――子供の手から金の林檎が離れました。金の林檎は海の中に落ち、海の底、海の王の大広間まで落ちていって、海の王の肩に当たったのです。

海の王は目を覚まし、怒り狂って唸《うな》り声をあげました。宮殿じゅうの召使たちが夢から覚めて、とび起きました。彼らは小さな王様と彼の召使がいなくなっていることにすぐに気づきました。すかさず追跡が始まりました。海の娘たちが月夜の海に泳ぎ出ました。翼のある海の妖精《ヴィーラ》が洞窟の番人を起こすために急使として送られ、夜空に飛び立ちました。

小舟はすでに洞窟を抜けていましたが、追跡されています。パルンコと妻は力のかぎりに舟を漕ぎましたが、追っ手が迫ってきます。海の娘たちが彼らの後ろで水しぶきをあげ、翼のある海の妖精《ヴィーラ》が小舟を追跡し、波はうねり海は荒れ、黒雲から強風が吹きつけます。追っ手の群は四方八方から小舟を取り囲むように迫ってきます。こうなっては最も舟足の速い舟であっても逃げきることはできないでしょう。ましてこんな小さな二本櫂の小舟ならばなおさらです。小舟は追跡の手をのがれようと必死にあがきました。ちょうどその時、しらじらと夜が明け、小舟が危機に瀕している状況が目に見えました。

つむじ風が小舟を巻き込み、荒れ騒ぐ波浪が小舟を打ち、海の娘たちが輪になって小舟を囲んでいます。海の娘たちの輪は小舟を揺すり、恐ろしい波しぶきをあげて舟を進ませません。海が叫び、風が唸ります。

パルンコは死の恐怖にとらえられ、必死に叫びました。

「おうい、明るい曙娘《あけぼのむすめ》よ、助けてくれ！」

海の向こうから曙娘が姿を現わしました。曙娘はパルンコにちらりと目をやりましたが、まともに見ようとはせず、小さな王様にも目を向けましたが、贈物はしませんでした。しかし誠実な妻には素早く急ぎの贈物を与えました。刺繍《ししゅう》のあるハンカチと留めピンでした。

ハンカチは見る見るうちに白い帆になり、留めピンは舵《かじ》に変わりました。帆は風をはらんでまるまるとした林檎のようにふくらみました。妻はしっかりとした手つきで舵を取りました。小舟を取り巻いていた海の娘たちの輪は崩れ、小舟は夜空を流れる星のように青い海の上を滑ります。恐ろしい追っ手の前を世にも不思議な小舟が飛ぶように走ります。追跡が激しさを増すと、それだけ小舟の走行を助けます。風が速度を加えると、それだけ速く小舟は風の前を走り、潮の流れが速くなると、それだけ速く小舟は海の上を進みます。

遠くに岩だらけの岸が見えてきました。浜辺にはパルンコの小さな家があり、家の前には白く光る浅瀬が広がっています。

岸辺が見えると、急に追っ手の力が弱まりました。翼のある海の妖精《ヴィーラ》は岸を恐れ、海の娘たちは岸から遠く離れた所でとまり、風と波は沖にとどまりました。小舟だけが、母の懐《ふところ》にとびこむ子供のように、岸辺に向かって突進します。

小舟は白く光る浅瀬を過ぎたところで岩にぶつかりました。小舟は岩に当たって砕け、帆と舵はどこかに消え、金の揺り籠は海に沈み、黄金の蜜蜂は逃げてしまいました。――そしてパルンコと妻と子供の三人が自分の家の前の遠浅の浜辺に立ちつくしていました。

ああ！　三人が晩に藜《あかざ》の夕食を食べたとき、いままでに起きたことは全部忘れてしまいました。そしてもしあの二管笛がなかったならば、この出来事を覚えている者は誰もいないことでしょう。

しかし、誰かがこの二管笛の太いほうの管の笛を吹くと、パルンコのことをこう語るのです。

不思議や　パルンコのお馬鹿さん
海の底まで落っこちて
そりゃあ　ひどい目にあったとさ

そして細いほうの管の笛が奏でる調べは妻の想い出を語ります。

輝け　輝け　曙《あけぼの》の光よ
新しき幸　ここにあり
三度《みたび》　海に沈みし幸を
救いし人ぞ　清き妻

この二管笛の物語は広く世に知られています。

レゴチ

一

ある美しい夏の夜のことです。馬飼いの牧童たちが牧場で馬の放牧をしていました。馬の番をしているうちに牧童たちは突然、眠気に襲われて寝入ってしまいました。牧童たちが寝入ってしまうと、雲の上から妖精《ヴィーラ》＊1たちが少しのあいだ馬たちと遊ぶために降りてきました。それは妖精《ヴィーラ》たちの習慣でした。

妖精《ヴィーラ》たちはそれぞれに自分の好みの馬を捕まえてそれに乗り、自分のブロンドの髪の毛で馬を鞭打《むちう》ち、夜露《よつゆ》にぬれた牧草地をぐるりと走り回らせました。

妖精《ヴィーラ》たちのあいだにひとりの小さな妖精《ヴィーラ》がいました。コーシェンカという名前で、その夜はじめて雲

＊1　妖精《ヴィーラ》……四五ページの注を参照。

の上から地上に降りてきたのです。このように夜、子馬に乗ってつむじ風のように駆け回るのは、コーシェンカにはすばらしいことに思われました。しかも本当にコーシェンカは最も元気のよい黒馬を捕まえたのでした。小さいけれども、火のように気性の激しい馬です。黒馬はほかの馬たちと一緒に牧場を一回り走りましたが、一番速く走ったのです。ほかの馬たちは黒馬のあとを追いかけて泡汗をかいていました。それでも、コーシェンカはもっと速く馬を走らせたかったのです。コーシェンカは体をかがめて黒馬の右の耳をつねりました。すると、馬は驚いて後ろ足で立ち、それから前に飛ぶように走りだし、ほかの馬を置き去りにして牧草地を後にし、つむじ風のようにコーシェンカを遠い世界へと運んでいきました。

コーシェンカはこの矢のような走りが気に入りました。コーシェンカを乗せた馬は風のように走って野を越え、川を越え、草原を越え、丘を越え、また丘を越えました。

「あらまあ、なんてたくさんのものを大地は運んでいくのでしょう」とコーシェンカはこれらの美しい景色を見ながら、嬉しくなって心のうちに思いました。しかし通ってきた地方のなかで、最もコーシェンカの気に入った場所がありました。そこには丘があり、丘の上にはすばらしい森があり、丘の麓《ふもと》には二枚の金のハンカチを敷いたような黄金色《こがねいろ》に輝く二つの畑が並んでいて、そこには二羽の白鳩が止まっているような二つの白い村があり、そこから少し離れたところに大きな川が流れていました。

しかし黒馬はどこにも止まろうとはせず、狂ったように遠くへ、遠くへと走っていきます。

こうして黒馬はコーシェンカを乗せて長いこと走りつづけて、最後に巨大な平地に着きました。そこからは凍りつくような冷たい風が吹いていました。黒馬はその平地に走り込みましたが、そこは黄色い土の地面が続くばかりで、草もなければ木もなく、平地を先へ進むほど、ますます寒くなっていきます。この平地がいったいどれほど広いのか、お話することができません。なにしろ人っ子一人通らないからです。黒馬はコーシェンカを乗せて七日と七夜走りつづけました。そして八日目の夜明け前に平地の中心地に着きました。平地の心臓部には、猛烈な冬が支配している恐ろしく巨大な町レゲンの廃墟となった壁が立っていました。

コーシェンカを乗せた黒馬が古びた門の前まで来たとき、コーシェンカは自分の妖精《ヴィーラ》のヴェールを壁越しに投げて、壁につかまりました。コーシェンカが乗ってきた馬は走り去りました。黒馬はレゲンの町の堅牢な壁のあいだを必死にあちこち走り回って、ついに北側の門に着き、再び平地へ走り出て、どこかへ行ってしまいました。

コーシェンカは壁から降りて、骨のように冷たい町の中を歩きはじめました。コーシェンカは自分の妖精《ヴィーラ》のヴェールを肩のまわりに巻いていました。それがないと雲の中へ飛んでいくことができないので、とても大切にしているのです。こうしてコーシェンカはレゲンの町を歩いていきながら、こんなに不思議な大きな町には、きっとどこかで何か不思議なことが自分を待っているにちがいない、という気がしていました。しかし廃墟となった巨大な壁のほかには何も見えず、寒さのために石がひび割れる音以外は何も聞こえません。

コーシェンカが一番大きな壁の周りを回ったとき、その壁の下の辺りに一番大きな森の中の一番大きな樫《かし》の木よりも大きな巨人が眠っている姿が突然、目にとびこんできました。その大男は厚手の粗布のマントを着ていて、十メートルもあるベルトを腰に締めています。男の顔は大樽《おおだる》のように大きく、鬚《ひげ》は玉蜀黍《とうもろこし》の茎を積み上げた山のようです。その男はそんなに大きかったので、教会の鐘楼が壁のそばに倒れているのではないかと人が思うぐらいです。

この大男は名をレゴチといい、レゲンの町に暮らしてこの町の壁の石の数を数えること以外の仕事はしていませんでした。レゴチがこの樽《たる》のように大きな頭の持ち主でなかったならば、決して石の数を数えきることはできないでしょう。しかしレゴチはこうして数えに数えてすでに千年数え続けてきて、三十の壁と五つの門の石を数え終わりました。

コーシェンカはレゴチを見て、驚きのあまり両手を組み合わせました。コーシェンカには、こんな大きな人が地上にいるなんて、考えられませんでした。

コーシェンカはレゴチの耳のそばに腰を下ろしました（レゴチの耳はコーシェンカと同じぐらいの大きさでした）。そして耳に向かって大きな声で言いました。

「おじさん、寒くないの？」

レゴチは目を覚まし、にっこり笑ってコーシェンカを見ました。

「なに、寒いかって？　そりゃあ寒いさ」

レゴチは遠くから響いてくる雷鳴のような太い声で答えました。レゴチの大きな鼻は寒さのために赤くなっており、髪の毛と鬚《ひげ》は白い霜《しも》に覆われていました。

「あらまあ、こんなに大きな人なのに、寒さをよけるお家《うち》を造らないの？」とコーシェンカは言いました。

「えっ、なんでそんな必要があるのかね？」とレゴチは言ってまた笑いました。「そのうちお日様が出るさ」

レゴチは体を起こして座りました。レゴチは座ったまま左の手で左の肩をはたき、右の手で右の肩をはたいて硬い霜を払い落としました。どの肩からも、屋根から雪が滑り落ちるように、たくさんの霜が落ちました。

「気をつけてよ、おじさん、わたしを霜で埋めてしまう気なの！」とコーシェンカは叫びました。

しかし、レゴチはコーシェンカの声がほとんど聞こえません。コーシェンカがレゴチの耳から遠いところにいるからです。レゴチは座っていてもそれほど背が高いのです。

レゴチは、コーシェンカの声が聞こえるように、コーシェンカを肩に乗せて立ち上がり、自分の名を名乗り、自分がどんな仕事をしているかを話しました。そしてコーシェンカは、自分がどうやってここにたどり着いたかを、レゴチに話しました。

「ほら、ごらん、お日様が出たよ」とレゴチはコーシェンカに教えました。

コーシェンカは空を見上げました。太陽は昇っていましたが、青白くて弱々しく、人を暖めてくれそうもありません。

「レゴチ、あなたおかしな人ね。人のいないこんなところに暮らして、これまでずっと誰のためにもならないレゲンの石を数える仕事をしてきたなんて、本当にお利口さんのすることではないわ。レゴチ、世の中の美しいものを見に行きましょうよ。そしてもっとためになる仕事を探しに行きましょうよ」とコーシェンカは言いました。

レゴチは、レゲンの町よりも美しい場所を探そうなどと思ったことは一度もありませんでしたし、自分の仕事よりも良い仕事があるとは夢にも思ったことはありませんでした。レゴチは「レゲンの町じゅうの石を数えるのが自分の定めだ」といつも思っていたので、ほかに良いものを求める気などありませんでした。

しかしコーシェンカはレゴチに、一緒に広い世界を見に行こう、としつこくせがんで、レゴチを落ち着いた気持ちにさせません。

「わたしをあの美しい場所に連れていってよ。あそこには古い森があってね、森につづいて二つの金色の畑があるのよ」とコーシェンカは言います。

コーシェンカは長いこと話しました。レゴチは今まで誰とも話を交わしたことがなかったので、しつこい説得に打ち勝つことができませんでした。

「仕方ない、行くとするか」とレゴチは言いました。

しかし、いざ出発となると、コーシェンカはレゴチに連れていってもらうためには、何か乗り物になるようなものを工夫して作らなければなりませんでした。レゴチは何も持っていなかったからです。

それでコーシェンカは懐《ふところ》から真珠のいっぱい入った小袋を取り出しました。この真珠は雲の中にいるコーシェンカのお母さんが、コーシェンカが地上に降りていく前に、くれたものです。そのときお母さんは娘に言いました。「この袋からね、必要なことが起こった時に真珠を一つだけ取って投げるのですよ。そうすれば、それはあなたが必要とするものに変わってくれます。真珠は大切にするのですよ。なにしろ世の中には真珠を必要とするような困ったことが真珠の数よりもたくさんあるからね」

それでコーシェンカは真珠を一粒取り出して投げると、それは目の前でコーシェンカと同じぐらいの大きさの手籠になりました。そして手籠の取っ手の輪はレゴチの耳に掛けるのにぴったりの大きさでした。コーシェンカは手籠の中に入りました。レゴチは手籠を取り上げて、それを自分の片方の耳にイヤリングのように掛けました。

レゴチが笑ったり、くしゃみをしたり、頭を揺り動かしたりするたびに、コーシェンカはブランコに乗ったように体が揺れました。こうして旅するのはコーシェンカにとってとても楽しいことでした。

さてレゴチは歩き出すと、最初の一歩で二十メートルを進みます。コーシェンカはレゴチを止めて、またもやお願いをしました。

「レゴチ、わたしたち地面の下を通っていくことはできないかしら。わたしは地の下の世界がどうなっているのかを見たいの」

「もちろん、できないことはないさ」とレゴチは答えました。レゴチはいたずら半分で地面に穴を開けることぐらいできたのですが、地下の世界を見るために地の下に降りていくなんて、考えたこともありませんでした。

しかしコーシェンカは神様のお創りになったすべてのものを知りたくてたまらなかったのです。それで、あの金色の畑がある森の下に着くまで地の下を通っていくことに話が決まりました。そこまで行ったら、地上に出ることになります。

そのように話が決まると、レゴチは地面に穴を開けはじめました。レゴチは逞《たくま》しい片足を上げて一回地面を打ちました。すると大きなレゲンの町全体が震えて、たくさんの壁が崩れました。レゴチはもう一度足を上げて地面を打ちました。すると平地全体が震えはじめました。レゴチが三度目に足を上げて地面を打つと、世界の半分が震えはじめて、レゴチの足もとの地面が裂けて、レゴチとコーシェンカは地の下に落ちました。

二人が下に降りてみると、地の下はすべて掘られた空間になっていました。四方八方に通じる道があり、円柱がありました。誰がこのような道を通ったかは、神様だけがご存知です。どこかで水がざわめく音がして、どこかで風が唸《うな》る音が聞こえます。

二人は道の一つを選んで歩きはじめました。二人が落ちてきた地面の裂け目からいくらか光が射していました。しかし先へ進んでいくにつれて暗さが増し、やがて地下の世界以外にはありえない真っ暗闇となりました。

レゴチは一向構わず暗闇の中を歩いていきます。大きな手で円柱を一つ一つ探りながら進んでいくのです。

コーシェンカはそんな暗闇が怖くてたまりません。コーシェンカはレゴチの耳につかまって叫びました。

「レゴチ、暗くて怖いわ！」

「だがなあ、暗いのは仕方ないさ。暗闇がわしらのところへやって来たのではなくて、わしらが暗闇に向かって来たのだからな」

コーシェンカはレゴチの言うことがもっともなので癪《しゃく》にさわりましたが、それでもレゴチがこんなに強い人なので何か大きな良いことをしてくれるのではないかと期待していました。

「もしわたしに真珠がなかったなら、あなたがそばにいても、わたしはもうお仕舞いになるところだわ」とコーシェンカは怒りました。

そこでコーシェンカは真珠を一粒投げました。するとそれはコーシェンカの手の中で金色の炎を上げるように明るい手さげランプになりました。闇は地の奥へ逃げこみ、地下の道は遠くまで照らされました。

コーシェンカはランプが大昔から地下の世界にある不思議なものを次々に照らし出して見せてくれたので、すっかり嬉しくなりました。一つ目の場所にはすべてのドアと窓に金箔が施されて、赤い大理石の塀に囲まれている立派な館《やかた》が見えました。二つ目の場所には英雄の武器、銃身の長い細身の鉄砲、ダイヤモンドやその他の宝石で装飾された、どっしりとしたダマスク鋼のサーベルがありました。三つ目の場所にはずいぶん昔にうずもれた財宝——金製の大皿、ドゥカット金貨を盛った銀製の杯、よく精錬された純金の王冠——がありました。これらすべてのものは神様の意志によってここの地下世界に来たのであり、これほどの財宝が無事に眠っているのは神秘と言うほかはありません。

コーシェンカの目にはこの大きな奇跡はまぶしく映りました。それでコーシェンカは行こうとしていた道をまっすぐ進む代わりに、しばらく遊んで、この財宝をゆっくり見て楽しみ、神秘の世界を眺めたいと思って、地面に降ろしてほしい、とレゴチに頼みました。

レゴチはコーシェンカを地面に降ろしました。コーシェンカは手さげランプを手に持って館のほうへ、英雄の武器のほうへ、財宝のほうへ走りました。遊んでいるあいだ真珠の入った小袋をなくさないように、それをコーシェンカは一つの円柱のもとに置きました。

レゴチはひと休みするために腰を下ろしました。コーシェンカは宝物をおもちゃ代わりにして遊ん

だり、見事な品々を観察したり、調べたりしはじめました。小さな手でぴかぴかの金貨をお手玉のようにして遊び、彫刻の施された銀製の杯を眺め、よく精錬された純金の王冠を頭に載せました。コーシェンカがこうして遊んだり、眺めたりして楽しんだあと、ふと見ると、一つの大きな円柱に立てかけてある、きわめて精巧な象牙細工の小さな杖が目に入りました。

しかしその大きな円柱は、湧水によって土台が弱くなっていたので、倒れ落ちないように、まさにこの細い杖によって支えられているのでした。それは神様がそのために降ろした細い杖だったのです。その細い杖が地の下で円柱を支えて立っているのです。

「あの杖はどうしてあそこに立っているのかしら?」とコーシェンカは不思議に思って、よく見るためにそれを取りに行きました。

しかしコーシェンカが杖をつかんで取り外すと、地下の道が地響きを立てはじめ、その大きな円柱が揺らぎはじめ、地下の土が丘のように盛り上がっているところ全体が揺れはじめて、崩れ砕けました。そしてレゴチとコーシェンカのあいだで道が埋まり、二人の間が遮《さえぎ》られてしまい、お互いに見ることも声を聞くこともできなくなり、行き来することも、知らせ合うこともまったくできなくなりました。

こうして小さな妖精《ヴィーラ》コーシェンカは地の下に囚われてしまいました。コーシェンカは生きたまま地下の巨大な墓の中に閉じ込められてしまい、あの通りがけに目にした金色の野を再び見ることができなくなりました。これはすべてコーシェンカが悪かったせいで、コーシェンカが行こうとしていたところへ真っ直ぐ行かずに道草をし、神秘の世界に入ろうとして右往左往したからでした。

コーシェンカは泣き出しました。レゴチのところへ行きたくてたまらず、めそめそと泣き悲しみました。コーシェンカには、抜け道がないこと、自分の命の綱である真珠のはいった小袋は土の下に埋まってしまい、もはや救いがないことが分かってきました。

この状況を理解したとき、コーシェンカは泣くのを止めました。コーシェンカはたいへん誇り高い妖精《ヴィーラ》であったので、覚悟してこう思いました。

「ほかに途《みち》はないわ。死ぬしかない。レゴチから助けは来ないし、レゴチは頭が空っぽだから、自分自身を助けることも考えないし、ましてわたしを助けることなんか思いつきもしないわ。死ぬよりほかないわ」

コーシェンカはもう死ぬ覚悟ができていました。それでもコーシェンカは、いつか誰かこの墓地に来る人がいたら、ここに眠っている女の子が高貴な生まれであることを知ってほしい、と願いました。そのため、コーシェンカは頭に純金の王冠を被り、手に象牙の杖を持って、死ぬために身を横たえました。コーシェンカのそばには誰もいません。コーシェンカのランプだけが金色の炎を上げて輝いています。しかしコーシェンカの体が冷たくなってゆき、感覚がなくなってゆくにつれて、ランプの明かりも少しずつ薄れてゆくのでした。

ところで、レゴチの頭は本当に空っぽでした。円柱が崩れ落ちて、自分とコーシェンカとの間が土で埋まってしまったときに、レゴチは身動きせずに暗闇の中にそのまま座っていました。そうして、なおしばらくのあいだレゴチは座っていましたが、ようやく立ち上がって、そこで何が起こったかを見にゆくことにしました。

レゴチはコーシェンカがいた辺りの場所を闇の中で手探りで探しました。手探りしながらそこが土で埋まっていて、向こう側に行く道がないことを感じました。

「何てこった、向こう側へ行く道がなくなってしまったぞ」とレゴチは思いました。そしてレゴチはそのことをそれ以上考えようとはせずに、くるりと背中を向けて、土で埋まった山を後にしました。土の山の向こうにいるコーシェンカを置き去りにして。レゴチはもと来た道をレゲンの方角に向かって引き返していきました……。

こうしてレゴチは円柱を伝わって自分の道をどんどん歩いていきました。もうすでに遠く離れたところまで来ていましたが、レゴチは何となくずっと気分が晴れないのです。自分自身ではそれが何なのか分からないのですが、とにかく気分が良くないのです。

レゴチは腰の革帯がゆるいのではないかと思って、それを締め直してみました。手がしびれているのではないかと思って、手を肩に伸ばして触ってみました。手にも肩にも異常はありません。それでもまだ何か変なのです。これはいったい何なのか、とレゴチは訝《いぶか》りました。変だな、と思って頭を振りました。

レゴチが頭を振ったとき、耳に掛けていた手籠が揺れました。レゴチは手籠が軽いのを感じ、コーシェンカがいないのに気がつきました。するとレゴチは胸をぎゅっと締めつけられ、心が痛くなりました。レゴチは、頭は空っぽかも知れませんが、これはコーシェンカをかわいそうに思う心が自分を苦しめているのだと感じ、コーシェンカを助けなければならない、と思いました。そういう思いにいたるまでには時間がかかりましたが、レゴチはそう思ったとたん、振り向きざま、土で埋まった山の向こうのコーシェンカがいる場所へつむじ風のように飛んでいきました。そしてあっという間にそこに着きました。レゴチは両手で土の山を掘り、掘って、掘って、また掘ってついに大きな穴を開けて、コーシェンカを見つけました。コーシェンカは純金の王冠を被って横たわっていました。すでに冷たくなっており、体が動かなくなっていました。コーシェンカのそばのランプは一番小さな蛍《ほたる》のようにかすかな炎を上げていました。

もしここでレゴチが悲しみのあまり大声を上げて泣き叫んだとしたら、地下の世界が揺れ動いて、ランプが消え、冷たくなったコーシェンカのそばの蛍のような小さな炎も消えてしまっていたでしょう。しかし、レゴチはあまりの悲しさに胸が締めつけられて声が喉で詰まってしまい、泣き叫ぶことができませんでした。レゴチは大きな手をのべて冷たくなったコーシェンカをそっと掴《つか》み、掌《てのひら》の上にのせ、凍えた小鳥を温めるように、両方の掌のあいだでコーシェンカを懸命に温めはじめました。すると、どうでしょう！　しばらくするとコーシェンカが小さな手を動かしました。そばのランプも急に明るさを増しました。それからコーシェンカは頭を動かし、そばのランプの光はもっと明るくなりました。ついにコーシェンカは目を開けました。するとランプは金色の炎を上げて明るい光であたりを照らしました。

コーシェンカは跳びあがってレゴチの顎鬚《あごひげ》につかまりました。二人は嬉しさのあまり泣きだしました。レゴチの流す涙は梨のような大粒の涙で、コーシェンカの涙は粟《あわ》のように小粒です。思う存分泣いたあと、二人はコーシェンカの真珠の小袋を見つけて、さらに遠くへと道を歩きだしました。二人は、地下世界にあるどんなものにも、もはや触れることはしませんでした。海の底からここへやって来た、沈没した宝船にも、円柱のそばに並んでいる赤い珊瑚《さんご》や黄色い琥珀《こはく》にも手を触れませんでした。こうしてどんなものにも触らず、どこにも立ち止まらず、金色の畑の下に出るために真っ直ぐに道を進みました。

　こうして長いこと歩いていって、ある場所に来たとき、コーシェンカはレゴチに、自分を持ち上げてほしい、と頼みました。レゴチがそうしてやると、コーシェンカはレゴチの頭の上にある天井から何かを摑みました。

　コーシェンカが摑んだのは土で、手の中の土を見ると、土の中に木の葉と木の切れ端が入り混じっていました。

「ほら、レゴチ、わたしたち、とうとう金色の畑のはずれにある森の下まで来たのよ！　外に出ましょう」とコーシェンカは叫び声を上げました。

　そこでレゴチは背伸びをして、頭で頭上の地面に穴を開けはじめました。

二

　二人の頭上には本当に森があって、この森は二つの村、二つの地区の間の境界となっている窪地《くぼち》です。この窪地に来る者は、二つの村に住む羊飼いの少年たちと少女たちだけで、ほかには誰も来ません。

　この二つの村の間には激しい争いがありました。打穀場をめぐり、放牧地をめぐり、水車をめぐり、伐採地をめぐり、二つの村は争ってきましたが、争いの最大の原因は村長の支配権の象徴である杖をめぐる問題でした。片方の村は昔からその村長の杖の所有権を主張しており、もう片方の村は頑としてそれを譲ろうとしません。二つの村は不倶戴天《ふぐたいてん》の敵どうしだったのです。

しかし二つの村の羊飼いの少年少女たちは無邪気な子供たちでしたので、大人たちの権利の主張などにはまったく関心がなく、理解しようともせず、毎日二つの村の境に集まりました。羊たちが混じりあって一緒に草を食べているあいだ、子供たちは一緒になって遊んでいました。そして遊びに夢中になりすぎて時のたつのを忘れ、夕方、羊たちを連れて家に帰るのが遅くなることがありました。

そのために両方の村で、子供たちを叱りとばす声や騒々しい喚《わめ》き声が聞こえました。ところで、そのうちの一つの村には、二つの村で起こった出来事を全部覚えている、たいへん年取ったおじいさんとおばあさんがいました。おじいさんとおばあさんはいつも言いました。

「皆の衆、子供たちをそのままにしておきなされ。窪地《くぼち》での子供たちの遊びのほうがお前さんたちの畑の麦よりも良い実を結ぶことになるだろうよ」

そして子供の羊飼いたちはあいかわらず羊たちを連れて同じ窪地にやって来ました。大人たちは、子供たちが放牧に出たあとは、子供たちがすることには無関心で、何をしているかを訊くことはありませんでした。

こうして、その日はちょうどその場所で、レゴチが地面に穴を開けはじめた時でした。子供の羊飼いたちは一番大きな樫《かし》の木の下に集まっていて、それぞれ家に帰ろうとしているところでした。ある子は靴の紐《ひも》を締めなおし、ある子は鞭《むち》を取っ手に結びつけ、女の子たちは羊たちを集めていました。その時、子供たちは自分たちの足もとで恐ろしい響きを立てて地面を打つ音を耳にしました。地面を打つ音は一回、二回、と響き、三回目には地面が割れて、子供たちの真ん中に樽《たる》のように恐ろしく大きな顔がのぞきました。その顎鬚《あごひげ》は玉蜀黍《とうもろこし》の茎を積み上げた山のようで、その鬚にはレゲンの町の霜《しも》がまだついていました。

子供たちは恐怖のあまり悲鳴を上げて地面に倒れ、死んだようになりました。樽のように大きな頭だったからばかりでなく、顔の顎鬚が玉蜀黍の茎を積み上げた山のように見えて、恐怖に襲われたのでした。

どの子も倒れてしまいましたが、二つの村、二つの地域のなかで一番可愛くて、一番賢い子である小さなリーリョだけは平気でいました。

リーリョはしっかりと立って、この不思議なものを近くでよく見ようと、近寄っていきました。「おいで。みんな、おいでよ」とリーリョは叫びました。「ごらんよ、小さくてきれいな女の子が一緒にいるよ」

男の子も女の子もいっせいに起き上がって、みんなが一人一人の肩越しに覗き込むようにしてコーシェンカを眺めはじめました。それから一番怖がった子供が最もすばしっこく、真っ先にコーシェンカに近づきました。

子供の羊飼いたちはすぐにコーシェンカが好きになりました。コーシェンカを手籠から出して、一番美しい芝地へ連れていきました。子供たちはコーシェンカの美しい服に見とれました。コーシェンカの衣裳は朝の光のように輝き、やわらかでした。しかし子供たちをなによりも不思議がらせたのは、コーシェンカの妖精《ヴィーラ》のヴェールでした。それはコーシェンカが少し振ると、すぐに芝地の上に舞い上がり、ひらひらと飛ぶのでした。男の子たちはコロ・ダンス[*1]を踊りはじめ、女の子たちはコーシェンカと一緒にいろいろなダンスをはじめました。コーシェンカの小さな脚は喜びのあまり踊りつづけ、お互いに気に入った仲間と一緒に遊んでいる嬉しさで、目も口も笑っていました。

それでコーシェンカはあの小袋から真珠を取り出して、友達になった子供たちを喜ばせるために使いはじめました。

コーシェンカが真珠を一つ投げると、女の子のために色とりどりのリボンと赤いネックレスで飾られた小さな木が子供たちのあいだに立ちました。コーシェンカがもう一つ真珠を投げると、森のあちこちから優雅な孔雀《くじゃく》が現れました。孔雀たちは歩いてきて、飛んできて芝地の上に輝くばかりの羽根を撒き散らしました。それで芝地全体が明るく光って見えました。男の子たちは帽子とチョッキを孔雀の羽根で飾りました。さらにもう一つの真珠をコーシェンカは投げました。すると、一つの高い枝に絹のロープのついた金のブランコがかかりました。子供たちがブランコをこぐと、ブランコは宙を飛ぶように揺れて、燕《つばめ》のように高く飛んだかと思うと、総督の乗ったガレー船のようにふんわりと沈みました。

子供たちは嬉しくてきゃっきゃっと笑い、コーシェンカは「真珠を大切にしなさい」というお母さんの言いつけを忘れて、次から次へと真珠を投げました。コーシェンカにとってこの世で素晴らしい遊びと楽しい歌ほど好きなものはなかったからです。こうしてコーシェンカは真珠を最後の一粒にいたるまで無駄に使ってしまったのです。真珠がコーシェンカと子供たちにとってまもなく必要になろうとは夢にも思っていませんでした。

「わたし、絶対にあなたたちのそばを離れないわ」とコーシェンカは喜びの声を上げました。コーシェンカがこう言うと、子供たちは両手を打ち合わせ、嬉しくなって帽子を空高く放り上げました。ひとり、リーリョだけが子供たちの遊びに加わらずにいました。リーリョは、その日は何となく憂鬱《ゆううつ》で、気が沈んでいたからです。リーリョはレゴチのそばにとどまって、そこからコーシェンカのきれいな姿と、コーシェンカがこの窪地《くぼち》の森で行うさまざまな奇跡を眺めていました。

そうこうするうちに、レゴチは穴の中から這い上がりました。外に出て、森の木々のあいだに近づいてきました。そこに立つと、レゴチの頭は数百年を経た古い森全体よりも高く突き出ています。巨人レゴチはこのように恐ろしく大きいのです。

レゴチは森の上から平地を見渡しました。

太陽はすでに夕日となって燃え、夕焼けが空を赤く染めていました。平地には二つの黄金色の畑が二枚のハンカチのようにみえ、両方の畑には二つの村が二羽の白鳩のように見えました。そこには二つの村から少し離れたところに大河の「災い川」が流れていました。この川の岸に沿って緑色に輝く草地の高い土手が続いていました。幅の広い土手には家畜の群れと牧人たちの姿が見えます。

「いやはや、まったく、わしが千年もあの荒涼としたレゲンにいたのは、何のためだったのか。世界に

＊1　コロ・ダンス……南スラヴ人のフォーク・ダンス。数名以上が手をつなぎ合って輪をつくり、軽快なステップで太陽回りに踊る。

はあのような素晴らしい場所があるというのに」とレゴチはつぶやきました。レゴチはこの平地の景色が気に入って、樽《たる》のように大きな頭を右に左にまわしたので、それは巨大な案山子《かかし》のように森の上で揺れました。

しかしリーリョがすぐにレゴチを呼びました。「おじさん、村の大人たちに見つからないように座ってください」

レゴチは腰を下ろし、二人は話しはじめました。リーリョは、その日、どうして自分がそんなに悲しい気持ちになっているのかを、話しました。

「今夜、大変な災いが起こることになります。ぼくは、きのうの晩、村の代表たちが話し合いをしていたのを偶然聞いてしまったのです。代表たちは、こう言っていました。『災い川の土手に穴を開けよう。川の水が穴を大きくして土手が崩れるだろう。洪水が向こう側の村を襲い、男も女も、畑も墓地も沈めてしまい、もと敵の村のあったところは一面の海になってしまうだろう。ところでわしらの野は向こう側の野より高く、村は高台にあるから、わしらには何の害も起こらない』こんなふうに話が決まると、代表たちは実際に立っていって、大きなドリルを持ち出して、夜のうちにひそかに土手に穴を開けたのだよ。でも、ぼくはね、おじさん、知っているんだ。ぼくらの村はそんなに高いところにあるのではないのだよ。だから洪水はぼくらの村にも打ち寄せて、二つの村があったところは今夜のうちにも海になってしまうにちがいない。それでぼくはこんなに悲しい気持ちになっているのです」

リーリョがこんなふうに話しているうちに、ものすごい悲鳴と騒ぎが平地に起こりました。

「ほら見たことか！　もう災難がはじまった！」とリーリョは叫びました。

レゴチはすっくと立ち上がり、リーリョを高く抱き上げました。二人は平地を見渡しました。見るも悲惨な光景です！　堤防が決壊し、「災い川」の黒い激流が二つの流れとなって、美しい野の両側へとうねっていきます。片方の激流が一つの村を呑み込み、もう片方の激流がもう一つの村を呑み込んでいきます。家畜の群れは溺れ、黄金色の畑は水の下に消え、墓地の十字架はつぎつぎにもぎ取られ、両方の村には悲鳴と騒ぎが響くばかりです。両方の村の代表たちは小太鼓、大太鼓、笛を持って打穀場に出て行き、太鼓を打ち鳴らし、笛を吹き鳴らして、互いに敵意をぶつけ合いました。大人たちは憎しみのあまり理性を失っていたのです。それにつられて村の犬たちが吠え出し、女、子供が泣き叫んだため、騒ぎはいちだんと大きくなりました。

「おじさん、どうしてこの水を止めるためにぼくらに手を貸してくれないの！」とリーリョは叫びました。

そのあいだにレゴチとリーリョのまわりにコーシェンカと一緒に子供たちが、平地に響くものすごい悲鳴に怯《おび》え、度を失って、集まって来ました。

機敏な妖精《ヴィーラ》であるコーシェンカは、何が起こったかを知って、言いました。

「さあ、レゴチ、行って水を止めて！」

「さあ行こう！」二つの村から来た子供たちは泣きながら叫びました。「行きましょう、レゴチ、ぼくらも連れていって！」

レゴチは体をかがめて、右手にリーリョとコーシェンカ（コーシェンカは自分の手さげランプをしっかりと持っていました）を取り上げ、左手に残りの子供たちを取り上げました。そしてレゴチは一足で二十メートル進む速さで森の窪地《くぼち》を抜けて平地に向かって走りました。羊たちも怯《おび》えてメェーメェー啼きながら子供たちの後を追いました。こうしてみんな平地に着きました。

夕霧をついてレゴチは子供たちを抱いて走り、怯えた羊の群れは素晴らしい走りでその後を追い、みんな土手に向かって走りました。「災い川」の黒い水はレゴチたちに向かって流れてきて、行く手にあるものをすべて破壊し、沈めています。水の力は恐ろしいほどに強いのです。水の力はレゴチの力よりも強いのでしょうか？　水はレゴチを打ち倒すのでしょうか？　小さな羊飼いたちを滅ぼし、星のようにきれいな、小さな妖精《ヴィーラ》のコーシェンカを呑み込むのでしょうか？

レゴチはまだ水の来ていない牧草地を全速力で走り抜けて、息を切らしながらも一気に土手に着きました。土手には大きな穴が開いていて、水が恐ろしい勢いで迸《ほとばし》り出ています。

「水を止めて、止めて、レゴチ！」子供たちは叫びました。

その平地には、土手に近いところに乾いている小さい丘がありました。「わたしたちをあの丘の上に置いて！」とコーシェンカが言いました。レゴチはリーリョとコーシェンカと子供たちをその丘に下ろしました。そして子供たちを囲むように羊たちがひしめきました。丘の周囲にはすでに水が溢《あふ》れていました。

レゴチは大股で水の中に入っていき、土手に体を寄せて大きな胸で土手に開いた穴を塞《ふさ》ぎました。一瞬、水は止まりましたが、水の勢いはものすごく強くて、それを押しとどめることはどうしてもできませんでした。水は激しく抵抗して、レゴチに襲いかかってその肩まで達し、下から、後ろから、周りからレゴチに押し寄せては、平地の遠くまでうねりながら流れていきます。レゴチは両手を広げて土を掻き集めて穴を埋めます。レゴチがどんなに土で穴を埋めても、水がすぐにそれを押し流してしまいます。

そうしているうちに平地に流れ込んだ水は水嵩《みずかさ》を増してゆき、畑よりも、村よりも、家畜よりも、打穀場よりも高くなって、もはやほとんど何も見えなくなりました。二つの村で水面に顔を出しているのは家々の屋根と教会の尖塔だけです。

リーリョとコーシェンカと子供たちが集まっている丘の周囲で水位はどんどん高くなっていきます。子供たちは――ある子は母の名を呼び、ある子は兄弟や姉妹の名を呼び、ある子は家を恋しがって――泣き叫んでいます。二つの村は水の下に沈み、もはや誰にも救いはなく、それに水は自分たちのところにも迫っているからです。

子供たちは丘の高い所で身を寄せ合い、リーリョとコーシェンカを囲んで固まり、身をすくませています。

リーリョは石のようにじっとして蒼ざめて立っています。コーシェンカは眼をきらきらさせて、レゴチの手元を照らすために、レゴチに向けて手さげランプをかかげています。コーシェンカのヴェールは夜の風にあおられて巻き上がり、小さな妖精《ヴィーラ》とともに飛び去り、この恐ろしい世界からいなくなるように、水の上にはためきながら舞い上がりました。

「コーシェンカ、コーシェンカ、行かないで！　わたしたちを置いていかないで！」女の子たちは叫びました。女の子たちにとってそのような姿のコーシェンカは天使のように思えたのです。

「行かないわ、どこへも行かないわ！」とコーシェンカは大きな声で言いましたが、コーシェンカのヴェールはひらひらと風にひるがえって、コーシェンカを水の上を越えて雲にまで連れていきそうに見えます。

その時、悲鳴が上がりました。水は丘の高い所まで来て、一人の女の子のスカートの裾《すそ》を捉えて、水のなかに引き込もうとしたのです。しかしリーリョがすぐに駆け寄って女の子の手を摑《つか》み、丘の上に引き戻しました。

「ぼくらの体を結び合わせよう。お互いに体をつないでばらばらにならないようにしよう」と男の子たちが叫びました。「それがいいわ」と心の優しいコーシェンカが言いました。コーシェンカはすばやく肩から妖精《ヴィーラ》のヴェールをはずして子供たちに渡しました。子供たちはヴェールを引き裂いてリボンにし、そのリボンをつなぎ合わせて一本の長い紐《ひも》にして、それでリーリョとコーシェンカを中心にしてお互いの体を一つに結び合わせました。そしてかわいそうな羊たちは、溺れないように、再び子供たちの周りに体を寄せました。

今やコーシェンカは、子供の羊飼いたちと同じように、困窮のなかにいる孤児《みなしご》となってしまいました。大切な真珠は遊びに使い果たしてしまい、妖精《ヴィーラ》のヴェールは心の優しさから子供たちに与えて、引き裂かれてしまったので、もはやコーシェンカは飛ぶことができず、この窮地から逃れるすべはありません。

しかしリーリョは、コーシェンカがこの世のなによりも大切であったので、水が足のくるぶしまで上がってきたとき、叫びました。

「コーシェンカ、怖がることはないよ！　ぼくがきみを護り、きみを支えるからね」と言って、リーリョはコーシェンカを抱き上げました。

コーシェンカは片方の手をリーリョの首に回してつかまり、もう片方の手で手さげランプを高くかかげてレゴチのほうを照らしました。

レゴチは水の中に体を胸までつけて、絶え間なく水と格闘しています。レゴチの肩の左側からも右側からも土手の穴の開いた箇所から、二本の角が突き出ているように、水が噴き出しています。レゴチの顎鬚《あごひげ》はくしゃくしゃに乱れ、コートはずたずたに破れ、肩は血にまみれています。しかし「災い川」を止めることはどうしてもできません。小さな丘を取り囲んだ水は海のようになり、子供たちを沈めようとどんどん水嵩《みずかさ》を増しています。そして夜が更けてもう真夜中になりました。

このとき突然コーシェンカの頭にある考えが浮かびました。コーシェンカは子供たちの悲鳴や泣き声を打ち負かす笑い声を立てて、レゴチに向かって叫びました。「レゴチ、なんて馬鹿なの！　どうして土手の穴を背にして座らないの！　どうして背中で水を止めないの」

子供たちは、今まで誰も思いつかなかったことを考えたコーシェンカの知恵に驚いて、一瞬静まりました。

「うふっふっ！」向こうでレゴチが笑うのが聞こえました。レゴチが笑ったのは、ふざけたのではありません。レゴチは自分の馬鹿さ加減に気がついて体を揺すって笑ったのでした。そのためレゴチの周りの海のような水がぱしゃぱしゃと跳ね返り、ごぼごぼと泡立ちました。

そしてレゴチは立ち上がり、体の向きを後ろ向きに変えて、気合を入れて、穴を背にしてどかっと座りました。

ああ、何と大きな奇跡！「災い川」の水は、土手に大岩が転がったようなかたちになって、ぴたりと止まりました。水はせき止められて、レゴチの肩を越えることができず、元の流れに戻って、本来の河床に沿って流れはじめました。水はレゴチの背中を削るようにして河床に沿って流れていきました。ありがたや！　奇跡が起こり、救助が行われたのです。

今や子供たちは最悪の災難から救い出されました。レゴチは、悠然と座ったまま、両手で土を摑《つか》んでは自分の足元や傍《かたわら》の土手の穴をゆっくりと埋めてゆきました。レゴチがこの作業を始めたのは真夜中のことでしたが、東の空が白みはじめるころには、復旧作業はもう終わっていました。ちょうど朝日が昇ったとき、レゴチは顔を洗うために、修復された土手から立ち上がりました。レゴチの頬髯《ほおひげ》には泥がへばりつき、小枝が絡みつき、小魚たちがくっついていました。

しかし哀れな子供たちの不幸はこれで終わったわけではありませんでした。子供たちはどこへ、誰のところへ帰ったらよいのでしょうか？　子供たちは小さな丘の上に立ったままです。子供たちの周りには殺風景な水の広がりがあるばかりです。二つの村では家々の屋根が水面に出ているだけです。二つの村には生き残った大人は誰もおりません。村人たちは、洪水が来る前に屋根裏部屋に逃げ込んでいれば、救われたでしょう。しかし二つの村では村人たちは全員、笛や太鼓を持って打穀場に出ていき、向かい側の対立する村が滅びるのを見て楽しもうとしていたのです。それでどちらの村でも水がすでに腰まで来ている時にも太鼓を打ち鳴らし、水が喉元まで来た時にもまだ意地悪い喜びに浸って笛を吹き鳴らしていました。こうして全員が笛や太鼓もろとも水に沈んでしまいました。これは人々の悪に対して下された天罰でした。

しかし哀れな子供の羊飼いたちは、自分たちを養ってくれる人もなく、家もなく取り残されてしまいました。

「ぼくら、雀《すずめ》じゃないから、屋根の上では暮らせないしなあ」――男の子たちは、村で水の上に出ているのが屋根だけなのを見て、悲しくなって言いました。――「ぼくら、狐《きつね》じゃないから山の穴の中に住むことはできない。ぼくらの村からこの水が退いてくれたなら、生きていくこともできようが、このままじゃあ、どうしようもない。いっそ羊たちと一緒に水の中に跳び込んで溺れ死んだほうがましだ。ぼくらには身を置く場所もないじゃないか」

子供たちは本当に惨めな状況にあったので、レゴチも気の毒になりましたが、この最悪の事態を打開する策が立たず、水の広がりを見て言いました。「きみたちの村を救いたいのは山々だが、これほどの水となると、汲み出すことも呑み尽くすこともわしにはできん。可愛い子供たちよ、きみたちのためにわしにできることは何だろう？」

しかしこの時、一番賢い子のリーリョが言いました。

「レゴチおじさん、おじさんがこの水を呑み尽くすことができなくても、大地は水を呑み尽くすことはできるよ。大地が水を呑むのだよ。おじさんが地面に穴を開けてくれれば、この水は大地の中に吸い込まれていくよ」

ああ、なんて素晴らしいことでしょう！　レゴチの指ほどの大きさもない小さな子にこんな知恵があるとは！

「本当だ！」とレゴチは、言われたとおりに、足で地面をドンと踏んで、地面に穴を開けました。すると大地は、喉の渇いた龍のように、平地全体に広がった大水をすすりはじめ、呑みはじめ、吸い込みはじめました。しばらくたつと、大地は全部の水を呑み込んで、村と畑と牧場が再び現れました。壊れたり、泥をかぶったりしていましたが、すべては元の場所にあります。

悲しんでいた子供たちは大喜びしましたが、皆のなかで最も嬉しがったのはコーシェンカでした。コーシェンカは手をたたいて叫びました。

「ああ、何て素晴らしいことでしょう！　この畑が再び黄金色に輝いて、牧場が緑になるのが嬉しいわ」

しかし、それに対して、子供たちは再びうなだれました。そしてリーリョが言いました。「村に大人が一人も残っていない時に、誰がぼくらに、畑を耕したり、種を蒔《ま》いたりする仕事を教えてくれるのか」

実際に遠く広く見渡しても、この泥にまみれた平地にはこの哀れな子供の一団のほかには大人は誰もいませんでした。それに一緒にいるレゴチは、大人ではありますが、あまりにも巨大で、不恰好で、不器用なため家の屋根の下に頭を入れることができないばかりか、畑仕事や犂《すき》の使い方などを理解できるはずがありません。

みんな再び悲しくなりました。最も悲しくなったのは、美しいコーシェンカをすっかり好きになってしまったレゴチでした。レゴチは、自分がコーシェンカにとっても子供たちにとっても、今や何の役にも立たないでくの坊だと思ったからです。

レゴチが自分の町である荒涼としたレゲンに対して強い郷愁を覚えたとき、レゴチの悲哀は頂点に達しました。レゴチは、ここに来て一夜にして千年分の泥水を飲まされてしまい、またあまりにも恐ろしいものを見てしまいました。この世に生を受けてこのかた、何百年も石を数えてきたあの巨大で不毛の荒地レゲンに対する強い郷愁がレゴチを苦しめました。

子供たちは、そしてしっかり者のリーリョも、悲しい思いで立ち尽くしていました。しかし最も悲しい思いでいたのはレゴチでした。大人たちを亡くして、根のない草花のように、枯れ凋《しぼ》んでゆくしかないこの一団の子供たちを見ているのは、レゴチにとって本当に辛いことでした。

ただコーシェンカだけが楽しげにあちらを見たり、こちらを見たりしていました。コーシェンカは今まで悲しい思いというものをしたことがないのです。突然、コーシェンカは叫びました。

「ごらんなさい、ごらんなさいよ！　あそこにいるのはどんな人かしら？　あの人たちなら、きっと、この不思議な出来事とそのいきさつを教えてくれるわ」

みんなは村のほうを見ました。みんなが目を向けた一軒の家の屋根裏部屋の窓に二つの頭がのぞきました。おじいさんとおばあさんです。二人はハンカチを振って、子供たちの名を呼んで笑いかけました。笑ったため、二人の皺《しわ》だらけの顔が輝いて見えました。二人はあの最長老のおじいさんとおばあさんです。二つの村の中で唯一の賢い夫婦で、屋根部屋に避難していたので助かったのでした。

何とありがたいことか！　子供たちは、昇る朝日と明けの明星を屋根裏部屋の窓に見たような喜びで、歓声を上げずにはいられませんでした。子供たちの喜びの声は天にまで届きました。

「おばあちゃん！　おじいちゃん！」

子供たちは、若い猟犬の群れのように、村に向かって一目散に走っていきました。先頭を切って走るのはコーシェンカで、金髪を風になびかせています。子供たちの後には羊たち、子羊たちが続きます。みんなは、家の門の前でおじいさんとおばあさんが待ち受ける村まで一気に走り着きました。待っていたおじいさんとおばあさんは子供たちを抱きしめました。子供たちはみな、屋根裏部屋に避難する知恵をおじいさんとおばあさんに授けてくださった神様に心の底から感謝しました。二人が生きていたことは天の恵みというほかはありません。なぜなら、この二つの村はまったくの辺境の地で、書物も文書もなく、もしこのおじいさんとおばあさんが生き残らなかったならば、二つの村の憎しみから生じた不幸な出来事について子供たちに語り伝えることのできる者は誰もいなかったからです。みんなは、なおも抱き合い、喜び合っていましたが、ふとレゴチのことを思い出しました。あたりの平地を見回しましたが、レゴチはいません。あれほどの巨人が、まるで鼠《ねずみ》が穴に隠れたように、忽然《こつぜん》として消えたのです。実際に、レゴチは、鼠が穴にもぐったように、いなくなったのです。あのおじいさんとおばあさんが屋根裏部屋にはっきりと姿を見せたとき、レゴチはそれまで経験したことのない恐怖を覚えたのです。レゴチは老人の顔に深く刻まれたものすごい皺《しわ》を見て、その恐ろしさにぞっとしました。

「うえっ！　こりゃあ驚いた。この老人たちはこの地方に生きてきて、よほど恐ろしいことばかり経験してきたにちがいないぞ！」とレゴチは思い、恐ろしさのあまり「災い川」が流れ込んだあの穴に即座に駆け込みました。そして故郷の人気《ひとけ》のないレゲンの町へと道を引き返していきました。

村ではすべてのことが良い方向に進みました。おじいさんとおばあさんは子供たちに畑仕事を教え、子供たちは畑を耕して種を蒔《ま》きました。おじいさんとおばあさんの忠告に従って、かつての憎しみや不幸が起こらないように、二つの村は一つになり、一つの打穀場、一つの教会、一つの墓地がつくられました。すべてのことが良い方向に進みましたが、なかでも最も良かったのは、村の中心地に山から切り出した大理石で造られた美しい塔が建てられて、その塔の上にはオレンジとオリーブの花が咲く庭園が造られたことです。ここには美しいコーシェンカが住んで、初めて地上に降りた時に見てあれほど好きになったこの地方全体を、雲の上から見るのと同じように、その塔の上から眺めています。夕方、畑仕事が終わると、リーリョが仲間の子供たちを連れてきて、庭園で月の光のもとに、美しい、心優しい、明るいコーシェンカと一緒にコロ・ダンスを踊ったり、歌をうたったりしています。

レゴチは地の下でもう一度、「災い川」と出くわし、地下で水を跳ねかえし、泡立てながら川と格闘して、地の下へどんどん深く川を押し沈めていき、「災い川」が二度と人間の悪意に加担しないように、地獄の底まで落としました。

そのあとでレゴチは自分の町レゲンへと帰っていきました。レゴチは今もそこに座って石を数えており、このように大きな図体で不器用な自分に最も適した、この人気《ひとけ》のない大きなレゲンの町から自分を二度と外へ連れ出さないでください、と神様にお願いしているのです。

ストリボールの森

一

ひとりの若者がストリボールの森に入り込みました。その森は魔法をかけられた森であり、そこではいろいろ不思議なことが起こりますが、若者はそんなことはまったく知りませんでした。その森の中では良い奇跡も起こりましたが、反対に悪いことも起こりました——幸・不幸は人によってちがうのです。

このストリボールの森は、この世のどんな幸福よりも自分の不幸のほうがその人にとって大切であるという人がそこに入り込むまでは、魔法から解放されないことになっておりました。

その若者は薪《まき》をたくさん切ったあと、切り株に腰をおろしてひと休みすることにしました。その日は天気の良い冬の日でした。すると、切り株の中から一匹の蛇が出てきて、若者に媚《こ》びるようなそぶりを見せはじめました。しかしそれは本当の蛇ではなくて、罪と悪のために呪われた女の霊でした。女の魂は、その女と結婚してくれる男性が現れるまでは、救われることはありません。蛇は陽の光を浴びて銀色にかがやき、若者の顔をじっと見つめていました。

「こりゃあ驚いた、なんてきれいな蛇なんだろう！　うちに連れて帰りたいぐらいだ」若者は冗談にこう言いました。

「自分の不幸とひきかえにわたしを解放してくれるなんて、ばかな男がいたもんだ」蛇の姿をとった罪ぶかい女の霊はそう思い、たちまち美しい娘に姿を変えて若者の前に立ちました。娘の服の袖は白く、蝶の羽根のように繊細な刺繍《ししゅう》がほどこされており、その小さな足は貴婦人のそれのようでした。しかし娘の根性が悪いかぎり、その口の中には蛇の舌が残っているのでした。

「さあ、わたしをあなたの家に連れていって、わたしと結婚してください」と蛇娘は若者に言いました。

その時は若者は、しっかりした、分別のある男でしたから、すばやく女に向けて刃を上にした斧を振りかざし、「森の妖怪と結婚する気などさらさらないぞ」と叫びました。娘は再び蛇になって、すばやく切り株の中に逃げ込み、なにごともなくすみました。

しかし若者はたいへんお人好しで、気が小さく、恥ずかしがり屋でもあったので、自分のためにわざわざ姿を変えて現れた娘の願いを叶えてやらなかったことをすぐに後悔するようになりました。それにじつのところ娘が美しかったので好きになってしまったうえ、未熟者のために、娘の口の中に蛇の舌が残っていることに気がつきませんでした。

結局、若者は娘の手を取って、彼女を家に連れて帰ることになりました。若者は年老いた母親と一緒に暮らしており、母を聖像のごとくに敬っておりました。

「おかあさん、嫁さんを連れてきたよ」家に着くと、息子は言いました。

「それはよかったね、お前」母はそう答えて、美しい娘を見ました。しかし母はいたずらに齢《よわい》を重ねてはおらず、分別のある人だったので、嫁の口の中に何があるか、すぐに分かりました。

嫁が着替えのために部屋を出ていくと、母は息子に言いました。

「お前は若くて美しい娘を嫁に選んだが、気をつけなさい、あの娘《こ》は蛇ではないのかね」

息子は驚きのあまり、まるで石のように竦《すく》んでしまいました。どうして母は嫁が蛇であることを知っているのだろうか。息子は心の中で腹を立てて「うちのおふくろは魔女にちがいない」と思いました。するとと彼は急に母が憎らしくなりました。

三人は一緒に暮らしはじめましたが、一緒の生活はうまくいかず、ぎ、く、し、ゃ、くしていました。嫁は口に出すことばに毒があり、底意地が悪く、食い意地が張っていて、横暴でした。

その地方には雲までとどく高い岩壁がありました。そしてある日、嫁は姑《しゅうとめ》に、その岩壁の頂上から雪を取ってくるように、言いつけました。その雪で顔を洗いたいから、というのです。

「あの頂上まで行く道はないんだよ」と老母は言いました。

「山羊《やぎ》を連れていけばいいさ、お前さんを運んでくれるよ。頂上に着いたら、そこからまっさかさまに落ちればいいんだ」と嫁は言いました。

そこに息子も居合わせましたが、その言葉を聞いて笑っておりました。ただ妻のご機嫌をとりたい一心からです。

嫁の言葉と息子の態度に母はとても悲しくなりましたが、ただちに雪を取りに岩壁に向かいました。母はもう命が惜しいとは思わなくなっていたからです。道を歩いていくうちに母は神様に助けを求めて祈りたくなりましたが、ふと気が変わって心のうちに「わたしには息子はいないも同然、神様もそれをご存じだろう」と言いました。

しかし老母には神様のご加護があり、母は無事に雲にそびえる岩壁の頂上から雪を取ってきて嫁に渡すことができました。

つぎの日に嫁はおばあさんに言いつけました。

「あそこの凍りついた湖に行ってきな。湖の真ん中に穴があいている。その穴で鯉《こい》をつかまえておいで。昼ごはんに食べるんだから」

「氷が足もとで割れて湖の中に落ちてしまうよ」とおばあさんは答えました。

「お前さんと一緒に水の中に落ちれば鯉もきっと喜ぶよ」と嫁は言いました。

その時もまた息子は笑っていましたが、おばあさんは悲しくてたまらず、すぐに湖に出かけました。おばあさんの足もとで氷がミシミシと音を立てました。おばあさんは泣き、頬をつたう涙が凍りました。しかしおばあさんはまだ神様に祈ろうとはせず、自分に罪ぶかい息子がいることを神様に隠していました。

「いっそ死んだほうがましだ」とおばあさんは思い、氷の上を歩いていきました。

しかしまだおばあさんの死ぬ時は来ていませんでした。一羽の鴎《かもめ》が魚をくわえておばあさんの頭上に飛んできました。魚は身をよじって鴎のくちばしから離れて、おばあさんの目の前にポトリと落ちました。おばあさんは鯉を拾って無事に嫁に届けました。

三日目のこと、おばあさんは竈《かまど》のそばにすわり、息子のシャツを繕《つくろ》おうとして手に取りました。

それを見た嫁はすっとんできて、おばあさんの手からシャツをひったくって言いました。

「やめな、めくらのばあさん、これはお前さんの仕事じゃないよ」

そして嫁は母に息子のシャツの繕いをさせませんでした。

こうなるとおばあさんはすっかり心が沈んでしまい、外に出ていき、凍てつく寒さのなか家の前のベンチに腰をおろして、神様に祈りました。

「神様、どうかわたしをお助けください」

おばあさんがふと目をあげると、どこかの貧しい少女がこちらに近づいてきます。少女は破れたシャツを一枚着ているだけで、肩が寒さのために青黒くなっていました。袖の肩口が破れていたからです。

それでも少女は微笑《ほほえ》みをうかべていました。心のやさしい子だったのです。少女は木切れの束を小脇にかかえていました。

「おばあさん、焚《た》き付けを買ってくださいませんか」と少女は訊きました。

「娘さん、お金は持っていないんだよ。そのかわり、良ければ、その袖を繕ってあげるよ」息子のシャツを繕おうとして針と糸をまだ手に持ったまま悲しみに沈んでいたおばあさんは言いました。

おばあさんは少女のシャツの袖を繕ってあげました。少女はおばあさんに焚き付けの束を渡し、親切を感謝して、肩が寒くなくなったので喜んで去っていきました。

二

夕方、嫁はおばあさんに言いました。

「わたしたちは代母のおばさんのうちへお客に出かけるから、わたしたちが帰ってくるまでにお湯を沸かしておいておくれ」

嫁は食い意地が張っていて、いつもご馳走にあずかる機会をねらっておりました。

息子と嫁は外出し、ひとり家に残されたおばあさんは、あの少女からもらった焚《た》き付けをとって竈《かまど》に火をつけ、それから薪《まき》を取りに納戸に行きました。

おばあさんが納戸で薪をさがしていると、台所のほうでなにかがはじけるような、なにかがノックするような音がしました。トントン、トントン！

「いったい、どこのどなたさまですか」おばあさんは納戸の中から訊きました。

「家の精だよ、家の精だよ！」台所から軒下の雀《すずめ》のさえずりのような小さな声が聞こえてきました。

おばあさんは、夜中にこんなことがあるのか、と不思議に思って台所に入っていきました。台所では竈で焚き付けの木切れがめらめらと炎をあげておりましたが、その炎のまわりでは「家の精たち」がコロ・ダンス[*1]を踊っているではありませんか —— いずれも二十センチばかりの背《せい》の小人の男たちです。

＊1　コロ・ダンス……八七ページの注を参照。

家の精たちはコージュフ[*1]を着て帽子をかぶり、炎のように赤い農民靴《オパンキ》をはいており、髪と鬚《ひげ》は灰のように白く、目は燃えさかる熾火《おきび》のように輝いています。家の精たちは木切れを加えるたびにその炎の中から次から次へと飛び出してきました。飛び出してくると笑ったり、金切り声をあげたり、でんぐり返りをして竈《かまど》を跳び越えたりして、嬉しさのあまり歓声をあげて、踊りの輪に加わりました。

またコロ・ダンスがはじまりました。家の精たちは竈を跳び越え、灰を跳び越え、棚の下、テーブルの上へ跳び移り、壺を跳び越え、ベンチの上へ跳びあがります。踊れ、踊れ、速く、もっと速く！家の精たちは金切り声、叫び声をあげ、押し合いへし合いをして顔をしかめたりします。塩をばらまき、クワス[*2]をこぼし、粉をまきちらしたり——これはみな嬉しさのあまりのいたずらです。竈の火は炎をあげて輝き、パチパチと音を立てて燃えています。おばあさんは塩もクワスも惜しいとは思いませんでした。それどころか、神様が彼女を慰めるために贈ってくださった楽しさに浸って喜んでいました。

おばあさんは自分が若返ったような気がして、山鳩のようにクックッと笑い、小さな女の子のようにとびはねて、家の精たちの輪に加わって踊りはじめました。しかし、それでもまだおばあさんの心の中には悲しみが残っていて、その心の悲しみがあまりにも重かったので、コロ・ダンスがとまってしまいました。

そこでおばあさんは家の精たちに言いました。

「神による兄弟たち、うちの嫁の舌を見たいのですが、わたしに力を貸してくれませんか。そしてわたしが自分の目で見たものをわたしの息子に話して、息子がそれによって正気に戻ることができるようにしていただきたいのですが」

おばあさんは家の精たちにこれまでの一部始終を話しはじめました。家の精たちは竈のへりに並んで腰をおろし、脚をたらして、毬《いが》がくっつき合うように体を寄せ合っておばあさんの話に耳を傾けていました。そしてみんな驚いて首を振っていました。そうやって首を振っていると、赤い帽子が燃えているように、竈の火そのものが炎をあげているように見えます。

おばあさんが話を終えると、名前を「チビ助」ティンティリニッチという家の精のひとりが大きな声で言いました。

「わたしならお前さんを助けることができますぞ。日の当たる国に行って鵲《かささぎ》の卵を取ってこよう。鵲の卵を雌鶏《めんどり》に抱かせよう。そして鵲の雛《ひな》が孵《かえ》ったら嫁はだまされてぼろを出すさ。なにしろ森の蛇というやつはどれも鵲の雛には目がなくて、呑み込もうとして舌を出すのじゃからな」家の精たちはチビ助ティンティリニッチがうまいことを思いついたので、嬉しくなってキャアキャア声をあげました。

家の精たちがさらに歓声をあげている最中に、嫁が客に行った所からお土産にケーキをもらって帰ってきました。

嫁はドアに激しい勢いで体当たりして、誰かが台所で叫んでいる声を耳にしました。嫁がドアをパッと開けると、パーンと大きな爆《は》ぜるような音がして、炎がゴオウッと燃えあがって、家の精たちはいっ

＊1　コージュフ……一九ページの注を参照。
＊2　クワス……ライ麦と麦芽を発酵させて作る発泡性清涼飲料。

せいに勢いよく竈《かまど》の上にとびあがり、炎に乗って天井板を突き破って屋根の上に出たので、姿はもうありませんでした。

ただチビ助ティンティリニッチだけは逃げずに灰の中に身を隠しました。

炎が急に天井に向かって燃えあがって、火がドアに打ち当たったので、嫁は肝をつぶして、空の袋のように床にへたりこみました。手に持っていたケーキはぐちゃぐちゃになり、髪の毛はくしゃくしゃになり、櫛《くし》はどこかにふっとびました。嫁は目をむいて怒り、かんしゃくを起こしてどなりました。

「いったい、ここで何があったのかよ、この老いぼればばあ！」

「お前がドアを開けたとき、風で炎が吹きあがったのさ」とおばあさんは言い、すました顔をしていました。

「じゃあ、灰の中のこれは何かい？」嫁は再び訊きました。灰の中からチビ助ティンティリニッチの赤い農民靴《オバンキ》のかかとがのぞいているのに気がついたのです。

「これは熾火《おきび》だよ」とおばあさんは答えました。

しかし嫁は信じようとはせず、髪をふり乱して、竈に何があるのか、じかに見ようと近づいていきました。嫁が顔を灰に近づけると、チビ助ティンティリニッチはすばやく足を突き出して、かかとで嫁の鼻先を蹴りました。嫁は、海で溺れた時のように、大声をあげました。顔は煤《すす》で真っ黒になり、ざんばら髪は灰だらけになりました。

「何だい、こりゃあ？　くそばばあ！」嫁は泣き声でさけびました。

「熾火の中で栗が爆《は》ぜたんだよ」おばあさんは答えました。チビ助ティンティリニッチは灰の中で笑いこけていました。

嫁が顔を洗いに出ていくと、おばあさんはチビ助ティンティリニッチに、部屋の中で雌鶏《めんどり》がクリスマスに雛《ひな》を孵《かえ》すようにと、嫁が雌鶏に卵を抱かせるためにつくった巣籠りの場所を教えました。チビ助ティンティリニッチはその夜のうちに鵲《かささぎ》の卵を取ってきて、雌鶏が抱く鶏の卵を鵲の卵とすりかえてしまいました。

三

嫁はおばあさんに、雌鶏をしっかり見張って、雛が孵ったら知らせるように、言いつけました。嫁は、クリスマス用の雛が孵ったら、どこの家よりも早く孵った雛を見てもらおうと、村じゅうの人を呼ぶつもりでいました。

その時がきて、鵲の雛が孵りました。おばあさんは雛が孵ったことを嫁に知らせ、嫁は村じゅうの人を呼びました。代母のおばさんをはじめ、近所の人々が、大人も子供も、やってきました。おばあさんの息子もその場にいました。嫁は巣を玄関に運ぶように言いました。

おばあさんが巣を運んでくると、集まった人々が雌鶏を持ちあげました。すると巣の中でなにかがうごめき、毛の生えそろっていない鵲の雛たちがとび出してきました。鵲の雛たちはピョン、ピョンと玄関をとびはねました。

蛇嫁はこの予想もしていなかった鵲《かささぎ》の雛《ひな》を見ると、鵲の雛を大好物とする蛇の本能に衝《つ》き動かされて、玄関で雛たちを追いかけはじめ、森の中にいた時と同じように、鋭く尖った蛇の舌を突き出したのです。

代母のおばさんたち、近所の人々は叫び声をあげ、十字を切り、子供を連れて急いで家に帰っていきました。おばあさんのところの嫁が本当は森の蛇だったことが分かったからです。

母は嬉しくなって、息子に近づいて言いました。

「息子よ、女を連れてきた元の場所に送り返しなさい。お前は家の中で誰を養っているのか自分の目でしかと見ただろう」そして母は息子を抱きしめようとしました。

ところが、息子はすっかりばかな男になってしまっていて、ますます頑《かたく》なになり、村人にも逆らい、母親にも逆らい、自分自身の眼にも逆らいました。蛇である妻を非難するどころか、母に向かって声を荒げました。

「よりにもよってこんな時にどこから鵲の雛なんか持ってきたんだ、老いぼれ魔女め！　さっさと家から出ていってくれ！」

ああ、いまや母親はどうしようもないことが分かりました。おばあさんは、飢饉の年を嘆くように呻《うめ》き、せめて日の明るいうちは家から追い出さないでほしい、と頼むのがやっとでした。おばあさんは自分が育てあげた息子の親不孝ぶりを村人に見られたくなかったのです。

息子は母が晩まで家にとどまることを承知しました。

日が暮れると、おばあさんは袋の中にいくつかのパンとあの貧しい少女がくれた焚《た》き付けを入れました。それから嘆き悲しみながら息子の家を出ました。

母が家の敷居をまたいで外に出たとたんに、竈《かまど》の火が消え、十字架が壁から落ちました。息子と嫁は真っ暗な獣の穴のような部屋にとり残されました。この時になってはじめて息子は、自分が母親に対して大きな罪を犯したことに気づき、たいへん後悔しました。しかし気が弱いためにそのことを妻に告げる勇気がなく、こう言いました。

「おふくろのあとをつけていって、おふくろが寒さに凍えて死ぬところを見ようじゃないか」

意地悪な嫁は喜びに小躍りし、ふたりのコージュフを出してきました。ふたりはコージュフに身を包み、遠くから老母のあとをつけていきました。

哀れなおばあさんは、暗い夜、雪の中を野を越えて歩いていきました。ある大きな刈り株畑まで来たとき、おばあさんはあまりの雪に体が凍えて、それ以上すすむことができなくなりました。それで袋の中からあの焚き付けを取り出し、雪をかきわけて、少し体を暖めようと思って、火をつけました。

焚き付けの木切れが炎をあげるやいなや、ああなんという不思議！　炎の中から、家の竈で起きた時とまったく同じように、家の精たちが飛び出してくるではありませんか！　家の精たちは火の中から飛び出してくると、雪の中で輪をつくり、家の精たちにつづいて火花がほうぼうに飛び散って暗い夜を照らしました。

おばあさんは喜び、旅に出てもひとりぼっちにされたのではなかったと思うと、嬉しさのあまり泣きだしそうになりました。家の精たちはおばあさんのまわりに集まって、笑ったり、口笛を吹いたりしています。

「神による兄弟たち」——おばあさんは言いました——

「わたしは喜んでなんかいられないんですよ、どうか不幸なわたしを助けてください」

おばあさんは家の精たちに、ばかな息子が、嫁の舌が本当に蛇の舌だったことを自分自身も村の人々も知った時から、ますます母親に対して腹を立てるようになったいきさつを話しました。

家の精たちは黙り込み、農民靴《オバンキ》の雪をちょっと払いましたが、おばあさんに良い知恵をさずけることはできないでいました。

しばらくたってから、チビ助ティンティリニッチが口を開きました。

「わしらのお頭《かしら》のストリボールのところへ行こうじゃないか。お頭ならどんな人にも良い知恵をさずけることがおできになる」

そしてチビ助ティンティリニッチは山査子《さんざし》の大木によじ登って、指笛を吹きました。すると暗闇の中から一頭の鹿と十二匹の栗鼠《りす》が刈り株畑を抜けてみんなのところへ走ってきました。

家の精たちはおばあさんを鹿に乗せて、自分たちは栗鼠に乗ってストリボールの森に向かって走りだしました。

みんなは夜の闇をついて走りましたが、鹿の角の枝という枝には小さな星がついていました。鹿は輝いて道を示し、十二匹の栗鼠たちがそのあとにつづいて走りましたが、どの栗鼠の目も二つの宝石のように輝いていきます。鹿と栗鼠たちは全速力で走ります。そのあとを遠くから嫁と息子が追っていきますが、二人は息が切れそうです。

こうしてみんなはストリボールの森に入り、鹿はおばあさんを乗せて森の中を進みます。

嫁は闇の中でもここが勝手知ったストリボールの森であることが分かりました。この森でこの女はかつて罪のために呪われたのでしたが、大いなる悪徳のために自分の新たな罪を認めることができず、またそれを恐れることもなく、ますますいい気になって「ばかなばばあめ、この森の中で魔法をかけられて身の破滅だ」と思って、前よりも速く鹿のあとを追いました。

鹿はおばあさんをストリボールの前まで乗せていきました。ストリボールはまさしく森の王でした。ストリボールは森の真ん中の大きな樫《かし》の樹の中にいましたが、その樫の樹はたいへん大きくて、その中に七つの黄金づくりの宮殿と銀の柵で囲まれた八つの村がありました。なかでもいちばん美しい宮殿の前で真紅のコートを着たストリボールが椅子にすわっていました。家の精たちとおばあさんはストリボールの前にひざまずきました。

「このおばあさんを助けてあげてください。蛇の嫁のためにひどい目に遭わされています」と家の精たちは言いました。

家の精たちはストリボールに一部始終を話しました。一方、嫁と息子は樫の樹の陰にそっと忍び寄って、虫孔《むしあな》から中をのぞきこんで、どんなことになるか、聞き耳を立てていました。

家の精たちが事の次第を話し終わると、ストリボールはおばあさんに言いました。

「おばあさん、なにも恐がることはないよ。嫁のことは放っておきなさい。悪の中で暮らさせておけば、悪が再び女を元いた場所へ連れもどすことだろう。女はそこから解放されるのが早すぎたのだ。ところでお前さんを助けることは簡単だよ。あそこの銀の柵で囲まれた村を見てごらん」

おばあさんが目を向けると、そこはおばあさんの生れ故郷の村でした。おばあさんはまだ若い娘であり、村は祝日でお祭りです。教会の鐘が鳴り、一絃琴《グスレ》を奏でる音《ね》が聞こえ、旗が風にはためき、歌声がひびいています。

「柵の中にお入り。そして手を叩けばすぐに若い時に戻れるよ。故郷《ふるさと》の村にいて五十年前と同じように若くなって、はしゃぎまわることができるよ」とストリボールは言いました。

おばあさんはこれまで一度もなかったような楽しい気分になり、すぐに柵のところへとんでいって、銀の門の扉に手をかけました。しかしそのとき急になにかを思い出して、ストリボールに尋ねました。

「ところで、わたしの息子はどうなるんでしょうか」

「おばあさん、ばかなことを言うもんじゃないよ」——とストリボールは言いました——「どうしてお前さんは自分に息子がいるなんてことが分かるのかい。息子は今の時にとどまるのであり、お前さんは自分の娘時代に帰るんだよ！　どんな息子ができるか知りようがないんだよ！」

おばあさんはこれを聞いて、考え込んでしまいました。やがてゆっくり柵から離れて、ストリボールの前に戻ってきて、ふかぶかと頭をさげて言いました。

「善良なご主人様、いろいろ良いことをお教えくださいましてありがとうございました。でも、わたしは自分の不幸のうちにとどまって、親不孝な息子がいることを知っているほうが、よいと存じます。あなたさまがこの世のすべての富とすべての良いものをわたしにくださることを知って、息子のことを忘れるよりも、今の自分の不幸のほうがわたしには望ましいのでございます」

おばあさんがこの言葉を言うと、樫の森全体がおそろしい轟音《ごうおん》をあげて、ストリボールの森の魔法がとけました。それはおばあさんにとってはこの世のすべての幸福よりも自分の不幸のほうが大切だったからです。

森全体が揺れ動いて、大地が崩れ、巨大な樫《かし》の樹は宮殿と銀の柵で囲まれた村もろとも地の中に沈み、ストリボールも家の精たちもいなくなりました。樫の樹の陰にいた嫁は悲鳴をあげ、蛇の姿に戻って穴の中に逃げ込みました。母と息子の二人だけが寄り添うように森の中にいました。

息子は母の前にひざまずき、母の服の裾《すそ》と袖に口づけをし、それから母を抱き起こして家路に向かい、夜が明ける前に家に着きました。

息子は神様と母に赦《ゆる》しを乞いました。神様は息子をお赦しになり、母は息子をなじるようなことはしませんでした。

その後、若者は家に家の精をもたらしたあの貧しい、心優しい娘と結婚しました。三人はいまも仲むつまじく一緒に暮らしています。そして家の精のチビ助ティンティリニッチは冬の晩には暖炉の上にのぼるのを楽しみにしています。

姉のルトヴィツァと弟のヤグレナッツ

一

ある高貴で善良な公妃の堅牢な城砦《じょうさい》が敵軍の急襲を受けました。公妃は、城を命懸《いのちが》けで防衛してくれるような、忠義心の強い兵をすぐさま集めることができなかったので、夜陰にまぎれて、息子である幼児《おさなご》の公子を抱いて脱出せざるを得ませんでした。

公妃は夜通し逃げつづけて、夜が白みはじめたころ、公国のはずれにある恐ろしいキテジ山の麓《ふもと》に着きました。

その時代は、龍や、妖精《ヴィーラ》*1や、魔女などの魔物はもはやこの世にはおりませんでした。聖なる十字架と人間の理性がそのような魔物たちを追放してしまったからです。ただキテジ山だけには最後の魔物である火焔龍ズマイ・オグニェニが隠れ住んでおり、七人の悪い妖精《ヴィーラ》ザトチニツァが龍に仕えておりました。そのためキテジ山は恐ろしい所だったのです。しかしこの山の麓《ふもと》には静かな谷あいが延び広がっていました。ここには羊飼いのミロイカが茅《かや》で編んだ苫屋《とまや》に住んで、羊の群を護っていました。

日が昇る前にこの谷間に幼児《おさなご》を抱いた公妃がたどり着きました。公妃は小屋の前にいるミロイカを見ると、歩み寄ってミロイカに頼みました。「わたくしと公子を敵に見つからないように一日あなたの家にかくまってください。暗くなったら、またわたくしは公子と一緒に逃げますから」ミロイカは母子を迎え入れ、羊の乳を飲ませて小屋の中に隠しました。

日が暮れると、高貴で善良な公妃は言いました。「わたくしは公子を連れてさらに遠くへ行かなければなりません。それで、あなたにお願いがあります。このわたくしの黄金のベルトと赤い紐《ひも》のついた金の十字架を預かってください。どこかで敵がわたくしたちを見つけたとき、敵はこのベルトと十字架でわたくしたちが公家の者であることを認知するでしょう。この二つの品をあなたの家の中にしまって取って置いてください。わたくしに忠義を尽くしてくれる軍司令官が軍勢を集めて、敵を追い払った暁《あかつき》には、わたくしは自分の堅固な城に戻って、あなたをわたくしの忠実なお友達にしてさしあげましょう」

「貴いお妃さま、わたしはあなたさまのお友達になることなどできません。わたしは身分も知恵もそれにふさわしい者ではございません。しかし、あなたさまのベルトと十字架は大切にしまっておきます。人が本当に悲しみと不幸のさなかにある時には、貧しい者の心も王様の心も友として通い合うことができますから」とミロイカは言いました。

こう言うと、ミロイカは公妃の手からベルトと十字架を保管するために受け取りました。公妃は幼児《おさなご》の公子を抱き上げて、夜の闇の中にさらに遠くへと旅立ちました。夜はあまりにも暗く、何が草で何が石であるか、どこが野でどこが海であるかも、見分けがつきません。

二

その時から何年もが過ぎましたが、公妃は自分の国にも堅固な城砦にも帰ってきませんでした。公妃の強大な軍隊も、名高い軍司令官たちも、忠誠心に欠けていたために、すぐに敵側に寝返りました。それで敵は、高貴で善良な公妃の国を奪い取り、公妃の堅固な城砦を占拠しました。

公妃と幼児《おさなご》の公子がその後どうなったか、誰も知りませんでしたし、知りようもありませんでした。あの暗い夜の闇の中で、公妃は逃げていく途中で水に落ちたか、深淵に滑り落ちたか、あるいは別の事故で公子もろとも死んだかも知れません。

しかし羊飼いの娘ミロイカは公妃のベルトと公子の十字架を忠実に保管しておりました。

＊1　妖精《ヴィーラ》……四五ページの注を参照。

村の中の金持ちで身なりの良い若者たちが、入れ代り立ち代りやって来て、ミロイカをお嫁に欲しがりました。ミロイカが預かっている黄金のベルトと赤い紐《ひも》のついた金の十字架は、十の村を合わせたぐらいの価値があったからです。しかしミロイカは、彼らのうちの誰の嫁にもなろうとはしませんでした。「あなたがたは黄金のベルトと金の十字架のためにおいでになったのでしょうが、これはわたしのものではありません。わたしはこれをわたしの羊よりもわたしの家よりも大切に護らなければなりません」とその都度ミロイカは言って、求婚者を退けました。その後、ミロイカは、黄金のベルトと金の十字架にはまったく関心を示したことのない、ひとりの貧しい、おとなしい若者と結婚しました。二人は貧しい暮らしをつづけ、家の中にパンも粉もないことがしばしばありました。それでも夫婦は、ベルトか十字架を売ることなど考えたこともありませんでした。

何年か経ったとき、ミロイカの夫は病気になり、そして死にました。それから間もなくしてミロイカも重い病気にかかりました。ミロイカは自分の死期が近いことを悟りました。そこで、ミロイカは二人の子供を枕元に呼びました。幼い娘のルトヴィツァともっと小さい息子のヤグレナッツです。ミロイカは子供たちにそれぞれ贈り物を与えました。ルトヴィツァの腰には黄金のベルトを締めてやり、ヤグレナッツの胸には赤い紐のついた金の十字架を結んでつけてあげました。そしてミロイカは言いました。

「さようなら、わたしの子供たち！　あなたたちだけがこの世に残ることになるけれども、お母さんは、あなたたちにずる賢い生き方は教えませんでした。でも、お母さんがあなたたちに教えてきたことだけで、か弱いあなたたちが充分生きていけるように、神様が護り、導いてくださるでしょう。あなたたちは離れ離れにならないように、お互いに気をつけなさい。そしてお母さんがあなたたちに預けたものを神聖なものとして大切に護りなさい。そしてお母さんは、これからもいつもあなたたちと一緒にいます」母親はこう言うと、静かに息を引き取りました。

それからしばらくして村の人々がやって来て、翌日ミロイカを埋葬しなければならない、と話し合いました。

三

しかし翌日になると、別の出来事が起こりました。人々が埋葬から帰ってきて、みんなが話し合うために家の中に入ったとき、ルトヴィツァとヤグレナッツだけが家の前に残っていました。二人は、母親がどこからか戻ってくる、とずっと思っていたからです。

ところでその時、空の高みから巨大な鷲《わし》が子供たちの上に舞い降りてきて、ルトヴィツァを地面に突き倒し、爪で金のベルトを摑《つか》んでルトヴィツァを空高く雲居《くもい》に連れ去りました。

鷲はルトヴィツァを自分の巣に運んでいきます。飛んでいく先はまさにあのキテジ山です。ルトヴィツァは、金のベルトに支えられて飛んでいるので、つらくはありませんでした。ただ、たったひとりの弟と切り離されたのが悲しくて「どうして鷲がヤグレナッツを一緒にさらわなかったのかしら」と思いつづけていました。

こうしてルトヴィツァは鷲にさらわれてキテジ山に来ました。すぐにルトヴィツァの目に入ったの

は、今まで谷間のどの宿営地でも見たことがなかった恐ろしい山の光景でした。ここに迷い込んだ人は一人も戻ってきたことがないので、すべての人がこの山に入ることを避けていたのです。さらにルトヴィツァは、この切り立った岩山の頂上に七人の悪い妖精《ヴィーラ》のザトチニツァが集まっているのを見ました。彼女たちはキテジ山で火焔龍ズマイ・オグニェニに仕えている者たちで、悪い妖精《ヴィーラ》族の最後の一族として人類に復讐することを誓ったために「龍の擁護者《ザトチニツァ》」と呼ばれていました。

妖精《ヴィーラ》たちは鷲《わし》が女の子を運んでくるのを見ていました。妖精《ヴィーラ》たちと鷲族とのあいだには以前から約束ができていて、誰でも獲物を捕まえたらそれをこの岩山に運んできて、頂上でその獲物をどう扱うか、誰のものにするかを決める裁判を行うことになっていました。そのため、この岩山は「山分けの山」と呼ばれていました。

そこで妖精《ヴィーラ》たちは鷲に呼ばわりました。

「おーい、兄弟、鷲のクリクーン！　山分けの山に降りておいで」

しかし、何事も時の運。約束の言葉は人次第。鷲のクリクーンはルトヴィツァがたいへん気に入ったので、約束を守らず、ルトヴィツァを「山分けの山」に降ろす気がなく、自分の遊び相手にするために鷲の巣に連れていきます。

しかし鷲の巣は岩山の向こう側にあったので、鷲は山の峰を越えてさらに遠くへ飛んでいかなければなりませんでした。

山頂には湖があり、湖の真ん中には島があり、島には古い小さな教会堂がありました。湖の周囲には牧草地が広がっていて、牧草地の周りにはむかし掘られた溝がありました。この溝は魔除けの輪になっていて、溝の内側には山の中から龍も妖精《ヴィーラ》もいかなる魔物も入り込むことができなかったのです。ここの湖のほとりでは花々が咲き香り、ここには雉鳩《きじばと》や小夜啼き鳥《さよなどり》やその他、山のあらゆる優しい生きものたちが隠れ住んでいました。

この溝の境界線に囲まれた聖なる湖の上空には、雲もなく、霧もなく、いつも太陽と月が交代を繰返していました。

鷲《わし》のクリクーンがルトヴィツァを捕らえて湖の上空まで飛んできたとき、ルトヴィツァは眼下に小さな教会堂があるのに気がつきました。教会を見たとき、お母さんの面影がルトヴィツァの胸をよぎりました。お母さんのことを思い出したとたん、ルトヴィツァは胸をぎゅっと締めつけられて、思わず小さな胸を摑《つか》みました。小さな胸を摑んだとき、お母さんからの贈り物である、締めていた黄金のベルトの留め金がはずれました。

ベルトの留め金がはずれたため、ルトヴィツァは鷲の爪からはずれて湖に落ち、つづいてルトヴィツァのベルトも落ちました。ルトヴィツァはベルトを摑み取り、葦《あし》や、葭《よし》や、蒲《がま》など、生い茂る水草を掻き分けながら、島に向かって歩きました。そして小さな教会堂の前の石の上に腰を下ろしました。鷲のクリクーンは暴れ狂う龍巻のように遠ざかっていきました。鷲は聖なる湖に降りることはできなかったのです。

四

ところで、ミロイカを埋葬した人々はルトヴィツァが鷲にさらわれたと知ったとき、最初はみな叫び声をあげましたが、それから口々に言いました。

「鷲がルトヴィツァをさらっていってくれて、むしろ良かったのではないかな。村で二人の子供の面倒を見るのは大変だったろう。ヤグレナッツ一人だけなら村で世話をするのも楽だろう」

「そうだ、そうだ。そのほうが良かったのだ」と村人たちはみなすぐに賛同しました。「ヤグレナッツだけなら世話するのも楽だ」

人々はしばらく小屋の前に立って、ルトヴィツァをさらった鷲が飛び去った空のかなたを見ていましたが、それから「ヤグレナッツの世話なら誰でも喜んでするさ」と口々に言いながら、飲んだり、話を交わしたりするために再び家の中に入りました。

こういう話をしながらも、非常な暑さのなかで一杯の水を飲みたがっているヤグレナッツの様子を心に留める者は誰ひとりいませんでした。ヤグレナッツはとても喉が渇いていたので、部屋の中に入り、水を飲ませてもらいたかったのです。しかしヤグレナッツはあまりにも幼かったので、ヤグレナッツの言うことを分かってくれる人がいませんでした。ヤグレナッツは自分がいつも使っている木製の小さなコップを誰かに取ってもらいたかったのです。しかしヤグレナッツの小さな木のコップが梁《はり》の陰に置いてあることに感づいた者は誰もいませんでした。

ヤグレナッツは人々の様子をずっと見ていて、コップはどこか、と部屋じゅうを見回しました。その時ヤグレナッツは、ここには何もかも無くなり、自分はこの世でまったくひとりぼっちなのだ、と子供心に感じました。それでヤグレナッツは土間に置いてあった水がめの上にかがみこんで、あっただけの水をすってから、お姉さんのルトヴィツァを捜しに出ました。

ヤグレナッツは家を出ると、鷲《わし》がルトヴィツァをさらっていくのを見た方角、太陽が動く方角を目ざして歩きはじめました。

五

太陽はキテジ山の方角に向かって動いていきました。そうして、ずっと太陽を見ながら歩いていたヤグレナッツは、やがてキテジ山の麓《ふもと》に着きました。誰もヤグレナッツの後を追ってきた者もなく、「坊や、山へ行くんじゃないよ。山には恐ろしいものがたくさんいるからね」と教えてくれる人もいませんでした。それで、まだ分別のつかぬ子供は山を登りはじめました。

しかしヤグレナッツは何も怖くありませんでした。お母さんの霊が聖壇に供えられた花のように子供を護っていたので、悪いことはどんなに小さいことも起こりませんでした。野草のとげが刺さることもなく、怪しげな声や悪い言葉に脅かされることもありませんでした。

そのため、目が何を見ようと、耳が何を聞こうと、ヤグレナッツの心に恐怖心が忍び込む隙はありませんでした。

すでにヤグレナッツは山のかなり上まで登ってきて、最初の山峡の岩壁のところまで来ました。そこは「山分けの山」の麓で悪い妖精《ヴィーラ》のザトチニツァたちが集まっていて、鷲のクリクーンに欺かれたことについて協議をしていました。彼女たちが見ると、なんと、子供がひとり山を登ってきて、自分たちのところへ来るではありませんか！　ザトチニツァたちは大喜びしました。こんな小さな子供が相手ならこれほど楽な仕事はない！

ヤグレナッツが近づいたとき、ザトチニツァたちが子供の前にとび出してきました。悪い妖精《ヴィーラ》たちは子供の前でコロ・ダンス[*1]を踊りました。ヤグレナッツは目の前に大勢の娘たちが現れて踊りだし、しかもどの娘にも大きな羽があるのを見て、不思議に思いました。ザトチニツァの一人が子供に近づいて、その手を摑《つか》みました。

しかしヤグレナッツの首には小さな十字架がかけてありました。そのザトチニツァは十字架を見て、「あっ！」と叫び、ヤグレナッツからとび離れました。妖精《ヴィーラ》は、十字架があったために、ヤグレナッツに触れることができなかったのです。

しかしザトチニツァたちは子供をそう簡単には手放したくありませんでした。彼女たちは子供を遠巻きにする格好で、子供をどうするか、ひそひそ相談をはじめました。

ところが、ヤグレナッツの心は落ち着いていました。ザトチニツァたちは相談をしておりましたが、

＊1　コロ・ダンス……八七ページの注を参照。

あまりにもどす黒い考えを練っておりましたので、彼女たちの頭の周りで黒い雀蜂《すずめばち》たちがブンブン音を立てて飛び回っておりました。それでも、ヤグレナッツはザトチニツァたちを見ていながら、彼女たちに悪意があるようには感じなかったし、怖いとも思いませんでした。それどころか、ヤグレナッツはザトチニツァの一人がはためかせている羽が気に入ったので、それをもっと間近に見ようとして、彼女に近づきました。

「おやまあ、これは飛んで火に入る夏の虫だわ」とそのザトチニツァは思いました。「自分の手を汚さないで、狼を捕る落とし穴におびき寄せよう」

そこには本当に落とし穴がありました。落とし穴は、外からは見分けがつかないように木の枝で覆われていて、底には先の尖った杭や串が突き出ていました。その枝の上に乗った者は直ちに穴の中に落ちて、杭や串に刺されて死ぬのです。

ザトチニツァはヤグレナッツを狼の落とし穴へとおびき寄せていきます。ザトチニツァはヤグレナッツから後ずさりしながら行き、ヤグレナッツはザトチニツァの羽を近くで見ようと近づいていきます。こうして二人は落とし穴まで来ました。ザトチニツァは穴の上を飛び越えました。しかしヤグレナッツは策略に引っかかって枝の上に足をかけ、穴の中に落ちました。

ザトチニツァたちは嬉しさのあまり叫び声をあげ、子供が串刺しになって死んださまを見ようと、飛んできました。

しかしザトチニツァたちは、子供が小さすぎることを頭に入れていませんでした。

ヤグレナッツは、ひよこのように、体が軽かったのです。ヤグレナッツは枝や葉と一緒に落ち、枝と葉が串の上に覆いかぶさりました。小さくて軽い体のヤグレナッツはベッドの上のように枝と葉の上に横たわっていました。

ヤグレナッツは、自分が柔らかい葉の上に横になっているのが分かったとき、「さあ、お休みの時間だよ」と思いました。そして両手を頭の下において手枕にし、自分が逃げ出すことのできない深い落し穴に捕らわれているとは夢にも思わずに、安らかに寝入りました。

ヤグレナッツの周りにはまだ多くのむき出しの串が突き出ていました。意地の悪いザトチニツァたちは身をかがめて穴の中を覗き込みました。ヤグレナッツは、まるで目箒《めぼうき》のベッドに寝ているように、静かに安らかに眠っています。ヤグレナッツは身動きひとつしません。それは「坊や、寝る時はお目々を閉じて体を動かすのではありませんよ。守護天使を驚かすといけないからね」といつも言っていたお母さんの教えを守っているからです。

ザトチニツァたちは落とし穴を囲んで立ち、子供が、黄金のベッドの上にいる小公子のように眠っているのを見て「この子を相手にするのは容易なことではないわ」と言いました。それでザトチニツァたちは「山分けの山」に飛んでいって、胸につけている十字架のために手が出せない子供をどうやって殺すか、相談しました。

いろいろ相談を重ねているうちに、一人のザトチニツァが名案を思いついて言いました。「わたしが嵐を起こして豪雨を降らせましょう。そうしたら山から洪水が下りてきて、子供を穴の中で溺れ死なせてくれるでしょう」

「ヒューッ、ヒューッ！」ザトチニツァたちはいっせいにざわめき、嬉しさのあまり羽ばたいて、雨雲を集めて嵐を起こすために、ただちに山の上の空高く舞い上がりました。

六

一方、小さな女の子のルトヴィツァは山の頂上にある聖なる湖の中の小さな島に座っています。ルトヴィツァの周りには色美しい蝶たちがひらひらと飛び回り、ルトヴィツァの肩に止まります。また、雉《きじ》鳩《ばと》が雛《ひな》を連れてルトヴィツァの膝の上に来て、そこで雛に餌を与えます。そして木苺《きいちご》の蔓《つる》がルトヴィツァの上に伸びてきて、ルトヴィツァに赤く熟れた実をお腹いっぱい食べさせてくれます。ルトヴィツァに不足はありません。

それでも、幼くして孤児《みなしご》となり、今やひとりぼっちになってしまったルトヴィツァの心には深い悲しみがありました。たったひとりの弟ヤグレナッツと永久に切り離されてしまったことを思い、さらに、誰か弟に水を飲ませてくれる人がいるだろうか、床をのべて弟を寝かせてくれる人がいるだろうか、と思うと悲しくなるのです。

このような悲しい思いでルトヴィツァは頭上の空を見上げました。空を見ると、山の頂上の周囲に黒い霧がたちこめて、夜のようになっているのが見えました。ルトヴィツァの真上の空と聖なる境界線に囲まれた湖の上には太陽が輝いています。しかし山の上空ではにわかに霧が渦巻いて広がり、黒雲が湧き起こって、渦巻きながら、重たげな黒煙のように、昇ったかと思うと、下ってきました。そしてその黒煙のような雲の中からときどき火花が飛び散りました。

　これはザトチニツァたちの仕業《しわざ》で、彼女たちが黒雲を集めて、大きな翼を羽ばたかせ、目から火花を出していて、それが雲を衝《つ》いて飛び散っているのです。その時、突然、雲の中から雷鳴が恐ろしげにとどろき、山じゅうに篠突《しのつ》く雨が降り注ぎ、ザトチニツァたちが雨と雷鳴を衝いて、風が咆《ほ》えるように、口笛を吹きました。

　これを見ていたルトヴィツァは「わたしの上の空ではお日様が輝いていて、わたしにはなにも悪いことは起こらないのに、こんな嵐のなかに山の中にいる人にはきっと助けが必要だわ」と思いました。

　そしてルトヴィツァは、山の中には人はいないとは思っていましたが、お母さんが嵐の時にはそうするようにと教えてくれたことをしました。すなわち、十字を切って神様に祈りました。そして崩れかけた教会堂に鐘が残っていたので、ルトヴィツァは綱を掴《つか》んで、嵐に向かって鐘を打ち鳴らしはじめました。ルトヴィツァは誰のために祈り、誰のために鐘を鳴らすのか、知りませんでしたが、不幸の中にいるすべての人を助けようと思って、鐘を打ち鳴らしたのでした。

　すでに百年、鳴ったことのない教会の鐘が島から不意に鳴り響いたものですから、雲の中にいて、仕事の最中のザトチニツァたちはびっくり仰天し、頭が混乱し、嵐を起こす仕事を放り出し、恐怖に駆られて四方八方に逃げ散り、ある者は岩壁の陰に、ある者は岩の割れ目に、ある者は樹の空洞に、ある者は羊歯《しだ》の茂みの中に隠れました。

　たちまち山の嵐は止み、もう百年ものあいだ太陽を見なかった山に陽光がいっぱいに降り注ぎました。太陽が輝いて、雨ははたと止みました。しかし小さなヤグレナッツは死の危険にさらされていました。

最初の豪雨ですでに山は大洪水になり、ヤグレナッツが寝ていた落とし穴に大水が流れ込んできました。ヤグレナッツには嵐の音も雷鳴も聞こえませんでした。そして今や恐ろしい水音を立てて、自分を呑み込もうと猛スピードで迫ってくる鉄砲水にもヤグレナッツは気づいておりません。

洪水は落とし穴を襲い、穴の中に流れ込んで、一瞬のうちに子供を呑み込みました。

水は子供を包み込み、あっという間に呑み込んでしまい、もはや落とし穴も、杭も、ヤグレナッツの姿も見えません。ただ山腹を流れ下る水が見えるだけです。

しかし水が流れ込んだとき、水は穴の底で渦を巻き、混じり合い、ぶつかり合い、それから急激に小さなヤグレナッツが乗っかっていた枝と葉を持ち上げました。水はヤグレナッツを持ち上げ、穴の外に押し出して、枝と葉の上に乗せたまま山を下って押し流していきました。

洪水は猛威を振るい、頑丈な岩や樫《かし》の大木を倒し、根扱《ねこ》ぎにして押し流していき、その力を食い止める術《すべ》はありませんでした。

しかし枝と葉の上に乗った小さなヤグレナッツは大水の上を軽々と飛ぶように流れていきました。白《しろ》薔薇《ばら》のように軽かったので、どんな灌木《かんぼく》の茂みにでも引っかかって止まることができました。そして実際に道端にあった灌木の茂みにヤグレナッツの乗った枝と葉は引っかかりました。ヤグレナッツは、はっと目を覚まして、茂みにつかまり、上に登って、小鳥のように、灌木の上に止まりました。

ヤグレナッツの上にお日様が優しく、明るく輝きました。ヤグレナッツの下には恐ろしい水が流れていましたが、白いシャツを着たヤグレナッツは灌木の茂みの上に座って、驚くべき光景に目をこすりました。小さい子供には、いったい何が起こったのか、誰が急に自分の眠りを覚ましたのか、分からなかったのです。

ヤグレナッツが目をこすっているあいだに、水は山を流れくだり、洪水はなくなりました。ヤグレナッツが目で洪水の流れを追うと、水が急斜面の下に消えてゆき、灌木の茂みの周りにはまだ泥がぽたぽたと滴り落ち、のろのろと這うのが見えました。ヤグレナッツは、灌木の茂みの上から降りて、「ぼくは目を覚まされたのだから、もっと遠くへ行かなければならないのだろう」と思いました。

そしてヤグレナッツは山の上に向かって歩きはじめました。ぐっすり眠ったあとだったので、ヤグレナッツは気分も爽快で、今度こそルトヴィツァに会えるような気がしていました。

七

鐘の音が鳴り止むとすぐに、ザトチニツァたちに力が戻ってきました。ザトチニツァたちは元気づいて、それぞれの隠れ場から出てきました。彼女たちが見ると、なんと山に陽の光が射しているではありませんか！　性悪なザトチニツァたちにとって太陽の光ほど怖いものはありません。山全体を霧で覆うことは急にはできないので、ザトチニツァたちは、とりあえず自分の周りをなんとか霧で曇らせて、ヤグレナッツが溺れ死んだのを見ようと、落とし穴に飛んでいきました。

ザトチニツァたちがそこに着いて、落とし穴の中を覗くと、穴の中は空で、ヤグレナッツはいません！

ザトチニツァたちは憤怒《ふんぬ》のあまり鼻息を荒げ、どこか水が岩にぶつかって子供が死んでいる所はないか、と山じゅうを見渡しました。しかしザトチニツァたちが見回していると、ヤグレナッツが元気な足取りで歩いているのが見えました。陽光がヤグレナッツの背中に注いで濡れたシャツを乾かし、ヤグレナッツは、自分が知っているかぎりの歌を、静かに口ずさんでいます。

「この子はわたしたちの手をのがれるだろう。これから先もこうなるだろう」とザトチニツァの一人が言い出しました。「この子はわたしたちよりも強い。火焔龍ズマイ・オグニェニを呼んで、助けてもらったらどうかしら」

「あなた、恥を知りなさい！」と別のザトチニツァが言いました。「こんな弱々しい子供なんか、自分たちの力で倒せるわよ」

そのザトチニツァはそう言いましたが、彼女は、ヤグレナッツが、その落ち着いた性質においてキテジ山のどの悪者よりも、どの悪知恵よりもまさっていることを知りませんでした。

「熊を使って子供を殺させよう。物言わぬ熊は十字架を恐れないから」とまた別のザトチニツァが言い、すぐに熊の穴に飛んでいきました。

雌熊は穴の中で横たわって小さな子熊とたわむれていました。

「さあ、クマ子、小道へ出てきな。子供がひとり小道を歩いてくる。その子を待ち伏せして殺しておくれ」とザトチニツァは言いました。

「自分の子を置いていくことなんかできないよ」と雌熊は答えました。

「子供はわたしが面倒を見てあげるからさ」とザトチニツァは言って、さっそく子熊と一緒に遊びはじめました。

熊は小道に出ていきました。そこへ、ヤグレナッツがやって来ます。

大きな熊は後ろ足で立ち、前肢を前に突き出して、ヤグレナッツを殺そうと近づいてきます。

熊は見るのも恐ろしいのですが、ヤグレナッツは熊になんの恐ろしさも悪さも感じないで、こう思いました。

「おや、誰かがぼくに手を差し伸べている。ぼくもこの人に手を差し出さなければいけないな」

ヤグレナッツはすぐに両手をあげ、熊に向かって差し出して、お母さんが腕の中に来るように呼んでいるような気がして、真っ直ぐに熊に向かっていきました。

もう少しのところで、恐ろしい熊はヤグレナッツを摑《つか》んでいたでしょう。熊はすでに間近に来ており、もしヤグレナッツがおじけて逃げ出そうとしたなら、即座にヤグレナッツをつかまえて殺していたでしょう。しかし熊は子供を見て、どこから摑みかかろうか、とちょっと考えてしまいました
熊はさらに背を伸ばして立ち、ヤグレナッツを右から見、左から見て、今こそ、とびかかろうとしました。

ところが、ちょうどその時、穴の中で小さな子熊が悲鳴をあげました。ザトチニツァに付き添って飛んでいる黒い雀蜂《すずめばち》が子熊を刺したのです。子熊は恐ろしい声で泣き喚《わめ》きました。熊の一族は残酷な性格であるくせに、よそから受ける残酷な被害には堪《た》えることができないのです。子熊の物凄い悲鳴を聞いた母熊はヤグレナッツのことも、山全体のこともいっぺんに忘れてしまいました。熊は四足に戻って駆け出し、狂ったように穴に走り帰りました。

怒り狂った熊はザトチニツァの髪を摑みました。熊とザトチニツァは取っ組み合い、殴り合い、引っ

掻き合い、ヤグレナッツのことをほったらかしにしました。

ヤグレナッツは熊の後を追っていって、熊とザトチニツァが取っ組み合い、摑《つか》み合いをしている様子を見て、その可笑しさに声を立てて笑いました。何も知らない子供は山の中をさらに遠くへと歩きだしました。自分の命が危険にさらされていたことを知らなかったのです。

八

ザトチニツァたちは、ヤグレナッツをどう始末するかを相談するために、再び「山分けの山」に集まりました。自分たちがヤグレナッツよりも弱いことは分かっていました。

こうして、ヤグレナッツのことで相談するために、「山分けの山」に飛んで来ては、飛んで帰ることに、ザトチニツァたちはもう疲れてきました。疲れているために彼女たちは怒りっぽくなっていました。

「よし、あの子を毒で殺そうよ。毒を使えば、あの子が助かる秘術も妖術も通じないはずだ」ということでザトチニツァたちの相談はまとまりました。そして直ちにザトチニツァの一人が木製の盆を手にして、山の中のどこかの草地に、毒のある野苺《のいちご》を採りに、飛んでいきました。

ヤグレナッツは、誰かが自分のことで相談したり、知恵を絞ったりしているとは夢にも思わずに、元気に山道を歩いていき、小鳩がくっくっと鳴くように、しずかに何かつぶやいていました。

こうしてヤグレナッツは毒苺の生えている草地まで来ました。草地の真ん中には小道がありました。小道を挟んで片方の側の草地は赤い野苺で覆われており、もう片方の側の草地は黒い野苺で覆われていました。どちらの側の野苺にも毒があり、どちらの野苺でも、食べた人はみな死んでしまいます。

母乳を飲んで育ったヤグレナッツが、この世の中に毒というものがあることなど、知っているはずがありません。

ヤグレナッツはお腹がすいており、草地の赤い野苺が気に入りました。しかしヤグレナッツが目を上げて見ると、向こう側の赤い野苺の生えている草地で誰かが野苺を摘んでおり、頭も上げずにせっせと摘んでいる様子です。それはあのザトチニツァで、ヤグレナッツを殺すために色のきれいな赤い野苺を摘んでいるのでした。

「あちら側の赤い野苺はあの人のものなのだな」とヤグレナッツは思って、黒い野苺のほうに行きました。ヤグレナッツは人と争うことを知らずに育ったのです。ヤグレナッツは黒い野苺の茂みのなかに座って、食べはじめました。ザトチニツァは赤い野苺のなかをさらに進んでいきましたが、ヤグレナッツがもう草地に来ていて、黒い野苺の生えている所でそれを食べたのを知りませんでした。

ヤグレナッツは黒い野苺をお腹いっぱい食べて、さらに遠くへ行こうとして、立ち上がりました。しかし、ああ何ということか！　ヤグレナッツは目が眩《くら》みはじめ、頭が激しく痛み、地面が足もとでぐらぐら揺れているみたいです。

これは黒い毒のせいです。

悲しいかな、ヤグレナッツは幼くて、この不幸からのがれるべき秘術も妖術も知るはずがありません。

それでもヤグレナッツは、目が眩《くら》むのも、地面が揺れるのも、何でもないのだと思って、構わずに先へと歩いていきました。

そうしてヤグレナッツはザトチニツァが赤い野苺《のいちご》を摘んでいる所までやって来ました。ザトチニツァは子供を見ると、すぐさま赤い野苺を盛った盆を持って小道に走り出て、子供の前に立ち、盆を差し出して、食べるように、仕草で示しました。

ザトチニツァは、ヤグレナッツがすでに黒い野苺を食べたことを知りませんでした。でも、たとえ赤い野苺を食べさせなくても、黒い野苺を食べさせればその毒で死ぬことは知っていました。

ヤグレナッツは、頭が割れるほど痛かったので、野苺はもうたくさんでした。しかしヤグレナッツは母親から「坊や、わたしの出すものはみんな食べるのですよ。お母さんを悲しませないでね」と教えられていました。

お母さんが、か弱いヤグレナッツに教えたことは、秘術でも妖術でもありませんでした。しかしちょうど良い時に、子供は母親の教えに従いました。

ヤグレナッツは盆を取って、赤い野苺を食べました。ヤグレナッツがそれを食べると、目の眩みは取れ、頭と心臓の痛みは止み、地面も揺れなくなりました。

ヤグレナッツの体の中で赤い毒が黒い毒を殺して、毒が中和されたのです。ヤグレナッツは嬉しくなって両手をぱちんと打ち鳴らし、小魚のように元気に、小鳥のように楽しげに、さらに遠くへと歩いていきました。

ヤグレナッツの目にもう山の頂が見えてきました。

「あの山の頂上の向こうにはもう世界はないのだな。あそこまで行けば、きっとおねえちゃんに会える」とヤグレナッツは思いました。

九

ザトチニツァは自分の目が信じられませんでした。目で子供の後を追うと、子供はあれほどの毒に当たった様子もなく、平然と歩いていきます。

ザトチニツァはそれをずっと見ているうちに、腹が立って怨嗟《えんさ》の声を上げました。ザトチニツァは、子供がどんな奇跡によって救われたのかを知りません。子供はもう山の頂上の近くまで来ており、聖なる湖に到るのは時間の問題であることが分かりました。

ザトチニツァは「山分けの山」に飛んでいって、仲間と相談する暇がもうありません。災いが迫っている時は、相談は行われません。ザトチニツァは自分の弟分である咆哮鳥《ほうこう》のブゥカチのところへ真っ直ぐ飛んでいきました。

ブゥカチは山の中の沼地に巣をつくっていますが、その巣は聖なる湖を護っている溝のすぐ近くにあります。猛禽《もうきん》であるブゥカチも溝を越えて湖の上に飛んでいこうとはしませんが、魔物たちが、ブゥカチの咆《ほ》え声で聖なる湖の静寂を妨げるために、溝による境界線のそばにブゥカチをわざと据えたのです。

「兄弟、ブゥカチよ」――ザトチニツァはブゥカチに言いました。「子供がひとり道を歩いてくる。お前の咆《ほ》え声で、子供が溝を越えて湖の岸へ出ないように、溝の手前で子供を引き止めなさい。わたしは火焔龍ズマイ・オグニェニを呼びに行ってくるから」

ザトチニツァはこう言うと、矢のように飛んで山を下り、峡谷に眠っている火焔龍ズマイ・オグニェニを迎えにいきました。

ブゥカチは咆えるように命令が下るのを待っていました。ブゥカチは自分の咆え声をたいへん自慢していたからです。

すでに黄昏がはじまりました。ヤグレナッツはますます溝に近づきました。溝の向こう側に湖が見え、湖の上には白い、小さな教会がありました。

「ぼくがこの溝を越えれば、もう世界の果てだな」とヤグレナッツは思いました。

しかしその時、突然、恐ろしい咆哮《ほうこう》が山に響き、木々の枝は震え、葉は舞い落ち、岩壁と峡谷にこだまして、深淵にまで達しました。ブゥカチが咆えたのです。

ブゥカチの咆哮はあまりにも恐ろしく、勇猛なスカンデル・ベグ[*1]をも震え上がらせたことでしょう。スカンデル・ベグの耳にはトルコ軍の大砲の轟音《ごうおん》が残っていたからです。

しかし、か弱いヤグレナッツは少しも怖がりません。毒も、憎しみも、咆哮もヤグレナッツにはまったく通じないのです。

ヤグレナッツは、何かが咆え、森が震える音を耳にしました。ヤグレナッツは、何がその大きな声を出しているのかを見たくて、声のするほうへ近づいていきました。そこへ行って、見ると、葦《あし》の茂みにいたのは鶏ほどの大きさもない鳥ではありませんか！

鳥は嘴《くちばし》を沼地の水に浸してから頭を上げ、首を鞴《ふいご》のように膨らませて吼えました。なんとその声でヤグレナッツのシャツの袖がはためきました。ヤグレナッツは、このような不思議なものが面白くて堪《たま》らず、ブゥカチが吼える姿をもう少し近くで見たいと思って、そのそばに座りました。

ヤグレナッツは魔除けの溝のすぐ近くのブゥカチの目の前に座り込み、ブゥカチの首が膨らむ様子をもっとよく見ようとして、それにもう暗くなっていたこともあって、その首の辺りを覗き込みました。

ヤグレナッツがもっと賢かったなら、いろいろな魔物が危害を加えるかも知れない山の中の溝の手前にとどまっていないで、魔物が越えることのできない溝を一歩越えて安全地帯に入り、救われていたでしょう。しかしヤグレナッツは幼すぎて、そこまで知恵がまわりません。ヤグレナッツは救いがすぐ目の前にある場所にまだとどまっていて、死の危険にさらされています。

＊1　スカンデル・ベグ……スカンデルベグ Skanderbeg（原文では Skender-beg）は十五世紀の中世アルバニアの国民的英雄。オスマン・トルコに臣従したアルバニア中部の領主の家に生まれたため、トルコのエディルネでイスラム教徒として教育を受け、スルタン・ムラト二世に仕え、軍功により故郷のアルバニアに封土を与えられた。しかし一四四三年にオスマン・トルコに叛旗を翻し、キリスト教に再改宗し、一四四四〜一四六六年のあいだ十三回に及ぶオスマン軍の侵攻を撃退し、アルバニア北部地方の独立を勝ち取った。バルカンのキリスト教諸国で英雄視された。

ヤグレナッツはブゥカチに夢中になっていました。夢中になっていて、失敗をしました。ヤグレナッツがこうして面白がっているあいだに、ザトチニツァは谷底に眠っていた火焔龍ズマイ・オグニェニを呼び起こしてしまいました。

ザトチニツァはズマイ・オグニェニを、山の道を案内しながら、連れて来ました。恐ろしい火焔龍は両方の鼻孔から火を噴き出し、道々、松の木や樅《もみ》の木を押し倒して進みます。龍には森も山も狭すぎるのです。

小さなヤグレナッツよ、どうして逃げないの！　溝をとび越えさえすれば助かり、お母さんも喜ぶのに！

しかしヤグレナッツは逃げる気などなく、溝のそばに落ち着いて座っていて、夜の闇を衝《つ》いて龍の吐き出す火焔が登ってくるのを見ていました。「山の中であんなにきれいに輝いているのは何だろう」と思いました。

火は近づいてきて、ヤグレナッツを焼いてしまいそうです。しかし何も知らない子供はまだ怖がらずに眺めていて、「あんなにきれいに輝いているのは何だろう」と不思議がっています。

ザトチニツァがヤグレナッツを見つけて、火焔龍ズマイ・オグニェニに言いました。

「あそこに子供がいる。ズマイ・オグニェニよ、一番強い火を吐く準備をしなさい」

体の重い火焔龍は山道を登ってきて、息切れしていました。

「ちょっと待ってくれ、妹よ、息をつかせてくれ」とズマイ・オグニェニは言いました。

ズマイ・オグニェニは二回、三回と息をつきました。しかしそれが火焔龍にとって失敗の元でした。

龍があまりにも大きく息をついたので、山の中に大風が吹き起こりました。強い風が起こって、ヤグレナッツを溝越しに聖なる湖まで吹き飛ばしてしまいました！

ザトチニツァは叫び声をあげて地に倒れ伏し、黒い翼にくるまり、厄年が来たように泣きました。

狂ったズマイ・オグニェニは火を吐き出しました。火は十個の竈《かまど》に火を焚《た》いたように激しく噴き出しました。しかし火は溝を越えることができず、溝まで来ると、そこで、まるで大理石の壁に当たったように、空の雲の下に上っていきます。

火花と炎が巻き起こり、飛び散り、キテジ山の上に戻って降りかかりました。龍の火は山の半分を焼きましたが、小さいヤグレナッツを滅ぼすことはできませんでした。

風がヤグレナッツを吹き飛ばしたとき、ヤグレナッツは、そんなに速く空を飛んだので、愉快になって笑いました。ヤグレナッツは一度笑い、さらにもう一度笑いました。

十

湖上の小島の教会堂の前にはルトヴィツァが座っています。

晩になりましたが、ルトヴィツァは、聖なる湖の静寂を妨げる山の中の咆哮《ほうこう》とざわめきのために、寝つかれませんでした。ルトヴィツァは、ザトチニツァたちが騒ぎ、叫び、熊が咆《ほ》えるのを聞きました。龍が岩壁の陰から鼻息を立てる音を聞き、火が山の中に飛び散るのを見ました。

　そして今、炎が燃え上がり、雲の下の空を舐めるのを見ています。

　しかしたった今、何かを耳にしました。ルトヴィツァが聞いたのは何でしょうか？　誰かが、銀の鈴を振るように、笑いました。ルトヴィツァは胸がどきどきしました。

　その小さな声はもう一度笑いました。

　ルトヴィツァは、思わず、島から呼びかけました。

「山の中で笑っているのは誰？」とルトヴィツァは優しく尋ねましたが、答えてくれるのは誰なのか不安でした。

「島からぼくに呼びかけたのは誰なの？」小さなヤグレナッツが答えました。

　ルトヴィツァはそれがヤグレナッツの話し方だとすぐに分かりました。

「ヤグレナッツ、坊や、おねえちゃんだよ！」とルトヴィツァは叫び、月の光に照らされて青白い姿で立ち上がりました。

「ルトヴィツァ！　おねえちゃん！」とヤグレナッツは叫び、夜の小鳥のように軽々と、葦《あし》や、葭《よし》や、水草の上を越えて島に飛んできました。

　姉と弟はひしと抱き合い、キスを交わし、月光を浴びて教会の前に座りました。

　二人はしばらく語り合いましたが、心ゆくまで語り合うことは、まだ幼すぎて、できませんでした。

　姉と弟は手をつないで眠りにつきました。

十一

こうして姉と弟は聖なる湖で日々を過ごすことになりました。ヤグレナッツは幸せでした。それ以上の幸福は必要ありませんでした。

湖畔には流れの速い小川があり、甘い木苺《きいちご》がなっていました。牧草地には昼は花が咲き誇り、蝶が舞い、夜は露《つゆ》がおり、蛍《ほたる》が飛びました。灌木《かんぼく》の茂みには小夜啼き鳥《さよなどり》や雉鳩《きじばと》がいました。

ルトヴィツァはヤグレナッツのために夜は木の葉の床をのべてやり、昼は湖で水浴びをさせ、草鞋《わらじ》を編んでやりました。ヤグレナッツは、溝の囲いで護られているかぎり、この聖なる世界以上のものは必要ない、と思いました。

幸いなるかな、ヤグレナッツよ！　幼いということは素晴らしいことだ！

ルトヴィツァも幸せでした。それでも、ルトヴィツァには心配事がありました。――どうやってヤグレナッツを保護していけばよいのだろうか、どうやって食べさせていけばよいのだろうか。神様の定めによって、昔の人が考えつかなかったものを、後の世の人が食べることは決してないからです。世の中はそのようになっており、聖なる湖においてもそのようになっているはずです。

ルトヴィツァは不安を覚えました。「明日は聖ペテロの日[*1]だわ。聖ペテロの日が過ぎると、木苺はな

＊1　聖ペテロの日……旧暦六月二十九日、新暦七月十二日。

くなるのではないかしら？　秋が来たら、太陽も水も冷たくなるのではないかしら？　孤独のなかで冬を過ごせるかしら？　谷間のわたしたちの家は荒れ果ててしまうのかしら？」

ルトヴィツァはこんな心配をしていました。心配事がある時に、もっとも現れやすいのが誘惑です。ある日、ルトヴィツァは「ああ、神様、運良くわたしたちが家に帰れる日が来るでしょうか」とふと思いました。ちょうどその時、山の中から誰かが呼ぶ声がしました。ルトヴィツァが声のしたほうを見ると、溝の向こう側に、仲間のうちで一番若いザトチニツァが立っていました。

そのザトチニツァは、ほかのザトチニツァよりも姿かたちが美しく、また、おしゃれをするのが好きでした。ザトチニツァは、ルトヴィツァが金のベルトを締めているのを見て、そのベルトがどうしても欲しくなりました。

「お嬢ちゃん、そのベルトをわたしによこしなさい」妖精《ヴィーラ》は溝の向こうから呼びかけました。

「それはできないわ、妖精《ヴィーラ》さん。このベルトはお母さんの形見ですから」とルトヴィツァは答えました。

「お嬢ちゃん、それはお母さんのベルトではなくて、公妃様のベルトだよ。でもね、公妃様はとっくの昔に死んでしまったよ。ベルトをわたしに渡しなさい」公妃のことを覚えている妖精《ヴィーラ》は言いました。

「できないわ。妖精《ヴィーラ》さん。わたしのベルトはわたしのお母さんの形見だから」ルトヴィツァは同じ答えをしました。

「お嬢ちゃん、わたしがあなたと弟さんを家のある谷間に連れ出してあげましょう。何も悪いことは起こらないようにするからね。ベルトをわたしに渡しなさい」再び妖精《ヴィーラ》は言いました。

山の中から脱出したいと願っていたルトヴィツァにとって、これは大変な誘惑でした。しかしルトヴィツァは同じ答えを繰り返して、妖精《ヴィーラ》の貪欲から母親の遺言を守りました。

「できないわ。妖精《ヴィーラ》さん。わたしのベルトはわたしのお母さんの形見ですから」

妖精《ヴィーラ》はがっかりして去っていきましたが、次の日にまたやって来て、呼びかけました。

「わたしにベルトをよこしなさい。あなたたちを山から連れ出してあげるから」

「できないわ。わたしのベルトはわたしのお母さんの形見ですから」とルトヴィツァは答えましたが、心がとても重くなりました。

こうして七日のあいだ妖精《ヴィーラ》はやって来て、ルトヴィツァを誘惑して悩ませました。心配が増すほど誘惑は強くなるものです。そしてルトヴィツァは、谷間の家に帰って落ち着きたいという願望が強まるにつれて、蒼ざめていきました。それでもルトヴィツァはベルトを渡しませんでした。

七日、妖精《ヴィーラ》は呼ばわり、七日、ルトヴィツァは答えました。「できないわ。妖精《ヴィーラ》さん。ベルトはお母さんの形見ですから」

七日目にルトヴィツァがこう答えたとき、妖精《ヴィーラ》はどうしようもないことを知りました。

妖精《ヴィーラ》は山をくだっていき、最後に岩の上に腰かけて髪を解き、あれほど欲しかった公妃のベルトを取ることができなかった悔しさで泣きました。

十二

一方、高貴で善良な公妃は死んだのではありませんでした。息子と一緒に遠く離れた土地でもう何年も暮らしていました。

公妃は自分の身分を誰にも明かしたことはなく、息子の公子は、国を逃れてきた時はまだ赤ん坊でしたので、何も覚えておりませんでした。

そのようなわけで、その地方では、この母と子が公家の者であることを知っている人は誰もいないうえに、公子自身もそれを知りませんでした。それに、王冠も、黄金のベルトも持っていなければ、何の証拠によって、その人を公妃であると知り得るでしょうか？

しかも、善良で、しとやかで、気品をそなえた公妃は、この亡命の地で身分を明かすべきではない、と心得ていたのです。

公妃はある善良な農場主の家に暮らして、そこの使用人たちのために糸を紡ぎ、機《はた》を織る仕事をしておりました。そのようにして公妃は自分と息子を養っていました。

息子は背が高くて美しく、並はずれて力の強い、頑丈な若者に成長しました。そして公妃は公子に良いことだけを教えました。

しかし公子には一つだけ欠点がありました。公子はたいへん気短で、気性の激しい人でした。人々はそんな若者を、「物乞いレーリャ」[*1]と呼んでいました。強くて荒々しく、同時に貧しかったからです。

ある日、レーリャは主人の牧草地で草刈りをしていました。昼になって、ひと休みするために木陰で横になりました。そこへどこかの若旦那が馬で通りかかって、レーリャに声をかけました。

「おい、そこの若造、起きあがって、道をひとっ走り行って、おれの銀の拍車を捜してきてくれ。途中で落としてしまったのでな」

レーリャがこれを聞いたとき、彼の癇癪《かんしゃく》もちの血がたぎりました。人が休んでいるところを起こして、自分でなくした拍車を捜してこい、とは何だ！

「よし、引き受けた」とレーリャは叫びました。「あなたはおれの代わりにここで休んでいるがいい」と言ったかと思うと、若旦那にとびかかって馬から引きずりおろし、木陰に投げつけたので、若旦那はそこに死んで横たわりました。

レーリャは、そのまま狂ったように、母親のところへとんで行き、叫びました。

「お母さん、ぼくを貧乏人にお産みになった不幸なお母さん、土埃《つちぼこり》の中を他人の落とした拍車を捜しに使いに行かされるために、ぼくは生まれたのですか！」

レーリャは、怒りのあまり血相を変えて、こう言いました。

母は息子を見て、たいへん心を痛めました。母は、息子が、このままだと、母と子の平和を乱すことになりかねないと見て取って、今まで秘密にしていたことを話す必要があると思いました。

「わたくしの息子よ、あなたは乞食ではありません。あなたは不運の公子なのです」母はレーリャに二

＊1　レーリャ……クロアチア民衆叙事詩の英雄レーリャ Relja（あるいはフレーリャ Hrelja）の名に因んだもの。

人の身に起こったことをすべて話して聞かせました。

話を聞いているうちにレーリャの目は憤怒《ふんぬ》のあまり火のように燃え、レーリャは拳を握りしめて訊きました。

「お母さん、わたしたちが公家の出である証拠はなにも残っていないのですか？」

「なにも残っていないのよ。ただ、赤い紐《ひも》のついた金の十字架と黄金のベルトがあるだけです」と母は答えました。

これを聞いてレーリャは言いました。

「お母さん、ぼくが行って、その十字架とベルトを取ってきましょう。それがどこにあろうと構わないし、それを見れば、ぼくの公家の力が三倍強くなるでしょう」それから尋ねました。「お母さん、そのベルトと十字架をどこに置いてきたのですか？　もし最高軍司令官のところに置いてきたのなら、軍司令官と公国の軍隊が保管しているのでしょうか？」

「そうではないのです。軍司令官と公国の軍隊はわたくしを敵の手に渡そうとしたのです。彼らは敵と一緒に宴を張り、わたくしの公国を分割したのです」公妃は答えました。

「もしかして、城砦の地階の奥の七番目の地下室に、七つの鍵をかけて置いてきたのではありませんか」

「いいえ、そうではありません。わたくしは運が悪かったのです。不意に敵がわたくしの城砦に侵入してきて、城の地下室を破壊し、荒らしまわり、九番目の地下室を探してわたくしの財宝を奪って、それで自分たちの軍馬を養ったのです」

「では、黄金のベルトと赤い紐のついた十字架はどこに置いてきたのですか」と尋ねるレーリャの目は怒りの火に燃えるようでした。

「それは若い羊飼いの女の家に置いてきました。鍵も長持もない、茅《かや》で編んだ苫屋《とまや》です。そこへ行けば、見つかるかも知れません」

レーリャはベルトと十字架が茅で編んだ苫屋に残っているとは信じられませんでした。堅固な城砦の九番目の地下室においてさえ高貴な公妃の財宝を保管できなかったぐらいですから。

しかし、レーリャの体内に流れる公子の誇り高い血がますます激しく騒ぎました。レーリャはきっぱりとした声で母に告げました。

「お母さん、お達者で！　ぼくは十字架とベルトを、どこにあろうと、必ず見つけます。ぼくは、その二つを渡そうとしない者を容赦しません。公家の血にかけて必ずベルトと十字架を持って帰ります」

公子レーリャはこう言うと、自分の大鎌の鋭い刃を取り、それにどっしりとした柄をしっかりと取り付けて、先祖の遺産を捜しに、勇んで旅立ちました。レーリャが歩めば、足もとで地はどよめき、まっしぐらに走れば、髪は風にたなびき、必殺の剣は陽光を浴びて燃え立つ火のようにきらめきました。

十三

そしてレーリャは疲れを知ることなく進んでいきます。昼は歩き、夜も休むことをしません。レーリャが行くところ、誰も彼も道を譲ります。キテジ山までは遠い道のりでしたが、そこへ行く道はすぐに分かりました。キテジ山は恐ろしい山として近隣の七つの公国に知れ渡っていたからです。

レーリャは聖ヨハネの日[*1]に、母に別れを告げ、聖ペテロの日に、キテジ山の麓《ふもと》に着きました。

山の麓に着くと、レーリャは、茅《かや》編みの小屋のこと、羊飼いのミロイカのこと、金のベルトと十字架のことを村人に尋ねました。

「その小屋はあそこの谷間にあるさ。ミロイカはこの前の新月の後の日曜日にわしらが埋葬したよ。ベルトと十字架は子供たちが身につけている。子供たちはキテジ山に妖精《ヴィーラ》たちにさらわれていったよ」と村人たちは答えました。

自分の十字架とベルトがキテジ山に持ち去られたことを聞いて、レーリャの心は激しい怒りに燃え立ちました。今すぐキテジ山へとんでいくべきか、それとも最も行きたいと願っている堅固な城砦についての情報を先に集めるべきか、レーリャは憤怒《ふんぬ》のあまり分からなくなりました。

「ところで高貴な公妃の城砦はどこにあるのか」とレーリャは声を荒げました。

「それは向こうの方角だ。そこへ行くにはまる一日かかる」と村人たちは答えました。

「それで、城の中の様子はどうなのだ」とレーリャは手に持った剣を振り動かしながら尋ねました。「知っていることを全部話してくれないか」

「わしらのうち城のある町へ行ったことのある者は一人もいないのだ。城主たちの心が頑《かたく》なのだ。城の周囲には獰猛《どうもう》なジャッカルと物が言えない番兵が配置されている。わしらは、ジャッカルのあいだをすり抜けて通ることもできず、口が利けない番兵を丸め込むこともできないのだ」

「城には着飾った紳士淑女が住み、大広間で赤ワインを飲み、銀張りのマンドリンをかき鳴らし、絹の刺繍《ししゅう》を施した絨毯《じゅうたん》の上で金の林檎《りんご》を投げ合っている。入り口の間には二百人の職人がいて真珠母を削って、見事な螺鈿《らでん》細工の標的をつくっている。お偉方が大宴会を開くとき、鉄砲にダイヤモンドの弾を込めて、螺鈿細工の的を撃つのだ、という話だよ」

村人たちがこのように話すと、レーリャは、母の地下室の財宝があまりにも不愉快なかたちで浪費されているのを知って、憤怒のあまり頭がぐらぐらしました。

レーリャは立ちすくんでいましたが、しばらくして叫びました。

「山に入って、十字架とベルトを取り返してくる。その後で、城砦に戻るぞ！」

こう叫ぶと、レーリャは頭上に剣を振りかざして、キテジ山めざして、飛ぶように、突き進んでいきました。山に着くと、岩壁の間に強い龍が眠っていました。龍はヤグレナッツにあまりにも激しく火を吹きかけたので疲れ果てて、新しい力を蓄えるために、深い眠りに落ちていました。

レーリャは自分の悲しい心と力を鍛えるべく、だれかと闘う機会を待ち構えていました。レーリャはここへ来る途中で誰も彼もが自分を避けて通ったことを忌々《いまいま》しく思っていたので、今こそ火焔龍ズマイ・オグニェニに闘いを挑むべき時と、龍にとびかかっていきました。

レーリャは強い勇士でしたし、龍も恐るべき怪物でしたから、その時の両者の決闘の様子は英雄叙事

＊1　聖ヨハネの日……旧暦六月二十四日、新暦七月七日。

詩のスタイルで語るべきでしょう。

龍を呼び覚まそうと
その脇腹を剣でつついた。
龍は頭をもたげて
自分の上のレーリャを見た。
龍はとび起き、岩壁を突き破り、
決闘の場を整えようと
太古の峡谷を押し広げた。
龍は雲居《くもい》に舞い上がり
雲の上からレーリャ目がけて急降下
レーリャとの決闘と相成った。
地は響動《どよ》み、岩壁は崩れ落ちた。
龍は牙をむき、炎を吐いて闘い
火と燃える頭で打ちかかる。
レーリャは剣で迎え撃つ。
剣を持って待ち受ければ
剣は炎に包まれて、どこを打てば

龍の首に当たるのか
見定めること難しく
めくらめっぽう斬りまくる。
かくして両者組み討ち
くんずほぐれつ闘い
死闘は夏の日の朝から正午に及ぶ。
ついに龍の力は弱まった。
か弱いヤグレナッツを取り逃がしたという
内心の恥で気弱になったのだ。
片や、レーリャの力は強まった
公国の威信をかけての闘いだから。
陽は中天に昇った。
レーリャは剣をかざして日輪に向けた。
剣を高く上げ、天道に呼ばわり、天佑を求めた。
レーリャの剣は龍の眉間を打った。
剣は軽く、軽く打ったのに
龍の体は斬られて真っ二つ、
龍は死んで峡谷に落ちた。

　龍が巨体を長々と伸ばして横たわると
　太古の峡谷は閉じて塞《ふさ》がった。

　このようにつわものレーリャは火焔龍ズマイ・オグニェニを倒しました。しかし勇者は腕と肩を痛めました。それでレーリャは独り言を言いました。「このままの状態だと、渓谷を越えていくのはとても無理だな。これからどうすればよいか、考えねばなるまい」

　レーリャは山の麓《ふもと》に帰り、石の上に腰を下ろして、どうやって山を越えていくか、どうやって魔物たちを退治し、黄金のベルトと十字架を身につけているミロイカの子供たちをどこで見つけるか、考えはじめました。レーリャは考えあぐねておりましたが、その時、近くで誰かが泣き、嘆いている声を聞きました。レーリャが辺りを見回すと、妖精《ヴィーラ》が石の上に腰をかけて、髪を乱して、嗚咽《おえつ》しています。

「どうしたのですか、美しい娘さん、どうして泣いているのですか？」レーリャは尋ねました。

「勇者さん、わたしが泣いているのはね、湖にいる子供から黄金のベルトを取ることができないからなの」と妖精《ヴィーラ》は答えました。それを聞いてレーリャは嬉しくなりました。

「娘さん、教えておくれ、その湖へ行く道はどこにあるのかい」レーリャは尋ねました。

「ところで、あなたは誰なの、見知らぬ勇者さん」妖精《ヴィーラ》はレーリャに問いを返しました。

「ぼくは公子のレーリャだ。黄金のベルトと赤い紐《ひも》のついた十字架を捜しているのだ」とレーリャは答えました。

　これを聞いた妖精《ヴィーラ》は悪い心を起こしました。「わたしにも運が向いてきたわ。レーリャを湖に行かせて、黄金のベルトを取ってこさせさえすれば、後は山の中でレーリャを殺して、ベルトを横取りするのは楽なものだ」

　頭の良い妖精《ヴィーラ》は甘い声でこう言いました。

「さあ、公子様、わたしがあなたさまをご案内して、山を越えるようにいたしましょう。何もご心配はいりません。わたしが子供たちの居場所をお教えいたします。昔からあなたさまのお持ち物であるものを手に入れないなんてことが、どうしてあり得ましょうか」

　このような甘い言葉を言いながら、妖精《ヴィーラ》は心の中で別のことを考えておりました。レーリャはすっかり嬉しくなって、妖精《ヴィーラ》と一緒に行くことにすぐに同意しました。

　レーリャと妖精《ヴィーラ》は山頂を目ざして出発しました。若いザトチニツァが道案内をしているので、ほかの妖精《ヴィーラ》や魔物がレーリャに手出しすることはありませんでした。

　道々、妖精《ヴィーラ》はレーリャに話しかけながら、レーリャの心に怒りを焚《た》きつけようとしました。

「公子様、子供たちがどんなに頑《かたく》なな子たちであるかがお分かりになるでしょう。子供たちはあなたさまにベルトを渡そうとしないでしょう。あなたさまは勇士の中の勇士でいらっしゃいますから、恥をかかされないようになさいませ」

　レーリャは笑いました。火焔龍ズマイ・オグニェニを退治した自分に子供たちが刃向うことなどできるはずがない。

　しかし妖精《ヴィーラ》は、子供たちが山に来た時の様子や、山から出る方法を知らないことを話しました。

　ベルトが手に入ると思うと、妖精《ヴィーラ》はすっかり嬉しくなって、知恵の限りを尽くして語り、自分の知識を披露しました。

「馬鹿な子供たちでして、利口な生き方はまったく知りませんが、わたしたちがお互いに顔見知りであることは知っています。ですから、わたしたちを見たら、逃げてしまうでしょう。教会の中には蠟燭《ろうそく》と香炉があります。それで、子供たちが、今まで火がなかったところに火を起こし、蠟燭と香炉に火をともして、教会堂の中にいるかのように、その蠟燭と香炉を持って山を通るとしたら、どうなることでしょう。子供たちの前に小道が開かれ、木々は頭《こうべ》を垂れるでしょう。そうしたら、わたしたちにとってもっと悪いことになるでしょう。香炉と蠟燭の煙が広がったら、キテジ山に住むわたしたち妖精《ヴィーラ》は死んでしまいます。馬鹿で頑固な子供たちのことですから、何をしでかすか、分からないのですよ」

ザトチニツァがそんなに嬉しがっていなかったならば、ザトチニツァの秘密を守って、蠟燭と香炉についてレーリャに詳しく話すようなことはしなかったでしょう。

こうしてレーリャは、妖精《ヴィーラ》に案内されて溝のところまで来て、目の前に聖なる湖があるのを見ました。

十四

公子レーリャが樹木の陰から見ていると、妖精《ヴィーラ》が子供たちを指差しました。レーリャは湖上の島に小さな教会堂があるのを見ました。教会の前には小さな女の子が白い薔薇《ばら》のように座っていました。女の子は歌をうたうでもなく、祈るように両手を組み合わせて、目を天に向けていました。

教会のそばの砂地では幼児《おさなご》のヤグレナッツが遊んでいました。子供の胸には金の十字架がかかっています。

男の子は砂遊びをはじめました。宮殿を造り、宮殿を取り壊し、小さな手で塔を建て、自分の仕事を見て、笑いました。

公子レーリャは子供たちをずっと見ていました。そして勇士はなぜか物思いに沈みました。ザトチニツァは公子がいつまでも考えつづけているのに痺れを切らして、彼にそっと言いました。

「公子様、わたしが女の子に声をかけましょう。あの子がベルトを渡さないのが、お分かりになるでしょう。そうしたら、あなたさまは鍛えた剣を取って、とんでいって、あなたさまのものであるベルトを奪い返して、山の中のわたしのところへ帰っていらしてください。わたしの姉たちがあなたさまに危害を加えるといけませんから、またわたしの案内で一緒に山を下りましょう」

このように話しながら、妖精《ヴィーラ》は、レーリャを殺して、やすやすとベルトを手に入れることができると思って、嬉しくなりました。レーリャが湖からベルトを持ってきさえすれば、しめたものです。しかしレーリャはザトチニツァの言うことを聞いているのか、聞いていないのか、女の子を見つめてばかりいます。

妖精《ヴィーラ》はすぐにルトヴィツァに声をかけました。

「お嬢ちゃん、ベルトをわたしに渡しなさいよ。あなたと弟さんを山から連れ出してあげるからね」

これを聞くと、ルトヴィツァの顔はいっそう蒼ざめ、その小さな両手はなおも強く組み合わされました。ルトヴィツァはつらくなり、口を利くのもやっとでした。山から出ることができれば嬉しい、そう思うと心は破れそうになります。

しかしルトヴィツァはお母さんの形見のベルトを渡しません。

ルトヴィツァの頬の涙は乾きました。ルトヴィツァは声を殺して泣き、涙声で言いました。

「妖精《ヴィーラ》さん、向こうへ行って！　もうここへは来ないで！　ベルトはあげないから」

この言葉を聞き、この有様を見たとき、レーリャの内に高潔な公子の血が善に向かってたぎりました。

レーリャは、恐ろしいキテジ山のただ中で魔物と誘惑、死と破滅から懸命に自分の身を護っている、この二人の孤児《みなしご》がかわいそうになりました。「ああ、何ということか、公妃は公国の防衛を軍隊と堅固な城砦に委ねた。そして公国は滅びた。しかし、あそこにいる子供たちは孤児《みなしご》としてこの世に残されて、妖精《ヴィーラ》や、龍のいる場所に置かれているが、妖精《ヴィーラ》も龍も、子供たちから母親が与えたものを奪い取ることができないではないか」子供たちを憐れに思ったとき、レーリャの顔色が変わりました。レーリャは血相を変えてザトチニツァに顔を向けました。

ザトチニツァはレーリャの顔色をうかがいました。レーリャは剣を振りかざしました。強情な子供たちを斬るためだろうか？　いや、レーリャが剣を振り上げたのは、妖精《ヴィーラ》を威嚇《いかく》するためです。

「失せろ、妖精《ヴィーラ》、お前なんか消えて無くなれ！　お前が山の道案内をしてくれた者でなかったならば、お前の金髪の首が飛ぶところだったぞ。ぼくは天涯孤独の孤児《みなしご》から物を奪い取るために公子として生まれたのではない、そのために重い剣を鍛えて作ったのではないぞ！」

哀れな妖精《ヴィーラ》は、恐れをなして跳び上がり、山の中に逃げ込みました。レーリャは追い討ちをかけるように、妖精《ヴィーラ》に言いました。

「行って、仲間の妖精《ヴィーラ》たちと魔物どもを呼んでこい！　公子レーリャは何者も恐れない」

妖精《ヴィーラ》が山の中へ逃げ去ると、レーリャは溝を越えて島の子供たちのところへ行きました。

ルトヴィツァは、ひとりの人が自分たちを優しい眼差しで見ながら近づいてくるのを見て、どんなに喜んだことでしょう。ルトヴィツァは跳び上がり、囚われていた小鳥が解き放たれる時に羽根を広げるように、両手を広げました。

ルトヴィツァは、その人が自分たちを山の中から助け出すために来たのか、考えるゆとりもありませんでした。ルトヴィツァはヤグレナッツのところへとんでいきました。姉は弟の手を取り、二人の子供は、自分たちの手で造った葦原《あしはら》にかかる小さな橋を渡ってレーリャのところに来ました。

十五

レーリャは強い勇士でしたが、子供と話を交わすことには戸惑いを感じました。しかし子供たちは、心があけっぴろげで、わだかまりがないため、勇士と話すことにためらいはありませんでした。

ヤグレナッツはレーリャの手を取って、レーリャの剣に見とれました。剣はヤグレナッツの背よりも二倍も大きいのです。ヤグレナッツは小さな手を上げて精いっぱい背伸びをしました。手の指の先がやっと剣の柄に届きました。レーリャは、自分の手と見比べて、こんな小さな手をそれまで見たことがありませんでした。レーリャは当惑してしまい、ベルトのことも、十字架のことも忘れてしまいました。「このか弱い孤児《みなしご》たちを相手に何を話したらよいのか、小さくて、幼くて何も知らないのだから」と思いました。

その時、ルトヴィツァがレーリャに尋ねました。

「あのう、わたしたちはどうすれば山から出られるのでしょうか？」

「ああ、この子は本当に利口な子だ。ぼくは、ここにつっ立って、子供たちが幼くて、小さいことに驚いているばかりで、山から出なければならないことを考えずにいた」とレーリャは思いました。

レーリャは、ザトチニツァが蠟燭《ろうそく》と香炉のことを話していたことを思い出しました。そしてレーリャはルトヴィツァに言いました。

「いいかね、よくお聞き、お嬢ちゃん！　ザトチニツァは行ってしまった。仲間に助けを求めるだろう。ぼくは、やつらを退治に山へ行く。もし神の助けがあれば、ぼくは妖精《ヴィーラ》ザトチニツァたちに勝って、きみたちを迎えにこの湖に戻ってくる。そしてきみたちを山から連れ出す。しかし、もしぼくが妖精《ヴィーラ》たちに負けて山の中で死んだら、きみたちは火を起こして蠟燭と香炉に火をともして、教会の中にいるのと同じように、それを持って山を下るのだよ」

これを聞いて、ルトヴィツァはたいへん悲しくなり、公子レーリャに言いました。

「そんなこと、しないでください。もしあなたさまが山の中で死んでしまったら、わたしたち孤児《みなしご》はどうなるのですか？　あなたさまは、わたしたちを護るために、わたしたちのところへ来てくださったばかりなのに、今はもう、わたしたちのために死んで、わたしたちだけをこの世に残していくなんて、あんまりです！　わたしたちはどうなるのです？　今すぐ、一緒に火を起こして、蠟燭《ろうそく》と香炉に火をともしましょう。そしてわたしたちを連れて山を下りてください」

しかし公子は腹を立てて言いました。

「馬鹿なことを言うものじゃないよ、お馬鹿さんのお嬢ちゃん！　ぼくは蠟燭と香炉の導きを受けるために、この世に勇士として生まれてきたのではない。ぼくには鍛えて作った剣があるのだ！」

「蠟燭と香炉に導かれるのではなくて、神様のご意志とご命令に導かれるのです」とルトヴィツァは答えました。

「馬鹿なことを言うものではない、お馬鹿さんのお嬢ちゃん。蠟燭と香炉がぼくを導くのであれば、ぼくの剣は錆びてしまうよ」

「あなたさまの剣が錆びることはありません。野原と牧草地の草を刈れば」

レーリャは面食らいました。ルトヴィツァの言葉に困惑したというよりは、むしろ小さな女の子の可愛い、清らかなまなざしに困惑したのです。そして、山の中での決闘に出ていったら、ひょっとして死ぬかもしれない、と自分でも思ったのです。

それに、ヤグレナッツは、レーリャの膝のあたりに抱きついて、つぶらな瞳で人懐っこくレーリャの顔を見上げていました。レーリャの高貴な公子の胸は高鳴り、レーリャは十字架のことも、ベルトのことも、決闘のことも、城砦のことも忘れ、ただこう思いました。「よし、この良い孤児《みなしご》たちを護ってやるぞ！」

そしてレーリャは言いました。

「ぼくは犬死なんかしないぞ！　さあ、子供たち、火を起こして、蠟燭と香炉に火をともしておくれ。そしてきみたちの可愛い手でぼくを案内してくれたまえ」

十六

キテジ山で世にも不思議な奇跡が見られるようになるのは、もう少し後のことです。

山を下る人の行く手には道が自然に広く開けました。道には細い草が絹の絨毯《じゅうたん》のように身を横たえました。道の右側を行くのは小さなヤグレナッツです。ヤグレナッツは白いシャツを着て、手に昔の蜜蠟《みつろう》の蠟燭を持っています。蠟燭は静かに炎を上げて、まるで太陽と話をしているかのように、ぱちぱちと小さな音を立てています。道の左側を行くのは黄金のベルトを腰に締めたルトヴィツァです。ルトヴィツァが手に持った銀製の香炉はかすかに揺れています。香炉からは白い煙が立ち昇っています。子供たちにはさまれて強い勇士のレーリャが歩を進めています。彼ほどの勇士が鍛えた剣によってではなく、蠟燭と香炉によって導かれていくのは不思議な光景です。勇士は子供たちに優しく微笑《ほほえ》みます。その背中には重い剣がつけてあります。レーリャは剣に話しかけます。

「心配するな、わが忠実なる友よ。畑と牧草地の草を刈ろう。森と藪《やぶ》を開墾しよう。梁《はり》と柵の材木を削ろう。二人の小さな孤児《みなしご》をお前が養うかぎり、太陽はお前を百倍も金色《こんじき》に輝かしてくれるだろう」

こうして三人は、教会の中にいるように、山を下りていきます。蠟燭《ろうそく》からは細い煙が立ち昇り、香炉からは聖なる芳香が広がります。

しかしキテジ山にいるザトチニツァたちにとっては、これはとんでもない災難でした。煙と芳香が広がると、山の中のいたるところでザトチニツァたちが滅びていきます。ザトチニツァたちは自分たちが知っている最も良い、最も美しい死に方を選びました。

あるザトチニツァは灰色の石に変わり、岩壁から断崖の底に身を投げて、粉々に砕け散りました。別のザトチニツァは赤い炎に変わると、ただちに空中に消えました。また別のザトチニツァは色とりどりの塵となり、羊歯《しだ》の茂みや石地に消えました。このようにして、すべてのザトチニツァがそれぞれに最も良いと考えた死に方を選びました。

しかし実際には、それはどっちみち同じことなのでした。どの死に方にせよ、ザトチニツァたちはこの世からいなくなるべき存在であったし、最良の死に方であったにせよ、ザトチニツァたちは、それで罪滅ぼしができたわけではなかったのですから。

七人のザトチニツァはみな死滅し、こうして今や、キテジ山にも、この世のどの場所にも、妖精《ヴィーラ》も龍もそのほかの魔物もいなくなりました。

レーリャと子供たちは無事に山の麓《ふもと》の谷間に着き、ルトヴィツァがレーリャを自分たちの小屋へ案内しました。今になってようやく、レーリャは自分が山に入った経緯《いきさつ》を思い出しました。

十七

　三人は小屋の中に入って、しばらく腰を下ろしました。ルトヴィツァはお母さんがつましい暮らしのなかにも食物を蓄えていたことを知っていたので、小屋の中で少しばかりの乾いたチーズを見つけて、食事としました。レーリャは、この二人の孤児《みなしご》と一緒にいて、何をどうすればよいのか、さっぱり分かりませんでした。谷間の小屋に入ってから、レーリャは、城砦のこと、十字架とベルトを持って帰ると母に約束したことを、ずっと考えつづけていました。

　ついにレーリャはルトヴィツァに言いました。

「いいかね、お嬢ちゃん、きみときみの弟は黄金のベルトと十字架を今やぼくに返さなければならないのだよ。それは、もともとぼくのものだからだよ」

「それにわたしたち二人もあなたさまのものです」とルトヴィツァは言って、そのことが分かっていないレーリャを不思議そうな目で見ました。

　レーリャは笑って言いました。

「しかしぼくは十字架とベルトをぼくの母に返さなければならないのだよ」

　それを聞くと、ルトヴィツァは喜びの声を上げました。

「あなたさまにお母様がいらっしゃるのなら、お母様のところへ戻って、お母様をわたしたちの家に連れて来てください。わたしたちにはお母さんがもういないのですから」

　小さなルトヴィツァがこのわびしい小屋の中で自分の亡き母親のことを話す姿を見れば、生命なき石だって泣き出すでしょう。このように、可愛い子供たちだけがこの世に残されて、公子レーリャに助けを求め、母のない子の家に母を連れてきてくださいと頼めば、石だって泣き出すことでしょう。

レーリャはまたもや子供たちを哀れに思い、勇士の目にも涙が溢《あふ》れました。そこで、レーリャは子供たちにしばしの別れを告げ、母を連れてくるために出かけました。

十八

レーリャが七日の旅ののち母のもとに着いたとき、母は窓辺で息子の帰りを待っていました。窓の外を見ると、レーリャが剣を持たず、十字架もベルトも持たずに、手ぶらで帰ってきます。レーリャは、母にわけを訊く間も与えず、優しく呼びかけました。

「お母さん、すぐ旅の支度をしてください。わたしたちのものを護るために行きましょう」

こうして二人は旅立ちました。道々、公妃はレーリャに、ベルトと十字架は見つかったのか、軍勢を集めたのか、城砦と公国を取り戻したのか、と尋ねました。

「ベルトと十字架は見つけました。しかし軍勢は集めておりません。公国も取り返しておりません。お母さん、軍隊はないほうが良いでしょう。公国にわたしたちのものとして残されているものをご覧になれば、お分かりになりますよ」とレーリャは言いました。

再び七日の旅路ののち、二人はルトヴィツァとヤグレナッツが待っている谷間の小屋に着きました。

善良な心の人間が出会い、一緒になる時の喜びにまさる喜びはありません。公妃はルトヴィツァとヤグレナッツを抱きしめました。子供たちの頬、目、手、口にキスをしました。公妃は、自分の元の公国に可愛い孤児《みなしご》だけが自分に残されていたのですから、この二人を腕の中から離すことができませんでした。

十九

こうして四人は谷間の小屋で一緒に暮らすようになりました。当然、小屋は四人には狭すぎました。しかしレーリャには強い腕がありましたので、石を積んで家族のために家を建てました。四人は平穏に暮らしていました。ヤグレナッツは羊の番をし、ルトヴィツァは家の掃除や菜園の手入れをし、公妃は糸を紡ぎ、シャツを縫い、レーリャは畑と牧場で働きました。

村の人々は公妃の賢さとレーリャの力を認め、同時に、黄金のベルトが公妃に似合っていることを見るにつれて、以前は自分たちの国の公妃を見る機会がなかったにもかかわらず、「この方こそわたしたちの公妃様だ」と言うようになりました。そしてレーリャと公妃に谷間の広大な土地を贈って、レーリャに自分たちの指導者になってくれるように頼み、公妃には自分たちの相談相手になっていただきたい、と願い出ました。

神様はレーリャの力と公妃の賢さを祝福なさいました。レーリャと公妃の牧場と畑は拡大し、その周りを囲むように新しい村々ができて、菜園がつくられ、家が建てられました。

ところで、城の中では着飾った紳士淑女たちがあいかわらず宴会を開いて、飲み食いをしていました。しかし宴会はもう何年も続いており、この城砦の地下室の貯蔵品と財宝は近隣の七つの公国の中で最も豊かであったにもかかわらず、これほどの時が経てば地下室のダイヤモンドも無くなりはじめました。

とうとう地下室のダイヤモンドは底をつき、つづいて玄関の間の螺鈿《らでん》が無くなりました。さらにしばらくすると、怠けてばかりいた召使たちのためのパンが無くなりました。それからジャッカルや番兵の食べる肉が無くなりました。不誠実な召使たちはすぐに反乱を起こし、ジャッカルたちは逃げ散り、番兵たちは持ち場を放棄しました。

こういう状態になっても城主はまだ心配していませんでした。飲酒と宴会続きのせいで、頭がぼけていたのです。ある日、城主の飲む葡萄酒《ぶどうしゅ》の蓄えが尽きました。城内の人々は会議を開くことにしました。人々は大広間に集まって、どこから葡萄酒を手に入れるべきか、相談しました。城の周囲は、すべての住民がよそへ移り住んだため、閑散としており、葡萄畑は荒れ果てていたからです。

城内の人々の大広間での会議はつづきました。しかし、忠誠心に欠け、反抗的な召使たちが大広間の天井の梁《はり》を鋸《のこぎり》ですでに切断していました。そして会議の真っ最中に天井が人々の上に崩れ落ち、城砦の強固で重い櫓《やぐら》が人々を押し潰し、みんな死んでしまいました。

召使たちは櫓が崩れ落ちるのを感じると、城から逃げ去りました。

こうして城は、ジャッカルも、召使も、着飾った紳士淑女もいない、廃墟と化しました。まもなくこのことは公国じゅうに知れ渡るところとなりましたが、死の城の中で何が起きたかを見に行こうとする者は誰もいませんでした。公国のすべての地方から人々が、レーリャに自分たちの公になってもらうことを懇願するために、キテジ山の麓《ふもと》に集まってきました。レーリャの力と強さと高貴な公妃の聡明さはすべての人に知られていたからです。人々は自分たちの手で公に白亜の宮殿を建てることを誓いました。

レーリャは人々の申し出を受け容れました。レーリャは、人々を残虐と暴力から解放し、国民と国益に尽くすために、神様が自分にそれだけの力と強さをお授けになったのだ、と判断したからでした。

その後、レーリャは公となりました。年老いた公妃は、こうして晩年にいたってようやく、大きな喜びを知ることができました。公妃とレーリャとルトヴィツァとヤグレナッツが新しい白い宮殿に初めて入城するにあたって、盛大な祝典が催されました。村の子供たちは、四人が歩く道にマリゴールドの花と目箒《めぼうき》を敷きました。男たちと女たちは、公妃の足もとに来て、その裳裾《もすそ》に口づけをしました。

公妃は喜びに顔を輝かせ、ルトヴィツァとヤグレナッツの純粋な真心がなかったならば、これらのすべてのことはあり得なかったことを思い、ルトヴィツァとヤグレナッツを抱きしめて言いました。

「国の宝を護るのは強い軍隊でも堅固な城砦でもなく、羊飼いの小屋に住むお母さんと子供たちです。このような公国は本当に幸いです。そしてこのような公国は決して滅びることはありません」

のちに、レーリャはルトヴィツァと結婚しました。公妃ルトヴィツァよりも美しく優しい公妃はこの世に決していないでしょう。

ヤグレナッツは成長して、美しい、敏捷な若者になりました。若者は元気の良いまだら馬に乗って駆け巡り、ときどきキテジ山に馬と共に登りました。その山頂の聖なる湖に浮かぶ小島には働き人たちによって新しい教会堂が建てられていたのです。

うろつきっ子トポルコと九人の王子

一

ユーリナ王は国民の暮らしぶりを視察するために自分の広大な領土の巡回に出かけました。ユーリナは偶然ある小さな牧草地に来ました。その牧草地には地から九本の楓《かえで》の若木が生え出ていましたが、若木の生長に必要な水がそこにはありませんでした。ユーリナ王は若木たちがかわいそうになり、農夫たちに命じて若木たちのために水を引かせました。農夫たちは溝を掘り、小川がそこへ流れるようにしました。水が若木の根方に流れるようになったとき、ユーリナは言いました。「わたしの楓の若木たちよ、元気に大きくなれ。力がついたら、それぞれ自立せよ」

ユーリナはさらに先へと道を進んでいきました。王は多くの問題をかかえており、その領土も広大であったので、楓の若木たちのことはすぐに忘れてしまいました。

ユーリナ王が楓の若木の世話にかかわっていたちょうどその時、ネウミイカ爺さんが空を渡っていました。ネウミイカ爺さんは顔を洗わず、鬚《ひげ》を剃らず、爪を切らず、夜明けから日暮れまで大空を移動します。足には速歩きの農民靴《オパンキ》を履き、頭には桶《おけ》の帽子を被っています。速歩きの農民靴《オパンキ》を履いて雲から雲へと歩き、二歩で空を渡ってしまいます。桶の帽子で泉の水を汲んで、牧草地に露《つゆ》を降ろします。顎鬚《あごひげ》を振るって激しい風を起こし、指の爪で雲をちぎり、必要な時に雨を降らせます。また霧を散らして太陽に顔を出させ、小麦の芽が出ているかどうか、目を凝らして地を見ます。

こうしてその日の朝、ネウミイカ爺さんはたまたまその小さな牧草地にさしかかり、ユーリナ王が楓《かえで》の若木の世話をしている様子を見ていました。もし草の葉のねじれを直したり、木の幹を支えたりして、草木を大切にする人がいれば、その人はネウミイカ爺さんに気に入られて、ネウミイカ爺さんはその人を義兄弟として受け入れるのです。なぜならネウミイカ爺さんにとって森と草地以上に大事なものはこの世の中にないからです。ネウミイカ爺さんは太古の昔から大地の表面が森や草地で覆われている様子を雲の上から見つづけてきました。地上のどこかで誰かの宮殿が白く輝いて見えたりすると、ネウミイカ爺さんはそれが理解できず、こんなことはあってはならぬことだ、と思うのでした。

ユーリナ王が楓の若木を助けている様子を天上から見ていて、ネウミイカ爺さんは言いました。

「楓の小さな若木に目を留めてくれたあの王はきっと良い人間にちがいない。よし、あの人を助けてやろう」

そしてネウミイカ爺さんは毎日、牧草地にやって来て、楓に露を降ろし、雨を注ぎ、陽の光を当ててやりました。楓の若木は九本ありましたが、いずれもすくすくと育ち、見ても見飽きない美しい九人兄弟の木になりました。そしてこれらの九本の楓の木に並んでもう一本小さな四手《しで》の若木が生えていいました。楓たちが空に向かってどんどん丈《たけ》を伸ばしていくと、四手の木も楓たちに追いつこうとしましたが、小さすぎて楓たちにはかないませんでした。

そのうちに三度夏が巡ってきました。ある日の朝、ユーリナ王は城の物見櫓《やぐら》に登りました。ユーリナ王は自分の領国を眺めて、領土が一面緑に見えるのを嬉しく思っていました。しかしあの牧草地の九本の楓の木に目を留めたとき、悲しげに溜息をつきました。王の心には深い悲しみがありました。王は男の児を死神に奪われたのでした。

「おやおや、これは見事な楓たちだ！　わたしの宮殿にこのような立派な九人の王子がいてくれたらなあ！」と王は溜息まじりに言いました。

王がこう言うと、物見櫓の前にひとりの老人が現れました。着ている服はぼろぼろで、顎鬚は伸び放題です。人はこの老人を見て、乞食か何かと思うでしょう。しかしこの人の目を見れば、それが、人間が知っていることを知らず、人間が決して知り得ないことを知っている目であることがすぐに分かるでしょう。

「王よ、牧草地に召使たちを行かせなさい。そこの九本の楓の若木を伐って、その九本の根株を持って来させなさい。そして九つの揺り籠を用意させ、九人の乳母をつけて根株を揺り籠に入れ、一番星が出る時から真夜中まで中庭で揺り籠を揺らせなさい。真夜中ちょうどに九つの根株は生命を得て人間になり、あなたさまの宮殿の中庭で九人の王子になる。だが、王子たちを決して宮殿の中に入れてはならない。露と霜《しも》から彼らを決して護ってはならない。若者たちは雨に当たり、日光に当たって成長する。彼らは楓の若木であり、大地から生じたものだからだ」

ネウミイカ爺さんがこう命じたのは、爺さんが楓《かえで》の若木がどのように育つかをよく知っているからでしたが、王の宮殿の中のことは何も知らなかったからでもあります。老人はこう言うと、物見櫓《やぐら》の上に立っている王の前から姿を消しました。

その日、ユーリナ王は一人の重臣を、召使たちをお供につけて、牧草地に行かせました。召使たちが九本の楓の若木を伐ると、重臣は言いました。

「この小さな四手《しで》の木を伐ってくれ。わしの斧の柄にするのだ」

召使たちは四手の若木を伐って、楓の若木の根株と一緒に王の宮殿に運びました。

楓の若木が宮殿に運ばれると、高貴な王妃イェレーナは宮殿の庭園に九個の金の揺り籠を置かせました。それぞれの揺り籠の中に楓の根株を入れて、揺り籠を揺らすために九人の乳母を付けました。乳母たちはこうして揺り籠を揺らし、一番星の出る時から真夜中まで揺らしました。夜中の十二時になると、乳母たちは一瞬眠気がさして、眠ってしまいました。乳母たちが夢から覚めると、揺り籠の中に、赤い林檎《りんご》のように、瑞々《みずみず》しい九人の男の子がいました。

嬉しさのあまり王妃イェレーナは天にも昇る心地でした。王妃は王子たちを宮殿の中に入れることは敢えてしませんでしたが、子供たちを寒さと暑さから護るために、中庭に九つの絹のテントを張るように命じました。

「王様の子供たちが夜は夜露《よつゆ》に濡れ、昼は陽に照らされて成長することがどうしてできましょうか？　牧草地に生えていた楓と王の宮殿にいる王子たちとは別物ですもの」とイェレーナ王妃は独り言を言いました。

その同じ夜、ネウミイカ爺さんがやって来て、宮殿の庭園を見下ろしました。そして九つのテントが目に入ったとたん、激しい怒りに駆られました。すべて自分の命じたとおりになっていないのに腹を立てたのです。

ネウミイカ爺さんは草地に白い亜麻布が白く見えるのを以前から見てはきましたが、その光景にはまったくなじめませんでした。女たちがどこかで亜麻布を広げることにいつも違和感をもっていました。しかし今、見えるのは絹の刺繍《ししゅう》を施したテントです。こんなテントの下に入ってみる気などさらさらありません。

「楓を九本無駄にしてしまったな」――ネウミイカ爺さんは忌々《いまいま》しく思いました。「わしにとっては王子を一人夜露に当たらせて育てるよりも、森の半分を王にするほうが楽だったのになあ」

爺さんは去っていきました。そして立ち去ってからはもはや王の領地に来ることはありませんでした。王子たちはその最初の夜に露に濡れなかったので、王子たちの頭は、毛が生えずに禿げのままになってしまいました。それでも王の宮殿においては禿げなど、たいした問題ではありません。男の子たちのために、禿げが見えないように、絹の帽子が作られました。

男の子たちは元気に育ちはじめました。宮殿の人々はみな王子たちの誕生と成長を喜びましたが、ただ残念ながら、それを喜ばない腹黒い人物が一人おりました。

召使たちが重臣と一緒に九本の楓《かえで》の根株を持ち帰って揺り籠の中に入れたとき、一番小さな四手《しで》の若木が残りました。

二

重臣は四手の根株の付いた若木を取って、牧草地に召使たちと一緒に同行していた年寄りの大工に渡して、言いました。「この木でわしのために斧の柄を作ってくれ。ほかの木とすり替えてはならんぞ。老いぼれ爺さん、この赤い芯の部分が大事なのだから、すり替えたらすぐに分かるからな」

大工は四手の若木を家に持ち帰って、王の宮殿の中で起こった出来事を妻に話しました。大工の妻は、すべてをよく理解して事情を呑み込むと、あることを思いつきました。妻は何も言わずに小屋に入り、中から飼い葉桶を持ち出して庭に運び、月の光のもとに置きました。そして飼い葉桶の中に藁《わら》の寝床を敷いて、そこに四手の根株付きの若木を置いて、飼い葉桶を揺すりはじめました。妻は飼い葉桶を揺り動かしつづけて、飼い葉桶の中の四手の若木を見守っていましたが、夜の十二時になると、まぶたが重くなりました。女は一瞬まどろみ、目が覚めると、飼い葉桶の中に小さな男の児が寝ていました。人の手ぐらいの大きさで、小枝のように細い子供でした。

大工の妻は大いなる奇跡に驚いて、夫を呼びに家の中へとんでいきました。老夫婦が飼い葉桶のところへ来ると、男の児が口を利きました。

「おばあちゃん、ぼくを家の中に入れないでください。ぼくを荒地に置いて月の光にさらしてください。夜露《よつゆ》に濡れてぼくの体の関節が丈夫になり、夜の冷気で手と足を冷やすためです」年取った大工の夫婦は男の児をいくら見ても見飽きることがなく、また、こんなに小さい子があまりにも賢い話し方をするので、聞き惚れてしまいました。老夫婦は嬉しくて天にも昇る気持ちでした。心が躍るのを感じました。そして男の児の希望どおりに、子供を飼い葉桶に寝かせて荒地の月の光のもとに置きました。それで、その夜から毎晩、子供の入った飼い葉桶を外の荒地に運び出して、夜通しそこに置くことにしました。

するとネウミイカ爺さんが夜ごとに男の子のところへ来るようになりました。月夜にも、厳しい寒気の中にも、静かな夜にも、嵐の時にも、大風の時にも、いつも男の子を相手に話をしました。おばあさんは幼児を「斧の柄の子《トポルコ》」と名づけました。元の四手《しで》の若木は斧の柄になるはずだったからです。そして、すべてが良いことばかりだったらよかったのですが、ただ一つ、大工には心配で、心配でならないことがありました。

「さて、わしは斧の柄のことでひどい目に遭うのではなかろうか？」

大工は重臣が怒りっぽくて、腹黒い人間であることを知っていましたし、またこの四手のような赤い芯の部分をもった木が二つと見つからないことも知っていたからです。

こうして、王子たちは宮殿の庭園の中で育ちはじめ、トポルコは大工の夫婦のもとで育っていきました。しかし王子たちの成長の仕方とトポルコの成長の仕方とのあいだには大きな差がありました。

王子たちは健康で肌のつやも良く、大きくなるのが速くて、ほとんど父親の腰の高さまで背が届きそうです。一方、トポルコはおばあさんに育てられて、やせっぽちで、小さくて、色黒ですが、頑丈で、三度鍛えて作り上げられた黒い釘、と言っていいぐらい頑丈です。

王は嬉しさのあまり、心が躍りました。美しい王子たちにどんなことが起こるかも知れなかったので、昼は陽の光に悩まされないように、夜は野獣やその他の悪いものに襲われないように、庭園に三メートル以上もある壁を築きました。大工の家には壁もテントもなく、敷居の外は露《つゆ》に濡れた荒地であり、その先は藪《やぶ》に覆われていました。それで、トポルコが荒地で夜、寝ている時には、貂《てん》や狐《きつね》が寄ってきてトポルコの頭のあたりのにおいを嗅ぐのです。

王は息子たちに九頭の黒毛の子馬と九本の小槍を与え、最も優れた勇士たちを集めて、息子たちに槍の使い方と弓術を教えさせました。さらに、一流の賢者たちを呼んで、王子たちに読み書きを教えさせ、古い書物に親しむようにさせました。

一方、トポルコは自分の足で歩けるようになると、森や林を歩き回り、貂や狐を探しはじめました。朝、散策に出かけ、夕方、帰ってきました。そのため、おばあさんはトポルコに愛情をこめて「うろつきっ子」というあだ名をつけました。うろつきっ子トポルコは日ごとに大きく賢くなっていきました。おばあさんも大工のおじいさんもトポルコの賢さを不思議に思い、村じゅうの人も不思議がりました。

──「いったい、この子はどうやって老人のような知恵を身につけたのだろうか？」──しかし、おじいさんもおばあさんも、村じゅうの人も、ネウミイカ爺さんが夜通しトポルコと話を交わしていることを知りませんでした。ネウミイカ爺さんは人間や森や山が生きてゆくために必要とする知恵をすべて具えているのでした。

トポルコが少し大きくなる時が来ました。そこである夜、ネウミイカ爺さんは、トポルコがどのようにして生まれたか、を話しました。トポルコには九人の兄たちがいること、それは九本の楓《かえで》の若木で、今は九人の立派な服を着た王子たちであること、楓の木の王子たちと色黒の四手《しで》の木のトポルコとは同じ牧草地に根をおろしていた木で、同じ水の流れから水分を吸って育ったことを話しました。

ネウミイカ爺さんがこのことを話すと、トポルコは喜んでとび上がりました。

「ぼくのお兄さんたち、九人の王子たちに会えればいいなあ！」

ネウミイカ爺さんは笑いましたが、嬉しい笑い方ではありませんでした。

「坊や、おまえが兄さんたちに会うのはむずかしいぞ。なにしろ、兄さんたちは宮殿の中にいるが、三メートル以上の高さの壁に囲まれているからなあ」

ネウミイカ爺さんは機嫌が悪かったのです。ネウミイカ爺さんは、自分の九本の楓の若木が絹のテントに包まれているうえに、高い壁に囲まれているために、元の元気な姿に戻してやることができなかったのです。もし王子たちを自分の手に取り戻すことができたなら、ネウミイカ爺さんは、自分が何をすべきか、分かっているはずです。お爺さんは、山の中で楓がどのように育つかを知っているからです。

それでもトポルコはあきらめずに、ネウミイカ爺さんに、どうすれば自分の兄さんたちに会えるか教えてほしい、と熱心に頼みました。

すぐにネウミイカ爺さんはあることを思いついて、トポルコにこう教えました。

「南側の壁の石のうちの七つ目の石は一番小さくて留め方がゆるい。そこへ行って、その石をノックして兄さんたちを呼びなさい」

三

真昼の太陽が照りつけ、王の宮殿の中では暑さのためにすべての人が眠りこけていましたが、王子たちだけが、庭園の壁際の日陰で馬たちを散歩させていました。壁際を歩いていると、突然、何かが石壁をトントンと叩く音が聞こえました。王子たちは不思議に思い、馬たちをポプラの木に繋いで石壁に近づきました。再び外からトントンとノックする音がします。王子たちは壁に耳をつけました。すると、なんと壁の向こう側から誰かが静かな声で呼んでいるのが聞こえます。

ぼくの九人の兄さん
宮殿を開けてください
石を手で押してナイフで穴をあけてください

王子たちは不思議そうに互いに顔を見合わせました。王子たちは今まで壁の向こう側の人の声を聞いたことはありませんでしたし、壁の外の世界を覗いたこともありませんでした。九人は嬉しくなって顔をほころばせ、石壁にとびついて、外の声に聴き従って、言われたとおりにしました。みんなで石を手で押して、九本のナイフを使って隙間をつくり、トポルコが向こう側から石を引き抜きにかかりました。小さなトポルコにとっては大きな石でしたが、すぐにそれを取りはずしました。壁に小さな窓のような穴が開きました。

世にも不思議な光景が開けて、窓を通して兄弟たちは顔と顔とを合わせました。壁の外側には小さな色黒のトポルコがいました。頭に毛羽立った小さな毛皮帽を被り、シャツ一枚で、肩はほとんどはだけています。壁の内側では九人の王子が頭と頭をくっつけ合って窓の外を覗いています。王子たちはいずれも赤い林檎《りんご》のように瑞々《みずみず》しく、元気そうで、被っている毛皮帽には絹の縁取りがあり、着ているマントには金の刺繍《ししゅう》が施されていました。

「きみはどうしてぼくらを兄さんと呼ぶのかい？」と王子たちは訊きました。

「ぼくがここへ来たのは、ぼくたちが同じ牧草地に並んで生えていて、同じ水を飲んで育った木であることを話すためなのです。だからみなさんを兄さんと呼んだのです」

トポルコはこうしてすべてあったことを話しました。

王子たちは不思議がりました。自分たちの先生役である賢者たちはすべてのことを教えてくれるのに、牧草地のことは一度も話してくれなかったからです。もっと不思議だったのは、壁の向こう側に毛羽立った毛皮帽を被った小さな弟がいることと、壁の外には自分たちの知らなかった別の世界があることでした。王子たちがトポルコを不思議な目で見つめてその話を聞いているあいだ、トポルコは王子たちの見事な黒馬と銀製の鞍と剣に目を奪われていました。

トポルコはこの不思議な光景をいくら眺めても見飽きることはなかったでしょうし、その話は尽きることがなかったでしょう。しかしその時、町の方角から猟犬係りが口笛を吹く音が聞こえました。王子たちは猟犬たちに感づかれない前に壁の小窓から離れ、トポルコはすばやく石を壁の穴に戻しました。それでも兄弟たちはこの窓のところで会えるという確信をいだきました。

　翌朝は、美しい朝焼けで一日が始まりました。天気の良い日でしたが、良いことは起こりませんでした。王子たちは夜明けとともに起き出して、テントの前に集まりました。王子たちはその前夜、森や牧草地や小川や貂《てん》や狐《きつね》のこと――トポルコの話に出てきたすべてのこと――を夢に見続けていました。王子たちは互いに言いました。

「お父様の王様にお願いして、壁の向こう側に何があるかを見に、宮殿の外に出してもらおうではないか」

　その日たまたま、王は領内を馬で見回りに出ることにしていました。王は重臣に巡回に同行するようにあらかじめ命じておきました。そこへ息子たちが父である王に、一緒に連れていってくれるように、せがみました。王はちょっと考えて「子供たちも少し成長したから、一緒に領内の見回りに連れていってもよいだろう」と思いました。

　ユーリナ王は重臣を呼んで、言いました。

「わたしの片腕よ、よく聴きなさい。今日、君は自分の葦毛馬《あしげうま》に鞍を置かずに、留守居役をしてわたしの酒蔵にいなさい。今は白馬を選んでくれ。最も良い、最も白いのを選んでくれ。その馬に縁飾りのある鞍を置き、金糸の掛け布で覆ってくれ。それに九頭の良い、黒毛の子馬に鞍を置きなさい。九頭の黒馬に銀糸の腹帯を締めさせ、絹の房飾りをつけさせなさい。そうやって白馬と黒馬を引き出してくれ」

　重臣はこれを聞いて、機嫌を損じて顔を曇らせました。王が普段の馬を選ばず、また九頭の若い黒馬を用意するように命じたからです。重臣は九頭の若い黒馬が誰のためのものであるかをよく知っていたのですが、溜息まじりに王に尋ねました。「白馬は誰のため、黒馬は誰のためですか？」

王は喜びに心を躍らせていたので、重臣の憤怒《ふんぬ》に蒼ざめた形相《ぎょうそう》に気がつかず、明るく答えて言いました。

「白馬は王であるわたしのために選ぶのだ。九頭の若い黒馬は九人の王子たちのためだ」

重臣は異を唱えませんでした。我慢して、命じられたとおりにしました。王と王子たちを馬に乗せて、召使たちが門を開け放つと、美しい勇士が九人の若武者を率いて広野を、白い光のように、駆け抜けていきました。その姿はまるで月がプレアデス星団[*1]を率いて美しい夜空に昇っていくようでした。

王様と王子様たちがお通りだ、ということが知れ渡りました。王と王子たちが行くところ、大人も子供も群がり集まりました。女たちは子供を連れて走り、老人と壮年の男たちは外にとび出し、村長と農夫たちも群れをなしていきました。女たちと子供たちは歓呼の声を上げ、輝かしい行進に向かってお辞儀をし、村人たち、農夫たちは帽子を取って頭を下げました。

宮殿に残っていた重臣は城壁の上からこの光景を見ていました。見ているうちに彼の心は毒に満ち、目は蛇の目のようになりました。

＊1　プレアデス星団……冬の夜空を飾る牡牛座《おうし》にある散開（不規則に飛び散った姿を見せる）星団。ふつう肉眼で六個見える。ギリシアの星座神話ではアトラスとプレイオネの間に生まれたプレアデス七姉妹として知られ、月の女神アルテミスに仕えている星団。和名は昴《すばる》。

重臣は以前には息子が一人もいない王に絶大な敬意を払っていました。しかし今や、王が息子たちに囲まれているのを目にすることになりました。王子たちは宝石の周りにちりばめられた金の粒のように輝いているではありませんか。

「今まで王が遠乗りされる時は、わしは王と並んで騎士の役を演じたものだ。農民が王にお辞儀をするとき、彼らはわしにも敬意を表した。人々が王の衣の裾《すそ》に口付けするとき、わしの服にも同じようにしてくれた。ところが今やどうだ。三日も経たないうちに、王子たちが父親の膝元にすわり、王の食卓をにぎやかに囲み、王の催す宴会を華やかにするだろう。重臣であるわしのことなど誰も見向きもしなくなるだろうよ」

重臣の心は憎しみに煮えたぎりました。彼は城壁全体が揺れるほどに激しく城門を蹴飛ばし、召使たちを王の帰りを待たすために残して、自分の邸へ帰っていきました。

「王子ども死んでしまえ！　このわしの手に掛けて殺してやる！　今日でなければ、明日やってやる。明日でなければ、いつだっていい」重臣は妻にこう言いました。

重臣の妻はこれには少しも驚きませんでした。妻は夫に毎日のようにこんなふうに言っていたからです。――「ご奉公を離れたら、どこにも行きようがありませんよ、あなた」あるいは「若い時は一人の主人に仕えてきたのですから、老いては九人の主人に仕えればいいじゃありませんか」とも言いました。

そこで重臣は妻に一番良い斧を持ってくるように言いつけました。妻はその斧を持ってきましたが、斧は柄の取り付けがゆるくて役に立ちません。重臣は年寄りの大工に預けておいた斧の柄のことを思い出しました。

「どうだい、何がいつ役に立つか分からぬものだな。木どうしで兄弟殺しをやればいいさ」悪党はにやりとしました。

重臣は四手《しで》の若木がどうなったかを知りませんでした。

同じ日、重臣は年寄りの大工の家に出かけました。大工とその妻は家の敷居に腰を掛けていました。老人は、黒雲のように陰気な重臣が自分に近づいてくるのを見て、恐怖に打たれました。

「おい、怠け者！　わしの四手の木はどうした？　お前にあれを渡してからだいぶ時がたったぞ。作り損なったのではあるまいな」と重臣は叫びました。

老人はぞっとしました。「もうだめだ！」と老人は思い、立ち上がって帽子をとって深々とお辞儀をして、重臣にすべてを告白しようとしました。

ところが、おばあさんが、あっという間に、おじいさんを遮るように重臣の前にとび出て、言いました。

「旦那様、お達者で何よりでございます。四手の木は家の中に大切にしまってあります。旦那様はご聡明な方でいらっしゃいますから、木はよく乾燥させる必要があることはご存じでいらっしゃいますし、それで作った立派な斧の柄をお持ちになりたいのではございませんか？　明日にはその斧の柄が出来上がるようにいたしましょう」

「よく舌の回る女だな。お前の舌にくらべれば、この鉛のように鈍重な爺さんの手は動きが遅いぞ。まあ、よかろう。明日までに斧の柄を作るのだぞ。だが、ほかの木を使ってわしを騙《だま》してはならぬぞ。わしにはすぐに分かるからな。あの木には赤い芯の部分があるのだからな」

重臣は帰っていきましたが、大工は妻に言いました。「もうわしらはお仕舞いだ！」そして老夫婦は敷居の上に背中を丸めて座り込み、降りかかった災難について思い悩みました。

その時、ちょうど日が暮れました。突然、灌木《かんぼく》の茂みの中からトポルコがとび出してきました。

大工の夫婦はトポルコに自分たちの悩みを打ち明けました。トポルコは毛皮帽を横っちょに被り直し、小さな両手をポケットに突っ込んで、脚を組んで考えはじめました。トポルコは長いこと考えていましたが、突然こう言いました。

「おじいちゃん、おばあちゃん！　このことはぼくだけでは解決できません。お二人はここで待っていてください。ぼくはぼくたちよりもずっと賢い人のところへ行って相談してきます」

トポルコは薄闇の中に消えていきました。牧草地を越え、灌木の茂みを抜けていくトポルコの姿は誰にも見えません。

大工の夫婦は暗い気持ちで座って待っていました。二人は長いこと待っていました。すでに月が昇りました。その時、トポルコは家に向かって走っていました。月が高く茂った草を明るく照らしていましたが、トポルコは、畦道《あぜみち》を走る野鼠《のねずみ》のように、踏みならされた小道を走りました。

「おじいちゃん、おばあちゃん、心配はいりませんよ」――家に走りついたトポルコは言いました。――「助言をもらってきました。ぼくは元の四手《しで》の木になります。でも、おじいちゃん、四手の木を削って斧の柄を作るとき、もしぼくが大事な子供なら、四手の木の芯の部分を傷つけないように十分に注意してくださいね」

そしてトポルコは毛皮帽を脱いでおばあさんの膝の上に置いて言いました。「おばあちゃん、ぼくを大切にしてくださるのなら、ぼくの毛皮帽を大切にとっておいてくだい。それはぼくが役目を果たしたとき、ぼくが元のぼくに戻るために必要なのですから」

それからトポルコは草の上を二、三歩助走して、おじいさんとおばあさんの目の前で体を丸めて宙返りをしました。宙返りをすると、不思議なことに、おじいさんとおばあさんの足元に四手の若木が転がっていて、トポルコの姿は跡形もなく消えていました。おばあさんは悲しくなり、おじいさんは嬉しく思いました。おじいさんは早速、手斧を取って斧の柄を作りはじめました。おばあさんは自分の腕白小僧がいなくなったことで悲しみに耐えられず、泣き出してしまいました。おばあさんは悲しみと悩みのやり場がなく、ただ一つ形見に残された小さな毛皮帽を抱きしめて口づけし始めました。

大工はその日の晩に斧の柄を作り上げて、翌朝それを重臣のところへ持っていきました。重臣は斧の柄に赤い芯の部分があるのを見て、言いました。

「よくやったぞ、爺さん、お前の髯《ひげ》は伊達《だて》ではないな！」

四

夜の帳《とばり》がおりると、重臣は懐《ふところ》に斧をしのばせ、城塞の鍵の束をベルトにつけて、王宮に向かいました。城の鍵を持てる人物は重臣以外におりません。家臣のうちで君主の信頼が最も厚いのが重臣なのですから。

　重臣の目の前の王の城は月の光を浴びて白鳥のように白く輝いていますが、重臣の邸は森の陰で獲物を捕らえた大鴉《おおがらす》のように黒々と見えます。王子たちは城内の庭園で眠っていて、誰かがその夜ひそかに自分たちの命を狙いに来るとは夢にも思っておりませんでした。

　重臣は、城の近くまで来たとき、新しい柄を取り付けた斧の切れ味をまだ試していないことを思い出しました。こんな時に斧の柄の取り付けがゆるくあるまいか？　試していなかったのでした。重臣は道の脇に倒れていた樫《かし》の木のところへ行って、斧の具合を見ようとして、斧を振り上げました。すると、斧の柄が重臣の手の中で小さな生き物のように踊りはじめました。柄は踊りだすと、身をよじって斧の刃の背を向けて重臣の眉間を打ちました。重臣は目が眩《くら》みました。斧の刃が柄からとび抜けて、樫の切り株を摑《つか》んでいた重臣の左手の上に落ちてその親指を切り落としました。額に斧の峰打ちを食らった重臣は草の上に仰向けに伸びてしまいました。意識を失って倒れているその姿は、まるで葬儀を待つ死人のようでした。一方、斧の柄はとび出ると、二度宙返りをして、元の男の子の姿に戻りました。

　重臣は樫の木の幹のように長々と伸びて横たわっていましたが、その上では元気いっぱいのトポルコが月の光のもとで子猫のように生き生きと目を光らせていました。

　トポルコは城のほうに目を凝らし、それから城壁の小窓となる七番目の石に忍び寄りました。トポルコはその石を取りはずして、小窓を通って庭の中に入り込み、テントからテントへと走って、次々に兄さんたちを起こしました。

「兄さんたち、命が大事なら、逃げ出そう！」

王子たちはみな目を覚まして、とび起きました。王子たちが服を着て、剣を腰に帯びているあいだ、トポルコは火口《ほくち》と火打石を手に取りました。そして絹のテントの裾《すそ》に火を放ちました。王子たちの支度が整ったとき、トポルコは王子たちを城壁の小窓のところへ連れていきました。みんなは蝙蝠《こうもり》のようにそっと小窓を通り抜けました。そうして彼らは城塞の外の荒地に出ました。

静かな夜でした。いったいこれから何が起こるのでしょうか？　城塞の下手《しもて》の牧草地にライラックの若枝のような九人の王子たちともう一人裸足のトポルコがいます。牧草地は月の光に照り映えており、その中央には一本の菩提樹《ぼだいじゅ》の老木が立っています。

「この菩提樹の幹の周りを取り囲むように剣を地面に突き刺してください。自分たちの証拠の品を王家のために残しておくためです」とトポルコが王子たちに言いました。王子たちはすぐにそれぞれの剣を菩提樹の周りの草地に突き刺して、見つからないように隠しました。

剣を埋めると、王子たちは、これから何をするべきか、どこへ、どの方角へ行くべきか、思い巡らしました。

ひとりトポルコだけが頭を上げて、空の一点を見つめていました。空は澄んでいて、星をちりばめていました。ただ雲が一つ、城の塔の上空にぽっかり浮かんでいました。

トポルコは両手の掌《てのひら》をメガフォンのように口の両側に当てて、声を張り上げてその雲に向かって叫びました。

「ネウミイカ爺さん、ぼくらを乗せて！」

するとなんと、空の高みから雲が降りてきはじめました。雲の上にはネウミイカ爺さんが乗ってい

て、その雲の周りには灰色の鷗《かもめ》のような九つの小さな雲があり、もう一つ鼠《ねずみ》の尻尾《しっぽ》のような小さな霧の塊がありました。ネウミイカ爺さんは、王子たちは雲に乗るように、トポルコは霧に乗るように、命令しました。ネウミイカ爺さんが夜露《よつゆ》に濡れた草地を蹴ると、お爺さんを乗せた雲は上へ上がり、それと一緒に九人の王子が乗った九つの雲とトポルコが乗った霧の塊も空に昇りました。城塞の上空高く昇ったとき、王子たちは空を見渡し、地を見回しました。月の光は全世界を照らし、彼らの前にははるか遠く黒い山が見えました。

ネウミイカ爺さんはもう歩きはじめました。お爺さんが一歩あるくと、空を半分通り、二歩で残りの半分を渡り、三歩目で山の頂上に全員を運びました。

重臣が少し意識を回復して目を開け、寝ぼけた城塞の衛兵がかがり火を焚《た》き、城の近くで悲鳴と泣き声が起こった時には、すでにネウミイカ爺さんは王子たちとともに月の光のもとに山の頂上に到着していました。宮殿の庭では絹のテントが燃え、次々に焼け崩れて灰になりました。高貴な王妃イェレーナは焼け跡を歩いて、灰の上に焼け焦げた鷹《たか》の羽のように横たわっている黒焦げのテントの切れ端を拾い上げました。

ネウミイカ爺さんは山の頂上から下の山腹の霜《しも》の降りた小さな草地まで長い鬚《ひげ》を垂らして子供たちのあいだに立っています。王子たちの刺繍《ししゅう》入りの長い上着は月の光を浴びて金色に輝き、色黒のトポルコの目はきらきらと光り、ネウミイカ爺さんの破れた衣は夜の風にはためいています。

トポルコは、ネウミイカ爺さんとはお互いによく知っている仲であり、緑の山には慣れ親しんでいるので、山の上にいてもなんともありませんが、王子たちは、服はぼろぼろで、鬚は伸び放題のネウミイカ爺さんには慣れていません。しかしネウミイカ爺さんのほうがもっと王子たちに不慣れです。王子たちの毛皮帽の銀の飾りや上着の金の飾りが光っているのがネウミイカ爺さんには不可解です。

　元気の良い王子たちは背筋をぴんと伸ばして立っており、目は賢そうで、勇士らしい眼差しをしています。王子たちは目と目を合わせてネウミイカ爺さんの顔を見ました。ネウミイカ爺さんには、このような勇士たちが絹のテントの中から出てきたことが不思議でなりませんでした。

「この少年たちには責めはない。目は生き生きとしており、容姿も立派だ」とネウミイカ爺さんは思いました。しかしこの少年たちが銀の飾りの付いた帽子を被るにふさわしい勇士たちであるとは、ネウミイカ爺さんにはどうしても思えないのでした。ネウミイカ爺さんは横目で王子たちの身につけていた飾り物を目算していました。「禿げた頭は帽子で隠すことはできるが、金糸の房飾りのついた上着の下にはどんなものが隠されているかは、知りようもないではないか」とネウミイカ爺さんは自問しました。しばらく考えてからネウミイカ爺さんは子供たちに言いました。

「君たちはわしの弟子になって修行を積むことになるのだぞ。君たちは今までに聞いたことのない七つの知恵を学ばなければならない」

　トポルコはネウミイカ爺さんの顔を見ました。トポルコはネウミイカ爺さんの性格をよく知っていたので、すぐに気が重くなりました。

「どうも良いことにはならないだろうな。お爺さんは金の房飾りと飾りのついた帽子を計算していたぞ」とトポルコは思いました。

五

結局は、なるようにしかなりませんでした。子供たちにとってネウミイカ爺さんと一緒の生活はつらいものでした。ネウミイカ爺さんは固い岩の洞穴の中で眠りますが、王子たちとトポルコはネウミイカ爺さんの周りに場所を見つけて寝なければなりません。ネウミイカ爺さんのところでは昼食も夕食もありません。ネウミイカ爺さんが朝早めに起きて、食べ物がなくて空腹のままでいると、子供たちもお腹をすかせたまま眠りにつくのです。それでもネウミイカ爺さんは朝、子供たちに木の実をひと握りずつ与え、自分はひと掬《すく》いの木の実を取りますが、それが一日分の食料なのです。その食事が済むと、ネウミイカ爺さんは子供たちを連れて谷に沿って下りてゆき、そこからさらに城塞に近い、ネウミイカ爺さんのよく知っているあの牧草地へと向かいます。

そこでネウミイカ爺さんは仕事にとりかかることになります。桶の帽子に水を汲んで霧とともに空中に舞い上がり、朝の涼気を振り撒き、広くいたるところに霜《しも》を置きます。王の領地はとても広く、そこにはたくさんのいろいろな草木がありますが、すべての植物の生命はネウミイカ爺さんの世話にかかっています。仕事はそれが全部ではありません。まだやるべきことがあるので、ネウミイカ爺さんは、王の領地の上に日が昇るとき、子供たちを、空を渡り、雲を抜ける道を通って、仕事に連れ出します。

「わしの弟子になるのだぞ、弟子の王子たちよ！　世話はつらいぞ。国は広大だからな」と言って、ネウミイカ爺さんはにやりと笑いました。

朝の仕事はつらく、晩の仕事はもっとつらいのです。朝は巣の中にいる一番の早起き鳥を目覚めさせるために起き、晩は不幸な草の葉を慰めるまでは寝ることはできません。ネウミイカ爺さんは弟子たちにすべてのことを教え込みます。――雲と一緒に飛ぶ方法、牧草地の上を旋回する方法。ネウミイカ爺さんは弟子たちにあの険しい山の中を歩くことを教え、雲に乗って空中を移動することを教えました。しかし賢明なネウミイカ爺さんは弟子たちにただ一つのことだけは教えようとはしませんでした。つまり、雲とともに地上に降りて、草の上に着陸する仕方だけは教えませんでした。

ネウミイカ爺さんのただ一つの好ましくない習慣を除けば、これらのことはまだどうにか我慢ができました。ネウミイカ爺さんは朝、山を下りるとき、山道や谷間を通らずに霧に乗り、森を抜けようが、断崖絶壁を滑り降りようが、どこをどう行くかは霧の思いのままにまかせきりでした。そのためにネウミイカ爺さんの服はぼろぼろになり、鬚《ひげ》は乱れてほつれています。こうして最初の朝は、ネウミイカ爺さんは子供たちを連れて木々の梢《こずえ》を渡っていったので、王子たちの毛皮帽は枝に引っかかって脱げ、王子たちの頭のてっぺんの禿げがむき出しになりました。二日目は、霧とともに茨《いばら》の茂みを通ったので、王子たちの空色の上着は引き破れてしまい、王子たちはシャツ一枚だけの姿になりました。三日目は、断崖絶壁を下りていったので、王子たちのぴかぴかのブーツは岩角に当たるごとに擦れて、台無しになりました。四日目は、朝から細かい雨が降り注いだので、王子たちの後ろ髪は肩まで伸びました。裸足で、無帽で、シャツ一枚で、後ろ髪が肩まで伸びた姿の少年たちを見て、彼らが王子たちであると見分けられる者は一人もいなかったでしょう。

高貴な若者の王子たちは不平を言ったり、嘆いたりはしません。王子たちは嘆くということを知りませんでした。それに嘆き悲しむということは高貴な生まれの人にはふさわしいことではありません。王子たちは樹皮を編んでベルトを作り、シャツの上から腰に締めて、トポルコと一緒に仕事に出る支度をしました。

ネウミイカ爺さんは王子たちにちらりと目をやり、それからまた王子たちをじっと見つめて、言いました。

「これで君たちは第一の知恵を学んだわけだ。だが、わしの弟子たちよ、第七の知恵を学ぶまではまだ先は遠いぞ」

トポルコは喉がくすぐったくなりました。何か言いたくてむずむずしていたのですが、口に出すことができず、心のうちに思いました。「ネウミイカ爺さん、あなたは年を取りすぎているよ。兄さんたちが、自分たちが裸足で、無帽でいることを知っていながら何も言わずにいるのは、一つの知恵で七つの知恵を全部会得《えとく》したということでしょう。お爺さんはそれが分からないの？」

トポルコはそう思いましたが、考えても仕方のないことでした。すべてはネウミイカ爺さんの決めたとおりにしかなりません。王子たちはトポルコと並んで雲に乗って空を渡る道をつくりながら先へ進むしかありません。我慢するしかないことは、王子たちにも分かっていました。

髪ぼうぼうのトポルコの判断は別でした。トポルコは兄たちがかわいそうになりました。兄たちは困難に慣れていません。それにここでは困難に限りがありません。トポルコは、ネウミイカ爺さんは頭が固くて、ネウミイカ爺さんがいったんこうと思った以上は、その考えを変えさせることは非常に難しく、それよりも百年櫛を入れたことのないネウミイカ爺さんの鬚をくしけずるほうがはるかに易しいことを知っていました。

「困難に陥ったら、大門が開かれるのを待たずに、小さな扉から逃げたほうがよい」と色黒のトポルコは思いました。兄たちの肩までしかない小さなトポルコは、霧の中に道をつけていきながら、小声で兄たちに言いました。

「ぼくの九人の兄さんたち、怖がることはないよ。ぼくが兄さんたちをこんなつらい奴隷のような仕事から助け出してあげるからね」

しかしそれは簡単にできることではありませんでした。王様の城までは遠く、山の麓《ふもと》から城まではまったくの平地で、歩いて一日の道のりです。トポルコが王子たちを連れ出して逃げても、速歩きの農民靴《オパンキ》を履いたネウミイカ爺さんがその平地で王子たちに追いつくことはたやすいことでしょう。ネウミイカ爺さんは、隼《はやぶさ》が鼠《ねずみ》を捕まえに舞い降りるように、雲の上から王子たちを捕まえるために舞い降りるのではないか？　運良くそのようなことが起こらなかったとしても、まだあの悪者の重臣が生きているかもしれない王の宮殿に帰ってよいものだろうか？

トポルコはこれらのことをいろいろ考えたすえ、運試しと思って、思い切ってやってみることを心に決めました。ただそれには問題が一つあり、雲から平地に降りる方法をなんとかネウミイカ爺さんから訊き出さなければなりません。

ある日の真昼時、すべての草木が憩い、家畜が昼寝をするころ、ネウミイカ爺さんは山の中の空き地に近い山毛欅《ぶな》の森の中に座っていました。森は乙女の吐息のように静かです。ネウミイカ爺さんは人が通るところを避けるので、道も樵《きこり》の作業場もそこからは遠いのです。ネウミイカ爺さんは森の涼気で英気を養うために座っており、王子たちは胡桃《くるみ》の木の下や羊歯《しだ》の叢《くさむら》の中でまどろんでいました。トポルコだけがネウミイカ爺さんのそばにいて、二人は時間つぶしに話を交わしています。折を見て、トポルコは言いました。

「お爺さんはぼくらにすべてのことを教えてくれるのに、雲から草地に下りる方法だけは教えてくれないのは、なぜなの？　ぼくらが逃げ出すのを恐れているの？　お爺さんは速歩きの農民靴《オパンキ》を持っているじゃないの。ぼくらが地の果てにいても追いつけるじゃない！」

「馬鹿なことを言うんじゃないよ、トポルコ！　わしがお前にしっかり教えてやっても、お前たちは地に降りることはできないのだ。なぜならお前たちにそんなことは必要がないからだ」

「心配しなくていいよ。暇つぶしにもっとぼくに話をしてよ」とトポルコは言いました。

ネウミイカ爺さんは騙《だま》されてしまいました。ネウミイカ爺さんは涼しい木陰で休みながら、どうすればみんなが地面に降りることができるかを話してしまいました。――雲から地面に降りる時には、自分たちの持ち物で何か自分たちがしっかりと掴《つか》まることのできるものを地上のどこかに持っている必要がある、ということでした。

「だがなあ、地上二十メートルの高さの所にいながら、お前たちが何か自分たちの持ち物を、いったい地上のどこから手に入れることができる、というのかね」と言って、ネウミイカ爺さんはトポルコの顔を見て笑いました。笑ったためにネウミイカ爺さんの鬚《ひげ》は跳ね上がりました。

「それはもう、お爺さん、ぼくらは雲に乗っているだけで楽しいのだよ。ところで、お爺さん、お願いがあるの。今日、ぼくを榛《はしばみ》の森へ行かせてくれない？　ぼくがハーゼル・ナッツを十二籠集めてくるからね。そのうちの半分はお爺さん一人のもので、後の半分はぼくら十人で分けるからね。ぼくらお爺さんの弟子になってから腹ペコなんだ」

ネウミイカ爺さんは年を取っていて、何でも知っていて、何でもできるのですが、誰にでも欠点はあるものです。ネウミイカ爺さんにも欠点がありました。ネウミイカ爺さんは、森から命の糧《かて》を与えられている人として、ハーゼル・ナッツに目がないのです。長いあいだ森とネウミイカ爺さんとは仲良く暮らしてきました。森はネウミイカ爺さんに森の知恵を授けてきて、すべて良いものを与えてきました。

ネウミイカ爺さんはちょっと考えましたが、誘惑には打ち勝てませんでした。「お前を行かせてやろう」とネウミイカ爺さんはトポルコに言いました。「だが、月が昇るまえにわしのところへ帰ってくるのだぞ。いいかね、わしから逃げようとしてもだめだぞ。そんなことをしたら身の破滅だ、ということは自分でもよく分かっているだろう」

「お爺さん、ぼくがお爺さんのところから逃げてどこへ行くというの？　だって、ぼくの脚は森の松葉みたいなものじゃないの！　こんな脚で一年かけて歩いても、王様の城にも自分の家にも行き着かないよ」

こうしてトポルコは籠を手に取りましたが、籠を持って榛《はしばみ》の森へ出かけたのではなくて、自分がよく知っている森を抜ける道へと急いだのです。そこで道端の切り株の上に座って、誰か通りかかる人を待っていました。

六

王の宮殿は悲しみに包まれていました。夜のうちに王子たちのテントが焼けたことを翌朝知ったユーリナ王は、すぐに賢者たち、占い師たち、裁判官たちを呼び集めました。

「わたしの忠実な家来たちよ、論議して、わたしに次の三つのことを教えてくれ。わたしの王子たちはどこへ行ったのか？　テントがどうして焼けたのか？　犯人はどこへ逃げたのか？」

賢者たちは焼け跡の上に身をかがめて、灰をグラスで掬《すく》って、鼻眼鏡をかけて調べました。占い師たちと裁判官たちは大きな重い本を開いて、細かい言葉や文字を探しました。誰も彼も苦労に苦労を重ねて、どういうことになるか、結論を待ちました。

賢者たちがやがて口を開きました。

「王子様たちは焼死されました。ご覧ください。この灰は第一王子の右手の灰です。灰から見て小指と分かりますし、爪の数を数えることもできます」

賢者たちにつづいて、占い師たちが椅子から立ち上がりました。

「運命の女神たちが王子様たちに火による死を宣告しました。それゆえに地の中から火が生じて、王子様たちを埋葬したのです」と占い師たちは言って、マントを肩にかけました。

占い師たちはそう言いましたが、裁判官たちがそれを打ち消しました。占い師たちと裁判官たちはたいへん仲が悪かったからです。

「火は地の中から生じたのではない。どこかの悪者が火をつけたのだ。その悪者は遠い国へ逃げ去って

V. KIRIN. 1926

おり、とうてい追いつけるものではない」と裁判官たちは結論して、占い師たちに鋭い視線を投げつけて十冊の本を閉じました。

王宮の人々は全員、中庭に集まって、嘆き悲しんでいました。誰よりも激しく嘆き悲しんだのは、最も腹黒い重臣で、王の心を動かそうとしていたのです。それに重臣は左手を懐《ふところ》に入れていました。「悲しみでわしの胸が張り裂けるといけないから」というポーズなのですが、実のところ、懐に隠している手には親指がないのです。

王はその日以来、心に安らぎを得ることができませんでした。朝焼けから夕闇が迫るまで、王は、心を軽くしようとして、馬に乗って森や山を駆け回りました。

そうしてその日のこと、王はすべての森を通り抜けて、あの黒々とした森山のはずれまで行って、重い心で家路につきました。山の麓《ふもと》に沿った小道を通っていたとき、道端の切り株の上に、まるで蟋蟀《こおろぎ》のように小さなものが立っているのが目にとまりました。腕組みをして、頭を少しかしげています。王が近づくと、小さな男の子は挨拶をしました。

「輝かしい王様、王様のご健康をお祈りいたします！」

「ありがとう、チビ助君」と王は答えて、こんな小さな子がこんなに立派な挨拶ができるのを不思議に思いました。

「何か悲しいことがあったのではありませんか？」とトポルコは訊いて、目を細めました。

「それがお前に何か関係があるのかね？」王はこのチビ助をますます不思議に思って、言いました。

「ぼくが王様を喜んでお助けいたします。その代わり、ぼくにこの袋いっぱいのハーゼル・ナッツをください」

「ああ、王国の半分をお前にやりたいぐらいだよ」王は、自分を助けてくれる者が誰一人いない時だったので、深い溜息をついて言いました。

「ぼくを馬に乗せて王様の前に座らせてくだい。行先は一緒です。でも、少し馬を急がせてください。ぼくは命がけの仕事をするのですから」

ユーリナ王はトポルコを拾い上げて鞍に乗せ、自分の城に向けて馬を急がせました。道々トポルコは王に言いました。

「今は何もお尋ねにならないでください。明日になったら、正午に宮殿の人々全員に集会場の菩提樹《ぼだいじゅ》の下に集まるように命令してください。一人も欠けてはいけません。さらに、全員が武器を持たずに、斧だけを持って、御許《みもと》に集まるように命じてください。しかし斧は柄をつけずに刃だけのものでなければいけません。ぼくはその集まりにまいります。ぼくはそこで斧の柄になりますから、全員の斧の刃がぼくの変身である斧の柄に合うかどうか、試してください。宮殿の人々のうちの誰か、ぼくの柄にぴったり合う斧の刃を持っている人が見つかるでしょう。そしてさらに、その人の左手の親指が切り落とされていれば、その人物こそ王様のお国の中の悪者です。そして王様が、王子様たちがお帰りになるのをお望みならば、その者を処刑してください」

王は、こんな小さな子が何をなすべきかを自分に教えたとき、信じがたいと思いましたが、どうしようもない困難に陥っている時でしたから、「溺れる者藁《わら》をも摑《つか》む」気持ちで、その子供の意見に従うことにしました。王はトポルコの言うとおりにすることを約束しました。

こうして二人は宮殿に着きました。馬を降りると、王は王室の庭でとれたハーゼル・ナッツを袋にいっぱいトポルコに与えるように大膳職長に命じました。するとトポルコは袋の口を縛って、袋の上に王の印を押してくれるように頼みました。大膳職長がそのようにすると、トポルコは王に言いました。

「輝かしい王様、ぼくがこの封印の上に乗って山の中へ行けるようにご許可をいただきたいのです」

王は笑いました。王はこのことを小さな子供の考えついた冗談と受け取りましたが、子供が封印の上に乗っていくことを許可しました。トポルコはお礼を言って、その袋を背負い、城を出て、大工の家へ向かいました。

美しい夕暮れでした。おばあさんは亜麻が日照りの害にあっていないかどうかを見に、亜麻畑を歩いておりました。トポルコはおばあさんが来るのを見て、畝《うね》のはずれに袋を置いて、亜麻畑を通っておばあさんのところへ忍び寄りました。おばあさんが亜麻の様子を見ようとして体をかがめたとき、トポルコは、蟋蟀《こおろぎ》が鳴くように、畝の間からささやきました。

「しーいっ、静かに、おばあちゃん、誰にも言わないでね。あした夜が明ける前に牧草地にいるぼくのところへ来て、ぼくの大切なあの毛皮帽を持ってきてね。その牧草地に一番高い楓《かえで》の木があります。おばあちゃん、もしぼくが大切な子供なら、できるだけ高くその木に登ってください。そうすれば、ぼくが小さな霧に乗ってくるのが見えるでしょう。そしてぼくと一緒に九人の少年が九つの小さな雲に乗ってくるのを見るでしょう。ぼくらが到着して、風に乗って楓の木のそばを通り過ぎようとするとき、すばやくぼくにぼくの毛皮帽を渡すように手を伸ばしてください。でもね、ぼくが毛皮帽を摑んだとき、おばあちゃん、決して毛皮帽を手から離さないで、力のかぎりに毛皮帽を自分のほうへ引っ張ってください」

おばあさんは嬉しさのあまり心が躍りました。おばあさんは亜麻畑の中から話しかける小さな声を聞いて、すぐにわが子「うろつきっ子」と分かったのです。しかしおばあさんがわが子を見ようとさらに体をかがめたとき、そこには誰もいませんでした。ただひと筋のかすかな線が亜麻畑に走っていました。それはトポルコが畝《うね》伝いに忍び足で歩いた時に亜麻の葉の先につけた足跡でした。おばあさんは事の次第を呑みこんで、それ以上トポルコの姿を捜そうとはしませんでした。

おばあさんはためらうことなく自分の腕白小僧を信じて、亜麻のことは自然にまかせることにして、次の日の朝に持っていかなければならない毛皮帽を探すために家路を急ぎました。

トポルコは鶉《うずら》のようにこっそりと亜麻畑を通り抜け、畝のはずれまで来て、再び袋を背負って王の馬小屋へ行きました。

「ほらね、王様がこの袋に王様の印を押されて、ぼくに一番速く走る馬を渡してもらえ、とお命じになったのだよ。今夜のうちにぼくがこの袋を王様が指定された場所へ届けることができるようにとね」

とトポルコは馬丁に言いました。

王の印がある以上どうしようもありません。馬丁は自分の主君の印を見て、小さな子を信じて馬を引いて来ました。そのうえ小さな子を鞍の上に乗せてやり、袋も積んでやりました。そして馬を鞭打《むちう》って走らせました。トポルコは馬のたてがみにしがみついて、馬と一緒に飛ぶように走り、まるで風に乗った小さな羽根のように、黒い森山に向かって飛んでいきました。トポルコはずっと馬を急がせ続けました。遅れはしないかと気がかりだったのです。

月が昇ろうとするころ、トポルコは山の麓《ふもと》に着きました。トポルコは馬からとび降りて、馬を放してやり、自分は山に登る小道を急ぎました。途中、榛《はしばみ》の林の中でトポルコは置いてあった籠を見つけて、それらの籠を王様からもらったハーゼル・ナッツでいっぱいにして、王の印のある袋は捨てました。月が山の中の開けた草地の上に昇ったちょうどその時、トポルコはそこに到着しました。

「こんばんは、お爺さん、ほら、約束のハーゼル・ナッツを持ってきたよ」

ネウミイカ爺さんの口からすぐによだれが出ました。お爺さんはそんなハーゼル・ナッツを眺めているうちに、待ちきれなくなり、食べるのを朝まで延ばすのが我慢できなくなって、トポルコに言いました。

「おいで、坊や、一緒に晩飯を食おう。お前たちが第一の知恵を学んだ日の記念にしよう」

みんなは車座になって座り、楽しい食事となりました。しかしトポルコは王子たちに知恵をつけて言いました。

「お兄さんたち、ナッツは殻をかじるだけにして、食べてはいけません。そうすれば、あした、ぼくらはお腹が空いて夜明け前に目が覚めるし、お爺さんはお腹がいっぱいで夜明けを知らずに寝過ごすことになるからね」

ネウミイカ爺さんは六つの籠を抱えこみましたが、子供たちはみな、二人で一つの小さな籠を囲むように座りました。子供たちがハーゼル・ナッツの殻をガリガリかじりはじめると、巣のなかにいた栗鼠《りす》たちがいっせいに目を覚まして起きだしました。栗鼠たちは起きだすと子栗鼠たちを巣から出して、山毛欅《ぶな》の木の最も細い枝の上に行かせました。こんな夜更けに月の光のもとにあんなにおいしそうにハーゼル・ナッツをかじる音を立てているのは何者か、のぞかせるためです。

子供たちが二人で一つの籠のハーゼル・ナッツをかじっても半分もいかないうちに、ネウミイカ爺さんはすでに六つの籠のハーゼル・ナッツを全部平らげていました。お爺さんの歯はそれほど丈夫なのです。

ネウミイカ爺さんはハーゼル・ナッツをたらふく食べ、愉快そうに笑ってトポルコに言いました。

「トポルコよ、お前はいい子だ！　わしは生まれてこのかた、こんなにうまいハーゼル・ナッツを山の中で見たことはないぞ！」

七

ネウミイカ爺さんはハーゼル・ナッツに騙《だま》されてしまいました。お爺さんはお腹がいっぱいになると、まぶたが重くなり、夜明けが近いのに、夢うつつにまだ真夜中だと思ってしまいました。お爺さんは、夜中にぐっすり眠るように、寝つづけています。夜が白みはじめました。子供たちはお腹が空いて、夜が明けるよりずっと前に目を覚まし、そっと起き出して、洞窟から草地に出ました。

朝は、白鳩の羽根のように白く、やわらかな朝霧が草地の上に垂れ籠《こ》めました。それは、まるで白い羊毛のようです。王子たちもトポルコもためらうことなく、それぞれに自分にふさわしい子羊のような白雲を取ってそれに乗り、口笛を吹いて良い風を呼びました。風に子供たちを一列に並べて一緒につなぎ合わせる役目をさせるためです。良い風が反対斜面から吹いてきて、子供たちを森の中の開けた草地へと運んでいきました。

子供たち、愛すべき兄弟たちは、空中を流れるように進んでいきます。子供たちが平地の上空に到り、目的地の小さな牧草地に向かって近づいていく時ほど素晴らしい時はありません。

ところで牧草地の最も高い楓《かえで》の木の上では、まだ暗いうちからおばあさんが待っていました。おばあさんは夜が明けるのを今か今かと待っておりました。夜明けを待っているというよりも、もじゃもじゃに髪を乱したトポルコを待っているのでした。おばあさんは楓の木のてっぺんからちょっと目で測って、考えはじめました。

「年寄りのわたしがこんな高い所に登って何になるのだろうか」

しかしその時、遠くの方から十の雲が一つにつながって流れてくるのがおばあさんの目に映りました。赤い朝焼けが雲全体を暖かく照らし、雲に乗った十人の子供は、糸でつながれた小さな苺《いちご》のように赤く見えました。おばあさんはつい先ほどまで考えていたことを全部忘れてしまい、あまりの嬉しさに楓の木からとび降りてもいい、とさえ思いました。

雲は真っ直ぐにおばあさんに向かって来ます――雲が楓の木のそばを流れ過ぎようとしたとき、おばあさんは手をいっぱいに差し延べてトポルコに毛皮帽を突き出しました。トポルコがすばやく毛皮帽を掴《つか》むと、十個の雲は一体となって後戻りしました。後戻りしたかと思うと、今度は前進します。しかしおばあさんは毛皮帽をしっかりと握っています。トポルコとおばあさんのあいだでの毛皮帽の引っ張り合いは、ますます激しくなっていきます。おばあさんと風との格闘は一時間か二時間続きましたが、おばあさんは気を緩めません。おばあさんは力のかぎり、毛皮帽を自分のほうへ引っ張ります。その時、奇跡が雲を打ち負かしました。雲は子供たちの重さを感じて、草地に向かって真っ直ぐに降り、毛皮帽とおばあさんを自分のほうへ引き寄せました。あっという間の出来事でした。おばあさんは草の上に降りていました。おばあさんの周りには十人の子供たちがいます。熟れた栗の実が木から地面に落ちて、はじけたみたいです。

みんなが着陸すると、その下からあの十の雲が滑り出て、子供たちを乗せていない雲は、息を吹きかけられた綿毛のように、空の高みへと飛んでいきました。

おばあさんは体をこわばらせて固い大地に降り立ちました。子供たちも体をこわばらせていました。しかし子供たちが強く望んでいたことを達成したとき、これ以上軽やかに地の上に立ったことは今までになかったように彼らには思えました。みんなは喜びのあまり誰が最初に誰を抱きしめてよいか――トポルコがおばあさんをか、おばあさんがトポルコをか、王子たちがお互いをか――分かりませんでした。みんなの目に王様の城が遠くに見えていた喜びも重なりました。城までは遠くても、みんなは城と同じ大地の上に立っているのです。

人が幸せで、太陽がその人の後を追ってくるような時には、その人は小道を踏み分けていく必要はありません。そんなわけで、太陽はまたたくうちにおばあさんと子供たちの上に昇り、みんなを照らしました。みんなはまだ草の上に座っていました。

太陽はトポルコに、時間は過ぎ去るということを思い出させました。トポルコは言いました。

「さあ、急いで行きましょう。王様がぼくらを待っておられる。お城の全員が集会に招集されているけれども、おばあさん、あなたがいなければこの集会は成り立たないのですよ」
「その時をわたしも待っていたのだよ」おばあさんは、王様の前に出るのにふさわしいようにすでに身なりの良い服装をしており、頭のスカーフを整えて、集会に遅れないように、急いで野を横切っていきました。子供たちは、ひよこが雌鶏《めんどり》の後を追うように、おばあさんの後につづいていきました。

八

ユーリナ王は菩提樹《ぼだいじゅ》の下の銀箔を張った椅子に座っています。椅子には二段の階段がついており、その階段はビロードで覆われています。王のそばには集会のあいだ王の世話をする召使が一人いるだけです。王の前には廷臣と宮殿の人々が全員、十列に並んでいます。どの人も王の前にいる畏れから苦しいほどに緊張しています。

ユーリナ王がこのような集会を招集したことは今までありませんでした。武器もなければ、騎士の装《よそお》いの者も貴族の身なりの者もおりません。軍事会議でもありません。ユーリナ王は不機嫌でした。王の心には、蛇が木の枝に絡みつくように、あの悲しみが絡みついていたのでした。王たるものは、悲しみが大きければ大きいほど、心をいっそう強く保つのです。王が市民や農民の前で自分の悲しみをさらけ出してしまえば、いったい誰が国を治めることができるでしょうか。

その時、王はひとりの貧しい老婆が自分のほうにやって来るのを見ました。老婆の後に子供たちがつづいて来ます。みんな裸に近い貧しい子たちです。彼らが集会に少し近づいたとき、子供たちは立ち止まりましたが、ひとりの一番小さな子だけが、老婆の手を取って一緒に、王のそばにいっそう近づいてきました。

王は、この毛羽立った毛皮帽をかぶった小さな男の子を見て、心が明るくなりました。

「よし、この毛皮帽をかぶったチビ助を信用しよう。ほかの者はみんな裏切り者だ」と王は内心喜びました。

トポルコとおばあさんは王のところへ来て、王の前にひざまずきました。トポルコは言いました。

「王様、お約束したとおり、参りました。ぼくの年取った母を連れてまいりました。集会の席でぼくの世話をしてくれる者が必要だったからです。ですが、もう一つ、お願いしたいことがあるのです。あそこにおりますぼくの兄たちが、どこか隅のほうにいて集会の様子を見ることをお許しいただきたい、と王様にお願いいたしております」

王は心のうちで笑いました。

「わたしはお前を集会に呼んだ覚えはないぞ。それなのに、婆さんやちっぽけな子供たちまで集会にやって来るとはなあ」しかし王は寛大な心の持ち主であったので、樹皮のベルトを腰に締め、森の獣のように毛むくじゃらの孤児たちを見たとき、彼らの願いをむげにしりぞけることができませんでした。それで、王はトポルコの願いどおりにしてやりました。子供たちは、裸足でひ弱な子供たちにふさわしく、大人たちの邪魔にならないように、遠回りして集会の場を避けて通り、後ろから近づいて、王の椅子の陰にあたる菩提樹《ぼだいじゅ》のそばに並びました。菩提樹の幹の周りの草地の中に、草の葉と土器のかけらに覆われて何か銀のようなものがのぞいています。それを見分けることができる者は、それがちょうど九人分ある剣の柄であることが分かります。

トポルコは毛皮帽を脱いで、おばあさんに渡して言いました。

「おばあちゃん、この毛皮帽を大切に持っていることができるのは、おばあちゃんだけです。これがぼくらにとってどんなに大事なものであるか、おばあちゃんは知っているからね」

おばあさんは毛皮帽を受け取りました。トポルコは王の前に進み出ました。

「王様、今がチャンスです！」とトポルコは叫びました。そして身軽に跳びあがって空中で宙返りすると、またたくまに王の足元の赤いビロードの上にきれいに細工された斧の柄が横たわりました。小さな子の姿は消えていました。

人々はあっけにとられました。王は奇跡が起こるままにしておいてもよかったのでしょうが、どんな奇跡にも起こるべき時があるので、王はここまでトポルコと一緒に事を運んできた以上、今こそ、なすべきことをしなければなりません。

そこで王は、召使に命じてこの斧の柄を持たせ、人々を王の周りに整列させ、誰の斧の刃に柄が合うように作られているかを調べさせました。人々はそれがどんなことになるか知りませんでしたが、召使は一人一人を調べて回りました。

斧の柄は大きすぎて、どの斧の刃にも合いませんでしたが、重臣のところにきたとき、斧の柄は斧の刃のめどに即座に納まり、誂《あつら》えたようにぴったりと合いました。柄が斧の刃に合わせて削られていることは明らかです。召使はその斧の刃を王に持ってきました。「王様、この斧は重臣のものです」

王は剣で刺されたようになりました。しかし王は召使に斧の刃を再び柄からはずすようにだけ命じました。この集会にはすべての人が武器を持たずに集まっていたからです。そしてその時、王は言いました。

「皆は帰ってよい。筆頭大臣だけは前に出よ」

重臣は王のもとに来ましたが、重臣は左手を懐《ふところ》に入れておりました。王の椅子の後ろから、髪の毛の乱れた小さな頭が九つのぞきました。十八の鋭い目がすばやく重臣に注がれました。何者もその視線から逃れることはできません。

「手を懐から出しなさい。君の心を見てやるから」と王は言いました。王の目は蛇に襲い掛かる鷲《わし》の目のように恐ろしいものでした。

しかし重臣の目も、獲物に飛び掛ろうとする時の山猫の目のように獰猛《どうもう》でした。こうして目と目は睨《にら》み合い、心と心は探り合うことになりました。

重臣はひざまずくような振りをして身をかがめ、隠し持ったナイフを摑《つか》んで、無防備の王に襲い掛かりました。

王は素手であり、廷臣たちは引き下がっていたので、廷臣たちが駆けつけるあいだに王は死んでしまいそうです！

しかしこの時、菩提樹《ぼだいじゅ》の陰から、蜜蜂の群れのように、九人の王子たちが手に手に名剣をふりかざして飛んできました。重臣は王子たちの剣にかかり、右腕を刺し貫かれました。王子たちは、猟犬たちが狼を取り囲むように、重臣を取り囲みました。狼は猟犬たちによって滅ぼされますが、重臣は王子たちの剣によって滅ぼされることになります。

人々は悲鳴を上げ、廷臣たちが駆けつけてきて、君主をかばうため手を伸ばしましたが、それよりも速く子供たちが父を護り、悪人は朱《あけ》に染まって息を引き取りました。

※　※　※

勇士が自ら息子に剣術を教え、その息子によって剣で護られたとき、それが自分の息子であると分からないような勇士はいないでしょう。ユーリナ王は、九人の貧しい身なりの子らが息子たちだったと、すぐに分かりました。王子たちは王の前にひざまずき、王は子供たちの上に身をかがめました。王はこれまで何があったのかを尋ねようとはしませんでした。勇士といえども時には涙を堪《こら》えることができないことがあるからです。

すべてこれ以上に良いことはあり得ないはずでしたが、ひとりおばあさんだけが悲しみを堪えきれずに泣き出しました。トポルコがいないことを真剣に考えてくれる人は誰もいませんでした。

集会に来ていた人々は思いました。「あの子はいなくなった後、どうなったのだろう？　自分の毛皮帽を残して、忠実に王様に仕え、王の腹黒い敵を倒し、王の命と王子たちを救って、任務を成し遂げたので、いなくなったのだろう。それ以外に考えられない」

しかし、おばあさんはそうは考えませんでした。トポルコがいなくなってどんなに心が痛んでいるか、分かるのは自分だけ、おばあさんは泣き、嘆き悲しみ、集会を呪いはじめました。

「ああ、わたしの可愛い子よ、いったい何だって、お前はわたしを王様の集会になんて連れてきたの！」とおばあさんは嘆きながら集会の場を立ち去ろうとしました。

「泣くんじゃないよ、おばあさん、わたしたちの喜びを台無しにするんじゃないよ」と召使がおばあさんを呼んで、「そら、これをお前さんに返すよ」と言って、あの斧の柄をおばあさんのほうへ投げました。

すると斧の柄は空中を飛んで宙返りをし、おばあさんはそれを両手で受けました。斧の柄は宙返りをしておばあさんの腕の中に抱きとめられると、生きた元気なトポルコに変わりました。トポルコは明るく笑い、おばあさんの首のまわりに毬《いが》のようにくっついて、おばあさんに何度もキスをしました。おばあさんの嘆きは、まるでなかったように、どこかへ吹っ飛んでいってしまいました。おばあさんがトポルコを思う存分抱きしめたとき、おばあさんのシャツが肩のあたりで少しはだけました。おばあさんは、何事もなかったように、言いました。

「坊や、私の服を汚してはいけないよ。わたしたちはまだ集会を終えていないのだからね」そしておばあさんは、おばあさん抜きでは集会は終わらないことを示すために、王の椅子の近くにいる召使のそばに立ちました。

王は息子たちを抱擁してから、息子たちとトポルコに、いったいどんなことがあったのか、話してくれるように言いました。

王子たちは王に一部始終を話しました。王は、トポルコが王子たちにとってどんなに大事な存在であったかを理解したとき、小さな子に尋ねました。

「チビ助君、褒美《ほうび》に何をあげようか」

王子たちとトポルコとは互いに顔を見合わせて笑い、声を合わせて言いました。

「ぼくらにあの壁の中の小窓を残しておいてください」

王は考え込みました。いろいろな思いが王の頭の中を駆け巡りました。

「わたしが天まで届くような壁を築いたのは無駄であった。わたしの子供たちを護ったのは、城壁でもあの壁でもなく、チビ助が壁に開けた穴だったのだ。それならば城壁や壁に何の意味があろうか？　城壁に穴が必要であるならば、何のための城壁なのだ？」と王は考えました。

ユーリナ王は高邁《こうまい》な精神の持ち主であり、与える時は惜しみなく与え、考える時は雄大なことを考えます。王は銀箔を張った椅子から腰を上げました。美しい勇士は大きく枝を張った菩提樹《ぼだいじゅ》の下にすっくと立ち、破れ鐘のような声で人々に宣言しました。

「皆の者、急いで集まれ、鑿《のみ》とハンマーを持ってこい、鉄の鎖と鶴嘴《つるはし》を持ってこい。今日、城の周りの壁を壊そう。王であるわたし自ら最初の石を取り除こう。わたしは四人の伝令を遣わして、広く王国全体に宣言させよう。農民と地主たちに告げ知らせよう——王の白い宮殿は今や白鷺《しらさぎ》のように立っている、神の御手の清き掌《てのひら》の上にある心のように平安に立っている、と。王の白い宮殿は城壁にも壁にも囲まれていない。王宮を護り防ぐのは、王に仕える勇士たちへの信頼だけで、他のなにものでもないのだ、と」

その後、それに応えて何百もの声が叫びはじめました。それが木霊《こだま》となって平野を渡りました。人々が喜びのあまり声を上げたのです。

「お城の窓という窓がよく見えるようになるぞ。そこひが治った人のようによく見えるぞ！」――遠くで歓声が聞こえ、群集が集まり、いろいろな道具が使われて、王の意志で壊されていく壁や石の土埃《ほこり》で宮殿が包まれます。

　ところで、ネウミイカ爺さんは岩の洞窟の中でくしゃみをしました。陽の光がお爺さんの顔に当たったからです。ネウミイカ爺さんはとび起きて、いっぱい食わされた、と知りました。林間の草地にとんでいきましたが、ちょうど真昼が過ぎた時でした。ネウミイカ爺さんが乗っていく雲はどこかに浮いていましたが、今や太陽は世界を照らすために天空高く昇っていました。ネウミイカ爺さんは速歩きの農民靴《オパンキ》をあわてて履いて、大急ぎで逃亡者たちを追跡しました。

　ネウミイカ爺さんが城の上まで来て眼下に見たものは、驚くべき光景でした。もちろん、ネウミイカ爺さんは下界で何が行われているかが分かりました。ネウミイカ爺さんは、城を囲んでいる壁が壊されていくのが嬉しくて堪《たま》らず、また不思議に思いました。ネウミイカ爺さんはすぐにすべてを赦《ゆる》す気になりました。これほどの大仕事が行われているとき、それを見物しない人はいないでしょう。それでネウミイカ爺さんも宮殿の物見櫓《やぐら》の端にそっと腰をおろし、速歩きの農民靴《オパンキ》を履いた脚を下に垂らして、考え込みました。ネウミイカ爺さんは顎鬚《あごひげ》を撫でながら、自分の目が見ていることがなかなか信じられませんでした。王自らが率先して石を取り除いているではありませんか！

「おお、いいぞ。これであの王とわしとは同格だ。王は大いなる善を行なったのだからな！　もうここに王を見に来ることはあるまい」と最後にネウミイカ爺さんは言い、同じように座ったままで物見櫓《やぐら》の下の深さまで体をかがめて、速歩きの農民靴《オパンキ》の革紐《かわひも》をしっかりと締めなおして、なじみの獣たちのいる山にできるかぎり早く帰ることにしました。

※　※　※

ユーリナ王は年を取り、王子たちは成長しました。王の領土は非常に広大であったので、九等分され、王子たちのあいだで最も力のある者が選ばれて王になりました。王は兄弟たちと協和して、王国を平和のうちに共同統治しています。今でも兄弟たちの胸にはあの時代が良い思い出として残っています。

トポルコとおばあさんは国じゅうの人気者です。白い上着を着たおばあさんと小さな毛皮帽を被ったトポルコのことはいたるところで知られています。この王国ではこの二人の話さえあれば、他に何がなくても別に困ることはありません。

婚礼介添え役の太陽とネーヴァ・ネヴィチツァ

昔、ある水車小屋に粉碾《ひ》きと粉碾きの女房がいました。夫婦そろって心の冷たい、心の曲がった人間でした。王様の家来が穀物を碾いてもらいに来ると、粉碾きは穀物を碾いてやりましたが、碾き賃は一銭も取らなかったばかりか、かえって王様に贈り物を届けさせました。それは、強力な王様とその娘の高慢ちきな王女に気に入られて、寵愛を受けたかったからにほかなりません。しかし貧乏人が穀物を碾いてもらいに来ると、粉碾きは穀物の半分を製粉料として取り、残りの半分の穀物しか粉に碾いてやりませんでした。

ある日のこと、それは寒さの厳しいちょうど冬至の季節でしたが、粉碾きのところへ一人のぼろをまとった老婆が来ました。水車小屋は森の中の小川のほとりに建っていたので、老婆がどこから来たか、知っている人は誰もいませんでした。

それは、どこにもいるような普通の老婆ではなくて、モコシでした。モコシはあらゆるものに変身する術を知っていました。小鳥にも、蛇にも、老婆にも、娘にも変わることができました。そのうえモコシは何でもすることができました。良いことも悪いこともできました。しかしモコシを怒らせる者は災いです。モコシはきわめて意地悪なのです。モコシは、秋に太陽が沈む沼地のはずれの湿原に住んでいました。太陽は冬のあいだそのモコシの住処《すみか》に泊めてもらいます。モコシは薬草の知識に通じており、また強力な呪文を用いることができ、それによって太陽が冬至の時期に若返って再び輝くようになるまで、弱った太陽を優しく世話し、面倒を見てやります。

「こんにちは」と老婆に扮したモコシは粉碾《ひ》きの夫婦に声をかけました。「この袋いっぱいの小麦を碾いてくださいな」

老婆が小麦の袋を床の上に置くと、粉碾きが言いました。

「碾いてやるよ。だがね、袋の半分はお前さんのパンのために粉にしてやるが、半分は賃金としておれがもらう」

「そんな馬鹿な話はないよ！　それじゃあ、冬至祭のパンを焼くには粉が足りないよ。なにしろ、うちには息子が六人もいるし、そのうえもう一人、孫の太陽が生まれたのだからね」

「くだらないことを言うものじゃないよ。お前が太陽のおばあさんという顔か！　帰りな、くそばあ！」と粉碾きは老婆を厄介払いしようとしました。

老婆は必死に頼んでみましたが、粉碾きは袋の半分をよこさなければ絶対に碾いてやろうとしませんでした。仕方なく、老婆は再び袋をかついで、もと来た道を引き返していきました。

ところで、この粉碾きの夫婦には娘が一人おりました。美しい娘でネーヴァ・ネヴィチツァと言う名前でした。彼女が産まれたとき、すぐに妖精《ヴィーラ》たちが水車の車輪から落ちる水で赤ん坊の彼女を洗ったの

で、水車から水が落ちるように、この娘には、あらゆる悪が振り落とされて、取り憑かないのです。そのうえ、妖精《ヴィーラ》たちは、将来この娘のところに結婚の仲人団が来るとき、太陽が婚礼の介添え役として来る、ひょっとすると、太陽の花嫁になるかもしれない、と予言しました。そのために娘は「花嫁《ネーヴァ・ネヴィチツァ》」さんと呼ばれているのです。ネーヴァ・ネヴィチツァはとても美しい娘で、快晴の日のようにいつも晴れやかな笑顔を絶やしませんでした。

粉碾《ひ》きがこのように老婆を追い返したとき、ネーヴァ・ネヴィチツァはお婆さんがかわいそうになりました。そこでネーヴァはお婆さんの後を追い、森の中でお婆さんに追いつきました。

「おばあさん、また来てくださいね。明日は家にわたししかおりません。わたしがあなたに無料で小麦を碾いてさしあげます」

翌日、粉碾きの夫婦は冬至祭用の大木の薪《まき》を伐りに森へ出かけました。家にはネーヴァ・ネヴィチツァだけが残りました。まもなくそこへお婆さんが袋をかついでやって来ました。

「こんにちは、娘さん。良いことがありますように」とお婆さんは挨拶しました。

「ありがとう、おばあさん、あなたさまにも良いことがありますように」とネーヴァ・ネヴィチツァは挨拶に答えました。「ちょっと待ってください。いま水車小屋を開けてきますから」

水車は小さく、車輪は水を四枚のスプーン型の水掻き羽で受けて、まるで紡錘《つむ》のように、くるくると回りました。粉碾きは出かける前に水車をかんぬきで止めていったので、ネーヴァ・ネヴィチツァは冷たい水の中に膝まで入って、かんぬきをはずさなければなりませんでした。

水車はガタゴトと動きはじめ、碾き臼《うす》が回って、ネーヴァ・ネヴィチツァはお婆さんの小麦を碾いてあげました。袋を粉で満たしてあげましたが、労賃は取りませんでした。

「ああ、娘さん、ありがとう」とお婆さんはお礼を言いました。「お前さんは冷たい水で足が凍えるのも、粉碾きで手が汚れるのも厭《いと》わなかった。何か困ったことがあった時はわたしがお前さんを助けてあげよう。わたしはわたしの孫の太陽に、パンを焼くこの粉を碾いてくれた娘さんのことを話しておくよ」お婆さんは粉を受け取って帰っていきました。

その日から水車小屋ではネーヴァ・ネヴィチツァがいなければ、何もできなくなりました。ネーヴァ・ネヴィチツァが水車に手を触れなければ、水が水搔き羽に当たらず、彼女が粉受け桶を覗かなければ、粉がそこに溜まらないのです。粉が碾き臼からどんなにたくさん落ちてきても、全部地面に吸い込まれるように失われてしまうのです。粉受け桶は、ネーヴァ・ネヴィチツァが覗かないかぎり、空っぽなのです。水車小屋の仕事はこうしてすべてネーヴァ・ネヴィチツァのおかげで続けられていたのです。

日が経つにつれて、粉碾きとその妻は娘を嫌い、憎みはじめました。娘が努力すればするほど、働けば働くほど、両親は娘をますます陰険な目で見るようになりました。娘が歌をうたいながらどんな仕事でもできるのに対して、両親は歯を食いしばって頑張っても何もできません。

夏至祭の頃のある日の朝、太陽が強烈に熱く燃え輝き、純金のように中天にかかりました。太陽はもはや沼地で夜を過ごすことはなく、モコシの世話を受けることもなく、全世界を支配するようになり、天も地も太陽に従いました。夏至の日にネーヴァ・ネヴィチツァは水車の前に座って考えごとをしていました。

「わたしはこの家を出ていこう。不機嫌な両親にもうついていけないわ」

娘がこう考えていたその時、彼女の前に老婆に身をやつしたモコシが現れました。老婆は言いました。

「わたしがお前さんを助けてあげよう。だが、何事にもわたしに聴き従い、わたしを怒らせないように気をつけなければならないよ。いいかね、今朝、高慢ちきな王女が牧場に散歩に出たさい、長持の鍵をなくしてしまったので、今や王冠を被ることもローブを着ることもできないのさ。それで王女はお触れを出したのだよ。鍵を見つけた者は、もしそれが若者だったら、王女の忠実な友、花婿になる、もしそれが娘であったら、王女の女官長になる、とね。わたしについておいで、わたしがお前さんに鍵が草のあいだに落ちている場所を教えてあげよう。お前さんは王女に鍵を届けて女官長になるのだ。お前さんは豪華な衣裳にくるまって王女のお膝元に座ることになるよ」

モコシはただちに鶉《うずら》に変身して飛び立ちました。ネーヴァ・ネヴィチツァは鶉の後を追いました。

そうして王様の宮殿の前の牧場に着きました。牧場では着飾った若武者や上品な淑女たちが歩き回っていて、牧場の隅では馬丁たちが悍馬《かんば》たちを抑えていました。ただ一頭だけは馬丁ではなくて裸足の孤児《みなしご》が番をしていました。それはオレフ侯の馬で、最も気性の激しい馬です。オレフ侯はこの世で最も優秀な勇士です。数ある公たち、侯たちのあいだでオレフ侯を見分けられない人はいません。オレフ侯はきらびやかな衣裳をまとい、帽子の白い羽根飾りは他に較べようもないほど優雅だったからです。

勇士たちと貴婦人たちは、鍵を見つけるためにブーツで草を掻き分けながら、歩いていました。オレフ侯だけが鍵捜しには興味がなさそうに歩いていました。侯にとっては鍵捜しは王女の遊びか我儘《わがまま》にすぎないように思えたのでしょう。窓辺では王女が、幸運を摑《つか》むのは誰か、と様子を見ていました。高慢な王女は注意ぶかく見つめていて、オレフ侯が鍵を見つけてくれればいいな、と自分の幸運を願っています。

ネーヴァ・ネヴィチツァが鶉《うずら》の後を追って牧場に着いたとき、ひとりオレフ侯を除いて、牧場にいる人々のうち彼女の存在に気づいた者は誰もいませんでした。

「こんな可愛い娘は今までに見たことがない」とオレフ侯は思い、ネーヴァ・ネヴィチツァのほうに向かって歩いていきました。

ところが、窓辺の王女もネーヴァ・ネヴィチツァに気がついていました。しかし高慢で冷酷な王女は可愛い娘の様子など見ようともせず、腹を立てて「あんな田舎娘が鍵を見つけてわたしの女官になるなんてことが、あってたまるものですか!」王女はそう思うと、ただちに召使たちに、「あの娘を追い出せ」と命じました。

ネーヴァ・ネヴィチツァは牧場の中を進んでいって、鶉に教えられて鍵を拾い上げましたが、目を上げて王宮を眺め、気位の高い王女をひと目見て怖くなり「わたしはとうてい女官などにはなれない」と思いました。

こう思ってネーヴァ・ネヴィチツァがふと見ると、自分のすぐそばに、太陽の義兄弟のような、輝かしい勇士が立っていました。オレフ侯でした。

ネーヴァ・ネヴィチツァはとっさの考えで、モコシに命じられたとおりにせず、鍵をオレフ侯に差し出しました。

「この鍵を差し上げます。見知らぬ勇士様、どうか王女様のフィアンセとなってくださいませ」とネーヴァ・ネヴィチツァは言いましたが、素敵な勇士から目をそらすことはできませんでした。

しかしその時、召使たちが鞭《むち》を手にしてやって来て、王女の命令により、ネーヴァ・ネヴィチツァを牧場から追い払おうと、少し脅しにかかりました。それを見たオレフ侯はすばやくネーヴァ・ネヴィチツァに微笑《ほほえ》みかけて言いました。

「鍵をありがとう、可愛い娘さん。だが、ぼくの考えは別だ。きみがぼくの妻、花嫁になるのだ。きみは明けの明星よりも美しい。あそこにぼくの駿馬《しゅんめ》がいる。ぼくの人気《ひとけ》のない領地へ運んでくれるよ」

ネーヴァ・ネヴィチツァは嬉しくなってオレフ侯と並んで馬のところへ行きました。侯は娘を自分の馬に引き上げて乗せました。二人を乗せた駿馬が窓辺の王女の前を跳び過ぎるさい、オレフ侯は巧みに鍵を投げ、鍵は正確に窓敷居の上に止まりました。

「ほら、鍵です。麗《うるわ》しき王女様」――オレフ侯は王女に呼びかけました。――「王冠とローブをお召しになってお幸せに。わたくしは自分にふさわしい娘を見つけました」

オレフ侯は娘を馬に乗せて、ひと晩じゅう走り、明け方近く、オレフ侯の閑散とした領土、樫《かし》の木造りの城塞に着きました。城塞の周囲には三つの堀があり、城塞の中央に煤《すす》けた家がありました。

「これがオレフ侯の館だ」と勇士はネーヴァ・ネヴィチツァに言い、もっと立派な館でないのを自嘲するかのように笑いました。しかしネーヴァ・ネヴィチツァはこのような素晴らしい勇士と一緒にこの国を治めるのかと思うと嬉しくなり、侯よりも明るく笑いました。

そこで早速、二人は婚礼の祝いの準備に入りました。十二人の勇士と十二人の貧しい農夫が招かれました。この小さな領国にはそれ以上の国民はいませんでした。それで婚礼をもっと賑やかで楽しいものにするために、森の中から狼の夫婦、灰色の鷲《わし》と白隼《しろはやぶさ》が呼ばれ、花嫁の付き添い役として雉鳩《きじばと》と燕《つばめ》が来ました。

「もし太陽が、わたしがここにいるのを知ったら、婚礼の介添え役として来てくれるはずです。太陽がわたしの結婚の介添えになると、妖精《ヴィーラ》たちが予言してくれたのですから」とネーヴァ・ネヴィチツァはオレフ侯に誇らしげに言いました。

こうして煤《すす》けた館に客たちが婚礼のお祝いのために集まりました。しかし、婚礼の喜びの先に災いが待ち受けていることをその時は誰も知りませんでした。

※　※　※

オレフ侯が王女に鍵を投げつけて、大勢の貴族、領主、侯たちの見ている前で高貴な王女を拒否して、見知らぬ娘を選んだことで、気位の高い王女は、ひどい侮辱を受けた、と取りました。王女は、父である王の強力な軍隊を自分に譲ってくれるように、父に懇願し、説得しつづけて、ついに父が折れて、出兵を承諾するまで粘りました。優秀な騎馬軍団が冷酷な王女に率いられて、オレフ侯の小国に向かいました。

婚礼の客たちがちょうど宴席についたとき、敵軍は目前に迫っていました。敵は大軍で小国の全土を埋め尽くしており、地面が見えないほどです。軍勢の先頭で触れ役が、すべての人に聞こえるような、大声で叫びました。

「無礼者の侯を征伐に無敵の精鋭部隊が進軍する。侯は生け捕りにするが、侯妃は心臓を抉《えぐ》り出す」

　これを聞いたオレフ侯はネーヴァ・ネヴィチツァに尋ねました。

「怖くはないかね、美しい花嫁さん？」

「怖くなんかありません」――花嫁は明るく答えました。――「わたしには灰色の雄狼と雌狼と十二人の勇士と十二人の農夫が付いていますし、それに何よりも勇士オレフ侯という強い味方がいらっしゃるのですから。雉鳩《きじばと》と燕《つばめ》も付き添っていてくれます」

　オレフ侯は笑いました。婚礼の客たちはすでに立ち上がっていました。勇士たちも農夫たちも武器を取り、煤《すす》けた館の窓辺で強弓の弦を引き絞り、王女の軍勢を待ち受けました。しかし敵軍はあまりにも強く、オレフ侯にも、婚礼の客にも、煤けた館にも、とうてい勝ち目はありません。

　真っ先に灰色の狼たちが倒されました。狼たちは城壁と堀を跳び越えて、高慢な王女の目を抉り出そうと王女の軍隊めがけて突進しました。しかし狼たちは気位の高い王女を防御する軍隊に百本もの棍棒で打たれ、鷲《わし》と白隼《しろはやぶさ》は翼を折られ、ともに重い馬蹄に踏みにじられました。

　強力な敵軍は煤けた館にいよいよ接近し、手が届きそうなところまで迫ったとき、婚礼の客たちはいっせいに矢を放って、敵を迎え撃ちました。しかし残酷な王女の軍隊の射手たちには、とても太刀打ちできません。

　敵の矢は雨霰《あめあられ》と降り注ぎ、しかも敵軍の射手は無数、矢は天から降ってきた疫病のように煤けた館の窓に飛び込みました。どの勇士も数箇所に傷を負い、農夫たちの受けた傷は十数箇所に及びました。

最も重い傷を負ったのはオレフ侯で、両腕がだらりと下がって、弓が引けなくなりました。

機敏なネーヴァ・ネヴィチツァはオレフ侯のそばに駆け寄って、煤けた舘の奥に侯を引きいれて、傷を洗い、手当てをしました。傷の手当を受けているあいだ、オレフ侯は花嫁に言いました。

「ぼくのネーヴァ・ネヴィチツァよ、ぼくらの幸せは、長続きはしなかった。もはやきみには頼れる者がいない。敵の軍隊が煤けた館の門前に迫っている。樫《かし》の木のかんぬきは折れ、古びた木造の門は崩れるだろう。狼も、鷲も、白隼も、勇士たちも、農夫たちも、オレフ侯も、妃のネーヴァ・ネヴィチツァも、もう終わりだ！」

しかしネーヴァ・ネヴィチツァは不幸からの出口を見つけて、言いました。

「侯よ、恐れることはありません。モコシを湿原から呼び出すために、雉鳩を送り出しましょう。モコシは何でもできるから、きっとわたしたちを助けてくれます」

ネーヴァ・ネヴィチツァは敏捷な雉鳩を使いに出しました。雉鳩は軽やかに飛び立ちました。雉鳩は矢が飛ぶよりも速く、敵軍の矢はどれも雉鳩に届きませんでした。雉鳩は飛んでいって、湿原からモコシを連れてきました。モコシは鴉《からす》に変身して煤けた舘の屋根飾りの上に止まりました。

敵軍はすでに門を攻撃していました。重い棍棒を振るって門と木戸を叩き壊しはじめ、猛烈な大粒の雹《ひょう》が屋根を叩きつけるような轟音《ごうおん》が、オレフ侯の煤けた館の門のところで響きました。

「どうか、モコシ様、わたしたちを助けてください。悪い王女のためにわたしたちは滅ぼされます」と美しいネーヴァ・ネヴィチツァは黒い鴉に頼みました。

しかし意地の悪いモコシは怒りを爆発させんばかりの様子です。鴉は黒い羽根を震わせて、言いました。

「自分で自分を助けるがよい。お前はわたしの言うことを聴いて、王女に鍵を渡すべきだったのだ。今ごろ、お前は王女に可愛がってもらって、王女の膝元に座って、きれいな服を着て、金の杯から酒を飲んでいたであろう。自業自得だよ。お前は、負傷した貧乏人の煤《すす》けた館にいて、無数の敵に囲まれている始末だ。お前はお前をこんな目に遇わせた男に助けてもらうがいいさ」

　これを聞いたオレフ侯は傷を負った身でとび上がり、怒りの声を上げました。

「放っておけ、ネーヴァ・ネヴィチツァ、とんでもない役立たずが、助っ人に来たものだ！　勇士が鴉《からす》に助けられてたまるか！　魔女め、矢を無駄にしたくないから、射殺されないうちに、うちの屋根から立ち去れ」

　そしてオレフ侯はネーヴァ・ネヴィチツァを抱擁して言いました。

「ぼくが王女の軍勢に囲まれて戦死したら、ぼくの美しいネーヴァ・ネヴィチツァよ、きみは王女のもとへ行って赦《ゆる》しを乞い、王女の女官にしてもらいなさい。せっかく、オレフ侯の妃になるはずだったきみだけど」

　勇士オレフ侯は悲しくなりましたが、ネーヴァ・ネヴィチツァからわが身を離して、樫《かし》の木のかんぬきをはずして敵の大軍を前にして城門を開け、玉砕を覚悟で敵陣に突っ込むために、土間を越えてとび出していきました。

　館にはネーヴァ・ネヴィチツァがひとり残されました。屋根の上には黒い鴉のモコシがいました。重いかんぬきが外れる音が聞こえ、古びた大門が今にも開き、オレフ侯を捕虜にして、その可愛い妃の心臓を抉《えぐ》り出そうと、忌まわしい軍勢が今にも突入しようとしています。ネーヴァ・ネヴィチツァは、何をどうすればよいか、すばやく考えをめぐらせました。美しいネーヴァ・ネヴィチツァは、どこからか救いの手が差し出されて、この厳しい苦境を脱するすべはないかと、辺りを見回しました。そしてやさしい眼差しで地を見回し、天を仰ぎ見ました。空に目を上げたとき、太陽が中天にかかり、燃える金のように照り輝いていました。ネーヴァ・ネヴィチツァが太陽を仰ぎ見たとき、太陽はあまりにも可愛い娘の姿に驚き、娘に目を注ぎました。太陽とネーヴァ・ネヴィチツァは目と目が合いました。そうして見つめ合っているうちに太陽は急に思い出したのです。

「そうだ、あの娘は、太陽のわたしが婚礼の介添え役として行く約束をしていた花嫁だった。良い時にわたしに婚礼の丸パンを贈ってくれ、一番良い時にわたしを見上げてくれた」

太陽はモコシがネーヴァ・ネヴィチツァにつらく当たり、娘を助けようとしなかった意地悪を知って、モコシを厳しく叱りました。太陽の激しい怒りに侯の領土全体が麻痺状態に陥り、恐怖のあまり兵士たちの手から戦斧や棍棒が滑り落ちました。灼熱の太陽は大声を上げてモコシを叱りとばしました。

「おい、情け知らずのわたしの乳母よ！　もし悪意が正義を裁くならば、正義は歪められる。お前はわたしが泥沼から出るまで面倒を見てくれたが、お前自身は泥沼の中に不幸のままとどまっている。お前はわたしと一緒に天空を散歩したこともなく、わたしと一緒に天上から下界を見たこともないが、お前は正義を行うことを知っておくべきだ。情け知らずの乳母よ！　夏至祭の時の強い太陽が、冬至祭のあいだの弱った太陽を世話してくれた者の恩を忘れたりするだろうか？　婚礼の介添え役の太陽が、花嫁が王宮と王女の女官の職を捨てて、自分の心に適《かな》った勇士を選んだからといって、その花嫁を非難するとでも思っているのか？　黒い女よ、大地の中に去れ。お前は地中にいて、わたしは天上にいて、共に力を合わせて高潔な勇士とその美しい花嫁を助けてやろうではないか」

モコシの変身である黒い鴉《からす》を叱る太陽の声を天も地も聞いていました。モコシは太陽の命令に従って、ただちに大地の中に消えました。

力のかぎり熱く燃えていた太陽はそのまま天空高く照り輝いていました。太陽は上から打ちつけるように照りつけ、小さな領国を灼熱させ、天も地も真っ赤に焼けた鉄の山のようになりました。

残酷な軍隊の兜は赤く焼け、重い鎧は燃え、槍と戦斧は焼けただれました。炎暑は無慈悲な王女を襲いました。炎熱は無数の射手たちの上に降りかかり、彼らの脳髄は兜の下で焼け、彼らの胸は鎧の下で暑さのため息ができなくなりました。屋根の下にいない者は生き残れませんでした。灼熱の太陽が軍隊を地に打ち倒しました。兵士たちはばたばたと倒れ、互いに戦友の名を呼ぶ力もなく、くずおれました。

このようにして太陽は忌まわしい軍隊を滅ぼしました。モコシは軍隊の足元の地の下にいて、太陽を助けるため、深い泥沼の口を開けました。太陽に打ち倒された者が出ると、その下に泥沼が口を開けました。その者が泥沼の中に落ちると、泥沼は口を閉じました。その者が立っていた場所が、その者の墓場となりました。

こうして敵の戦士たちは次々と倒れました。王女も最後を迎えました。すべての武器も地に呑まれてしまいました。これほどの軍隊が太陽の裁きを受けて、地に呑み込まれるのを見るのは、恐ろしいことです。一時間か二時間の短時間のうちにあの強力な軍隊は消滅して、領国のどこにも生きている人間はおりません。ただ煤《すす》けた舘の屋根の下にいる者だけが生き残りました。

オレフ侯の小さな領国は再び静寂を取り戻しました。舘の窓辺に嬉しげな娘の姿が見えました。ネーヴァ・ネヴィチツァは、婚礼介添え役の太陽がこの世の悪意を滅ぼして、平静を取り戻した様子を見て、嬉しかったのです。

※　※　※

負傷した勇士たちの傷はほどなく治りました。勇士たちは幸運に恵まれていたからです。貧しい農夫たちの傷はもっと早く回復しました。貧しい人々は不幸によって鍛えられていたからです。オレフ侯はネーヴァ・ネヴィチツァのそばにいて病気などしていられるはずがありません。オレフ侯は、夜が明けると、太陽に挨拶をするために燕《つばめ》を使者として送りました。燕は日が暮れる前に太陽の返事を持って帰ってきました。太陽は、明日花嫁の介添え役として来るので婚礼の準備をせよ、という返事を燕に託しました。

こうして婚礼の準備が整い、客たちが招待されました。十ある王国のうちで百年は見ることがないような華やかな婚礼がこの小さな侯国で挙げられました。

ヤゴル

一

ヤゴルという名の子供がいました。ヤゴルは、か弱い、いたいけな子供のまま、母親に死なれ、性悪な継母《ままはは》に育てられることになりました。継母は、飢饉の年のように無慈悲で、寒さと飢えで子供を苦しめました。そのうえ継母は、子供の父親にいろいろな薬草や毒草の煎《せん》じ汁を飲ませて魔法をかけ、父親が息子のことを気にかけないように仕向けました。

ヤゴルはじっと我慢してきましたが、小さな子供には我慢にも限界があり、ある日、心が悲しみで破れそうになりました。哀れな子供は家畜小屋に行き、顔を藁《わら》の中に埋めてさめざめと泣きました。

——「ぼくは何をすればよいのか、どこへ行けばよいのか？」その時、藁の向こうで何かが鼠《ねずみ》のように這う音が聞こえました。それがヤゴルの耳もとに来て、ささやきました。「泣くんじゃないよ、ヤゴル。何も心配することはないよ。わたしたちは三匹いるから、きみの役に立つよ」

ヤゴルは頭をもたげて家畜小屋の中を見回しました。しかし家畜小屋の中は今までと変わりなく、飼葉桶のそばに、ヤゴルのお母さんが可愛がって飼っていた若い雌牛《めうし》と若い雌山羊《めやぎ》が繋がれているだけで、ほかに誰もいませんでした。

「ぼくに話しかけたのは、きみかい？」とヤゴルは若い雌牛に訊きました。

「わたしではないのよ」と雌牛は答えました。

「では、きみかい？」とヤゴルは雌山羊に訊きました。

「わたしでもありませんよ」と雌山羊は答えました。

「それなら誰がなぜ、わたしたちは三匹いると言ったのかい？　きみたちは二匹しかいないのに」

「あれはバガンが言ったのよ。バガンはわたしたち二匹のそばにいるから家畜小屋の中では三匹目だけど、わたしたちのうちでは一番年上なの」と雌牛が答えました。

「ではどこに隠れているの？」とヤゴルは訊きました。

「ほら、そこの小麦の束の中よ」

「でもバガンのいる麦束というのはこの小屋のどこにあるのかい？」と再びヤゴルは訊きました。

「ほら、小屋の右の隅の麦束よ。それは壁の漆喰《しっくい》の内側の編み壁に編み込まれているのよ」

「それでその麦束はいつからそこにあるの？」と子供は不思議がりました。

「五十年前からよ」

「では誰が麦束をそこに入れたの？」

「きみのおじいさんよ。この小屋を編み壁で建てた時よ」と雌牛が言いました。

「ではどうして麦束を編み壁の中に編み込んだの？」

「それはね、バガンを招くためなのよ。バガンがそこに住みついてからは、バガンは家畜小屋の中の家畜と家の中のすべての財産を護っているのですよ。この家の富でバガンに護られていないものはなにひとつないのです」

若い雌牛がこのように話すのを聞いて、ヤゴルは家畜小屋の中を見渡して、おじいさんや、バガンや、編み壁の中の麦束のことを思うと、心が熱くなりました。

若い雌牛はつづけて言いました。

「もしきみがわたしの言うことを聞いてくれるのなら、まず小さな飼葉桶を作りなさい。広さは手の指を広げた幅よりも広くなく、高さは親指よりも高くない、小さな飼葉桶ですよ。そしてそれを、誰にも分からないように、わたしたちの飼葉桶の下に置きなさい。そして夕方にわたしたちのために飼葉を入れる時にはバガンのためにもその小さな飼葉桶の中に手にひと掬《すく》いの飼葉を入れなさい。わたしたちのために藁《わら》を敷く時には、バガンのためにも藁を敷いてやりなさい。そうすれば何も心配することはありません」

ヤゴルは若い雌牛の言うことを聞いて、小さな飼葉桶を作って、大きな飼葉桶の下に置き、バガンのために飼葉を与え、藁の寝床を敷いてやりました。その日からヤゴルは家畜小屋の中で食べ物を与えられ、保護を受けるようになりました。ヤゴルは家畜小屋に寝泊りして、そこを避難場所としました。若い雌牛と若い雌山羊とバガンは約束したことを全部守ってくれました。夜、風が吹き込むと、バガンは子供が家畜小屋の中で暖かく過ごせるように、隅々に藁を積み上げてやりました。そして朝、継母《ままはは》が若い雌牛《めうし》と若い雌山羊《めやぎ》の乳を搾りに家畜小屋に来ると、雌牛と雌山羊は乳を全部出さないで半分だけにし、あとの半分はヤゴルのために取っておくのでした。

ヤゴルは森の中の松の木のようにすくすくと育ちはじめました。子供が継母《ままはは》のもとでそのように順調に育っていくので、誰もが驚きました。しかし継母はどうしても子供を損なうことができないので、いらいらいらがつのり、やつれてきました。

継母は考えました。何日ものあいだ昼も夜も考えつづけて、とうとうあることを思いつきました。ある日の朝、夫が家畜小屋の敷き葉をつくるために草を刈りに行く支度をしているとき、妻は夫に言いました。「あなた、今日はお弁当を持っていかなくていいですよ。お弁当は昼に子供に届けさせるから」

夫は妻の言うことを聞いて、鎌だけを持って草刈場に出かけました。

昼近くになると、妻はひと鍋の粥《かゆ》を炊き、パンを焼いて手籠に入れて、ヤゴルに言いました。「さあ、この手籠をお父さんのところへ持っていきな、お父さんのお弁当だよ」

ヤゴルは出かけました。継母はヤゴルのあとを見届けようと、牧場に通じる編み垣の柵のほうへ出ていきました。

継母はヤゴルがどういうことになるか、真昼時の炎天下で誰がヤゴルを待ち伏せしているかを知っているのです。

炎暑が天から降りてくる真昼時は、直射日光を避けるために、草の葉は草の葉の下に身を寄せ、あらゆる生き物は灌木《かんぼく》や茨《いばら》の茂みの下に逃れます。ひとりヤゴルだけが牧場の中の小道を歩いていきます。そこには木陰ひとつなく、空気が目の前で金色の水のようにゆらゆら光ります。

ヤゴルが編み垣の柵の先に出ていこうとしているとき、柵の向こう側には真昼の精ポルドニツァ婆さんが、その隠れ穴のそばにしゃがんでいました。その者は、ちょうど正午に隠れ穴から出てきて、真夏の炎暑の中で蛇のようにじっと身をひそめて、刺草《いらくさ》で突き刺す人を待ち伏せしているので、その名を「真昼の精ポルドニツァ婆さん」というのです。

真昼の精は子供を見ると、すばやく刺草を一本引き抜いて、子供のあとを追いかけました。真昼の精は足音を立てることもなく、影を落とすこともなく、焼けつくような太陽のもとにライ麦畑の畦道《あぜみち》で子供に追いつき、子供のうなじを刺草で刺しました。真昼の精が刺草で子供を刺すと、子供は目の前が真っ暗になり、畦道に倒れ、それから先のことは何も分からなくなりました。真昼の精は手籠の中の粥の鍋を取りあげると、すぐにぺろぺろと舐めて粥を全部食べてしまいました。パンを取ると、ひと口で呑みこむように食べてしまいました。それから真昼の精は子供を、袋をかつぐように肩にかついで、自分の隠れ家に連れていきました。

継母は編み垣の手前からこれを見て、両手をもみ合わせて言いました。「これでよし。あの子は二度と帰ってこない」

真昼の精はヤゴルを地の下へ引き入れると、暗い地下道を通って奥へと連れていき、恐ろしい暑さも熱も届かない場所まで来ました。真昼の精は立ち止まり、ヤゴルに息を吹き込みました。するとヤゴルは昏睡から覚めました。

真昼の精は子供の手を引いてさらに先へと連れていき、まもなく地下の広い場所に着きました。そこは打穀場のように非常に大きく、その上の煉瓦《れんが》造りの丸天井はまるで巨大なパン焼き窯《がま》のようです。この打穀場のような場所の周囲には十二個の竈《かまど》があります。そのうちの六個は赤い竈で、そこからは赤い炎が出ており、ほかの六個の竈は黄色の竈で、そこからは黄色の炎が出ています。地面は踏み固められていて、大勢の召使たちが竈のそばで忙しく立ち働いています。六つの赤い竈では子羊が焼かれ、六つの黄色の竈ではパンが焼かれています。これらはみな、ポルドニツァ婆さんの一回分の食事なのです。

この灼熱の中では生きている者は喉が焼けついて、誰も息がつけないはずですが、ヤゴルは真昼の精のポルドニツァ婆さんから息を吹き込まれていたので、この熱に害されることはありませんでした。ヤゴルはこの不思議な光景を見て「わあっ！」と声を上げました。

「怖がることはないよ」とポルドニツァ婆さんが言いました。

「怖がってはいないよ。ここではなにもかも大きいので、びっくりしているのだよ。この竈一つだけでもぼくの家の家畜小屋よりも大きいんだもの」

ポルドニツァ婆さんは笑いました。すると鼻が垂れ下がり、顎《あご》が鼻まで持ち上がり、口が窪《くぼ》みました。

ポルドニツァ婆さんは、打穀場のような土間を越えて子供をさらに先に連れていき、再び地下道を通って、ある地下の広い空間に着きました。そこは恐ろしく大きい、家畜の囲い場で、その上の丸天井は赤土で出来ていました。囲い場の中には羊たちが押し合いへし合いしていましたが、どれも赤い毛の羊で、みな大型の牛ぐらいの大きさです。

「うわあっ！」とヤゴルは巨大な羊を見て、声を上げました。

「怖がることはないよ」とポルドニツァ婆さんが言いました。

「怖くなんかないよ。大きな羊ばっかりいるので、びっくりしているのだよ。ここの羊はどれも、ぼくのうちの牛と山羊を一緒に合わせたよりも大きいんだもの」

　ポルドニツァ婆さんはまた笑って、その顔はいっそう醜くなりました。婆さんは子供を連れて囲い場に入って、羊たちを放しました。羊たちは急な上り坂になっている三番目の地下道へ突進していき、婆さんは子供を連れて羊たちのあとを追っていきました。地下道を長いあいだ歩いてゆくと、地下道の別の裂け目に出ました。そこは恐ろしく大きな、石地の高まった場所でした。その左右の両側には絶壁がそそり立ち、その前後の別の両側の壁は鉄板で出来ているので、ポルドニツァ婆さんの地下道を通る以外にはその石地に通じる入口も出口もありません。

　石地はまるで盆地のように閉ざされており、強靭な、大きな植物が生い茂っています。そのどの葉も、三つの畝《うね》をもつ手入れの良い三種の苗床のように見え、陽の光に当たって銅のようにきらめいておりいます。太陽が石地と植物を焼くように照りつけていて、盆地の暑さに生きている人間は喉が焼けつい て、息もできないほどです。しかし子供はこの暑さを感じることもなく、ただこの大いなる不思議な光景に驚きの声を上げました。

「うわあっ！」

「怖がることはないよ」とポルドニツァ婆さんは言いました。

「怖がってはいないよ。ここではなにもかも大きいのでびっくりしているのさ。だって、あの葉っぱ一枚がぼくのうちの畑と菜園よりも大きいんだもの」

　ポルドニツァ婆さんはまた笑って、その顔はこの世のものとは思えないほどに気味悪く、醜くなりました。

「坊や、わたしはお前が気に入ったよ。わたしは羊飼いが必要なのだ。わたしの羊飼いになりな。ここに座って、羊の群れの番をしな。だが、わたしに仕えるからには、しっかり羊の番をするのだよ。もし損害を出したら、お前に悪いことが起こるからね」

ポルドニツァ婆さんはこう言うと、穴の中に姿を消しました。子供は鉄と岩に囲まれたその不気味な盆地にひとり残されました。巨大な羊たちは広い野に散らばっていました。羊たちは頭を低く下げて、あの植物を食べていました。そして銅のようにきらきら光る巨大な葉を食べているあいだ、羊たちの頭のまわりには小さな炎のような光がちらちらしていました。

子供は高い鉄の囲いの下の石の上に腰を下ろして、この途方もない怪物の世界を見ていました。子供が見たすべてのものが子供の心をあまりにも強く締めつけたので、子供は泣くに泣けませんでした。ただ一つの同じ思いが子供の頭の中を駆け巡りました。――継母《ままはは》が奪い去ったすべての良いものが自分にとってどんなに小さく、どんなに大切なものであったか、それに較べて、継母が考えだした悪が自分にとってどんなに大きく、どんなに恐ろしいものであるか、という思いでした。

二

夕方、父親は、草刈場から帰る途中、ライ麦畑で小さな鍋の入った手籠とヤゴルのハンカチを見つけました。父親が家に帰ったとき、妻は家畜小屋で牛の乳を搾《しぼ》っていました。

「ただいま。おれの弁当はどこへ行ったのかね？　ヤゴルに何があったのか？」

「わたしの知ったことですか。あなたにお弁当を届けることを怠ったような息子を憐れむことはありませんよ。あの子がいなければ、うちにはパンの入り用がそれだけ少なくて済むわ」

「それもそうだな」と夫は言い、夫婦は夕食を食べに家の中に入りました。

夕食が済むと、妻は子供の分だけ余分に残ったパンの切れを見せました。夫はそのパンを見ましたが、素直にそれを喜ぶことはできませんでした。

妻が床につくと、夫は家畜の世話をするために家畜小屋に行きました。家畜のそばで働いているうちに、彼の心はだんだん重くなってきました。雌牛《めうし》と雌山羊《めやぎ》はヤゴルの父親を見つめていました。するとその視線のせいか、彼には自分の心の中に何かが忍び込んだように思われました。子供の分だけ余った一切れのパンのことがずっと父親の頭を離れませんでした。

父親は家畜小屋の敷居に座って夜の世界を見つめていました。

外は月夜で、月の光のもとで家と家畜小屋は二つの拳《こぶし》のように見え、畑と庭は二つの掌《てのひら》のように見え、すべてが編み細工のように見えました。三つの畦《あぜ》で区切られた畑は三つとも鋤《す》き起こされています。

あと一年は三つ目の畑を耕す必要はないな、と男は思いました。今やパンの必要が一人分減ったことを再び思い出したからです。しかし三つ目の畑がなければ、他の二つの畑も耕さなくなるだろう、とすぐに思い直しました。犂《すき》は木製だし、牛はひ弱だし、土は固い。もし心に喜びがなければ、苦労して働いても土を耕しきれぬうちに、疲労が元でこの土の上で死ぬことになるだろう。「おれの先祖たちは喜びをもってこの土地を耕してきた。父は息子のために働いた。それなのに、おれは罪ぶかい人間で、息子を破滅させ、自分の内にある喜びと土地の中にある喜びとを滅ぼしてしまった」

男がこう思うと、戸口の側柱の陰から何かが彼に語りかけました。蟋蟀《こおろぎ》でないとすれば、それは何か不思議な存在にほかなりません。

「不幸者よ。息子を捜しに行きなさい」とその声は言いました。「息子はポルドニツァ婆さんの穴の中にいる。編み垣の柵に沿っていきなさい。手籠の中の小鍋に水を入れて、それを持っていきなさい。穴の中に入ったら、地下道をずっと歩いていきなさい。どこからか猛烈な熱さが入り込んでくるのを感じたら、鍋の水を飲みなさい。そうすれば、何も悪いことは起きない。なぜならポルドニツァ婆さんはお前よりも先にその鍋から飲んでいるからだ。お前は強くなって息子を救うことができる」

男はすぐに立ち上がり、水を入れた小鍋を持って、編み垣の柵に沿って歩いていきました。穴を見つけると、中に入り、地下道を進み、猛烈な熱さが流れ込んでくるあの地下の打穀場のような土間に来ました。男はあの十二個の竈《かまど》と、それらの竈のそばで、炎の周りを悪魔のように動き回っている召使たちを見ました。そして土間の真ん中の地獄のような灼熱の中で、巨大な赤い羊の処理にてこずっている息子を見ました。

父親は憐れみのあまり度を失い、小鍋の中の水を飲むのを忘れ、息子の名を呼ぼうとして口を開けました。口を開けたとたん、熱風が彼の喉を焼きました。父親は喉を押さえ、後悔して心の中で「自分はこうなる以外はなかった価値のない男だ」と言い、穴の中の土竜《もぐら》のように体は死に、悔いた魂は最後の審判にゆだねるべく、神の御許《みもと》に行きました。

翌朝、継母《ままはは》は夫がいないのを知って外に出て、しばらく夫の名を呼びました。夫の返事がないので、あたりを捜しました。夫は見つからず、晩まで待っていました。夫は晩になっても戻ってきませんでした。継母は中庭の真ん中に立って、周囲を見回し、両手をもみ合わせて言いました。

「結構なことだ。昨夜まであの人の物だったものが、今やわたしの物になったのだから」

継母はこう言うと、家の中に入って、かんぬきをかけて戸を閉めました。それからヤゴルのお母さんが子供のために残しておいた麻布を長持の中から取り出して、自分のシャツとスカートを縫うために裁《た》ちはじめました。

ところで、家畜小屋では雌牛《めうし》と雌山羊《めやぎ》がすっかり元気を失くしていました。その晩、雌牛と雌山羊は飼葉に触れようともしませんでした。食欲がありません。夜が更けて、家の中が静かになったとき、雌牛が雌山羊に言いました。

「どうしようか?」

「子供を捜しに行くほかはないんじゃない?」

バガンも飼葉桶に登ってきました。バガンは親指のように小さく、足には馬の蹄《ひづめ》がついていて、頭は人間の頭ですが、牛の角がついています。バガンは雌牛と雌山羊に言いました。

「行きなさい。そうするほかはない」

「わたしたち二匹でどこへ行け、と言うの? 私たちと一緒に行きましょうよ、バガン。あなたはわたしたちより賢いのだから」

「では、そのあいだ子供の家の財産は誰が護るのかね？　わたしの仕事はここに残ることだ。きみたちの仕事は行くことだ」とバガンは言いました。

バガンは雌牛《めうし》を飼葉桶に繋いでいた綱の結び目を解きました。それから綱をはずして雌山羊《めやぎ》を放してやりました。雌山羊は言いました。「飼葉桶からはずした綱をわたしの角のまわりに巻いてちょうだい。あとで、きっと役に立つわ」

バガンは言われたとおりにして、綱を山羊の角に巻きつけました。それから家畜小屋の戸を閉めました。雌牛と雌山羊はヤゴルを捜しに夜の世界に出ていきました。バガンは子供の財産を護るためにとどまりました。

雌牛と雌山羊はどの道を通ってどこへ行けばいいのか知りませんでしたが、バガンがあの地の裂け目になっている、最も高くて最も恐ろしい岩地に行く道を教えました。

雌牛と雌山羊はまる一日牧草地を進んでいきました。そこには泉の湧水が豊かにありました。雌牛は思う存分草を食《は》み、きれいな水を飲みました。次の日は茂った灌木《かんぼく》のあいだをまる一日通って、それから小川に出ました。雌山羊は思う存分草を食べて、きれいな水を飲みました。三日目には荒れはてた葡《ぶ》萄《どう》園の丘に出ました。貧弱な放牧地で、水は汚水溜めにしかありませんでした。四日目には杜松《ねず》の灌木林と這松《はいまつ》の林ばかりで、水は一滴もなく、岩山はだんだん不毛になり、ますます険しくなり、雌牛は力がなくなってきました。

完全に力尽きたとき、雌牛はがっかりして言いました。「もうだめ、わたしはもうこれ以上先へは進めないわ。見てよ、岩山の頂上はまだあんなに高いわ」

「あなたは、この杜松の灌木の下で横になって休んでなさい」と雌山羊が言いました。「この岩山でわたしたちが無理をすれば、わたしたちは二匹ともミルクが出なくなるでしょう。子供に飲ますミルクがなくなってしまう。今は子供を救うためにわたしが行くわ。あなたは子供にミルクを飲ませなさい」

雌牛は杜松の灌木の下に残り、雌山羊はさらに先へと進みました。雌山羊は登りに登っていきました。岩山はますます不毛になり、ますます険しくなり、その高みは、天を指すかのように、荒涼として不気味でした。雌山羊は足を血だらけにしましたが、それでも鉄の囲いのある淵まで来ました。雌山羊はあの断崖絶壁と鉄の板に囲まれた盆地を見ました。そして盆地の上の空と空気は下から立ち昇ってくる灼熱のために白っぽく見えました。

「岩山でこれ以上悪い場所はないけれど、ここに孤児《みなしご》が登ってくるのだわ」と雌山羊は言って、なおも上へ登っていき、断崖が鉄の板で出来ている場所まで来て、鉄板の絶壁の下を覗きました。

鉄壁の囲いは人間二人分の高さがあり、ガラスのように滑りやすく、地獄のような暑さです。眼下の盆地のその鉄壁のそばで子供が眠っていました。この四日間、悲しみが子供の心にあまりにも重くのしかかっていたので、子供は疲れて岩の上にからだを横たえて眠り込んでしまったのです。

雌山羊は子供の名を呼びましたが、子供には聞こえませんでした。ただあの巨大な羊たちだけが恐ろしげな頭をもたげました。しかし食べることしか知らない愚鈍な怪獣たちは再び頭を下げて、赤い頭の周りの炎のようにきらきら光る銅のような葉を食べました。雌山羊は足で小石を割りました。小石は子供のそばに落ちて、子供の目を覚ましました。

ヤゴルは目を開けて、自分の上に赤い顎鬚《あごひげ》と二本のほっそりとした角と二つの目が覗いているのを見ました。それはかけがえのない二人の天使のように見えました。子供は跳び上がって、手を伸ばして叫びました。

「助けて、かあさん」

子供のこの声を聞いたとき、雌山羊《めやぎ》は足が傷ついて痛むのを忘れて、自分が子供に届くか、子供が自分に届くか、そのことだけを考えていました。

雌山羊は前足を柵にかけて踏ん張り、小さな頭を振り動かしました。角に巻いていたあの綱が解けて、その一つの先端がちょうどヤゴルの手の中に落ちました。もう片方の端は山羊の角にしっかりと結ばれていました。ヤゴルは綱を摑《つか》み、綱を伝わって上へ上へと登ってゆき、ついに運良く崖の上に着き、雌山羊の首に抱きつきました。こうして雌山羊は子供を囲いの外に引き上げて地獄の盆地から救い出し、疲れ果てて、ひと休みするために子供と一緒に岩の上に横になりました。

子供は、雌山羊が来るのを待ちに待っていたので、その首から手を放すことができませんでした。こうして長いあいだ子供と雌山羊は、この恐ろしい巨大な高地で二匹の小さな蟻《あり》のように、並んで横たわっておりました。

「ヤゴル、さあ、行きましょう」と雌山羊が言いました。

「山羊さん、ぼくは歩けないよ。喉が渇いて焼けそうだ。ぼくにミルクを飲ませて」

「わたしは乳が出ないのよ。枯れてしまったの。雌牛《めうし》のところへ行きましょう」

空腹で、喉が渇き、疲れ果てたヤゴルと雌山羊は急斜面の崖を下っていきました。崖を下りるのは命がけでした。まっさかさまに落ちないように子供は山羊につかまり、山羊は子供につかまって進み、そうして無事に雌牛のところに着きました。

杜松《ねず》の灌木《かんぼく》の下に雌牛は横になっていました。よく休み、木陰で涼み、露《つゆ》で喉を潤したので、まる二日草を食べていませんでしたが、喜んで子供と雌山羊を迎えました。

「心配はいりませんよ。両方一緒に飲ませてあげますよ」

子供と山羊は体を横たえて心ゆくまで雌牛の乳を飲みました。そして元気になって言いました。

「牛のお母さん、ありがとう。もっと良い草があるところに着いたら、十分食べてくださいね。自分はお腹がすいているのに、わたしたちを養ってくださって、ありがとう」

そしてみんなは立ち上がり、雌山羊と雌牛が通ってきたのと同じ道を戻っていきました。杜松の灌木林を通り、荒れ果てた葡萄《ぶどう》園を通り、灌木の茂みを通り、牧草地を通りました。雌山羊と雌牛が家を出て四日かけて歩いた道のりを、子供と一緒になった帰りは、たったの一日で、家の前まで着きました。

三

このことが起こっていたあいだ、継母《ままはは》は家の主人気取りでいました。あの日の朝、雌牛と雌山羊がいなくなったのに気がついたときも、継母は言いました。

「わたしにとっては家畜などいないほうがましだわ。何の心配もないさ。うちには小麦と調味料は二年分あるし、亜麻布と羊毛は三年分ある。ひとりで勝手気儘《かってきまま》な暮らしができるわ。わたしはすべてのものの主人なのだから、すべてを自分の好きなようにやればいいのだ。畑も家畜小屋も穀物も羊毛も」

継母《ままはは》は傲然と頭を上げて、すべてのものを点検するために、すぐに出かけました。しかし二十日鼠《はつかねずみ》よりももっと小さく、巨人よりも強いバガンが常に継母のあとをつけていました。この気性が荒い女も頭を上げたとき、自分の足もとにいるものに気がつきませんでした。こうして、継母が家畜小屋にいるとき、バガンは彼女の後ろの小屋の扉口にいます。継母が家の中にいるときは、バガンは敷居の下にひそんでいます。それでも、継母は「わたしはひとりだ。すべてはわたしのものだ。わたしに逆らう者は誰もいない」と思って、嬉しがっているのです。

こうして継母は晩遅くまで家のあちこちを見回って満足し、夜が更けるまで喜びに浸っておりましたが、やがて床につきました。継母が寝入るとすぐに、家の扉のところに鼠が歯を立てるような音がしました。たちまち扉のかんぬきが自然にはずれて、扉がひとりでに開き、竈《かまど》の上の煤《すす》けた掛け鉤《かぎ》たちが小さな蠟燭《ろうそく》のように光りました。するとバガンが入ってきて、敷居の上に立ちました――親指ほどの大きさもありません。バガンは家の中を見回しました。バガンが目を向けると、家の中のすべてのものが彼を歓迎しました。壁際の腰掛と暖炉の陰の紡錘《つむ》は彼にお辞儀をし、長持と三脚台は会釈をしました。

「さあ、みんな、継母にどう手向かうか、方法を考えようじゃないか」とバガンは言いました。樫《かし》の木の腰掛が暖炉のほうへ、三脚台が長持のほうへ少し動き、蜘蛛《くも》が梁《はり》から降りてきて、紡錘が暖炉の陰から出てきました。このようにみんなは話し合うために、互いに近寄りました。ただ掛け鉤たちだけは煤けた壁から降りてこないで、その数だけ小さな炎となって壁に輝きました。

「どうやって継母に手向かうか」と再びバガンが言いました。

みんなはいろいろ考え、話し合いましたが、樫の木の腰掛は体が重すぎるし、三脚台は脚が一本足らないし、紡錘は体が細すぎるし、蜘蛛は気むずかしすぎる、ということで、バガンは、継母に手向かうために、誰を送り出すか、決められませんでした。掛け鉤たちは恥じて、炎をひっこめました。

しかしその時、部屋の隅の暗い棚の上にあった古い油ランプに火がともって大きな炎があがりました。このランプのことを知っている者は誰もいませんし、それを呼んだ者もおりません。ランプの中の光は炎をあげて言いました。「家の中と家畜小屋の中で最も小さいものを探し出し、選び出しなさい。それによって継母の力は打ち砕かれるのだよ」

ランプの中の炎は消えて、薄暗くなりました。壁の掛け鉤たちの小さな灯りがゆっくりとともりはじめました。バガンが言いました。「あれの言うことを聞くことにしよう。あの火はわしらのうちで最も年上なのだから」

バガンはすぐに出ていって、その日の夜のうちに納屋の中にあった小麦の中に潜り込みました。バガンは探しに探して、一粒の一番小さな小麦の粒を見つけて、それに近寄って「小麦君、子供の小麦よ、負けるなよ」と言って、その粒を小麦の山の上に置きました。それからバガンは家の中に入って、羊毛の中に潜り込み、一本の一番小さな羊毛を見つけて、それに近寄って「羊毛君、子供の羊毛よ、負けるなよ」と言って、それを羊毛の山の上に置きました。そのあとでバガンは家畜小屋に入って、全部の藁《わら》を選り分けて、一番小さな藁を見つけて、それに近寄って「藁君、子供の藁よ、負けるなよ」と言って、それを藁《わら》の山の上に置きました。

朝が来ると、継母《ままはは》は起き上がって、家の仕事をやりはじめました。仕事はすべて順調に運びましたが、どの仕事もただ一つだけ、巧くいかない例外がありました。継母が小麦を碾《ひ》き臼《うす》に入れると、すべての小麦は砕かれて粉になりましたが、一粒だけ碾かれない小麦がありました。ピーピー音を立てて碾き臼を止めてしまいますが、それがどの麦粒なのか見つからないのです。羊毛を紡錘《つむ》に掛けると、すべての羊毛は順調に紡ぎ出されていきましたが、一本の羊毛だけが巧く紡錘に掛かりません。針のようにちくりと刺すのですが、それがどれだか、見えないのです。継母は家畜小屋に行き、藁を巻いて束にしようとしました。すべての藁は束に巻くことができましたが一本の藁だけが曲がりません。その藁は硬直したように突っ立っているので、継母が取り除こうとすると、藁の中に潜り込んでしまい、どれだか、分からなくなります。

こうして一日一日と過ぎて、四日が経ちました。継母は自分で自分を慰めて、心を静めました。

「たいしたことないわ。小麦一粒ぐらい、羊毛一本ぐらい、藁一本ぐらい、何でもない。ほかは全部わたしのものなのだから」しかし彼女の心の中では何か重くのしかかるものがあり、力が抜けました。藁が一本ないだけでも今までとは様子が異なり、継母の胸に不安がよぎりました。

五日目に継母は三圃《さんぽ》の畑を見回るために外に出ました。編み垣の柵に沿っていくと、編み垣の向こうからポルドニツァ婆さんが顔を覗かせました。地面の下からちょっとだけ頭を出したのです。夕方だったので、全身を現したら凍え死ぬからでしょう。ポルドニツァ婆さんは憎悪に顔をひきつらせて、継母に言いました。「畑の見回りをしてもその甲斐はないよ。畑の持ち主が戻ってきたのだからな」

継母はびっくりしましたが、ポルドニツァ婆さんはさらに顔をひきつらせて言いました。

「わたしの羊飼いが逃げたよ。お前の継子《ままこ》さ。まもなくその子はここに帰ってくるだろう。その子を取り返すためにわたしに手を貸しておくれ」

「喜んで何でもいたしますとも」と継母はポルドニツァ婆さんのご機嫌を取って言いました。「でも、どうやればいいのですか?」

「簡単なことさ。子供が来るのを見たら、お前は編み垣の向こう側から優しく声をかけて子供を呼び止めるのだ。わたしは編み垣のそばに地下道を掘って、落とし穴をつくっておこう。子供がそこに立てば、地下道に落ちる。落ちれば、こっちのものだ。その先は心配ないさ」ポルドニツァ婆さんはぞっとするような笑い方をしました。

「さあ、どうぞ落とし穴をつくってくださいな。巧くいきますように」継母は調子を合わせて言いました。ポルドニツァ婆さんはただちに頭を地面の下にひっこめて、地下道を掘りはじめ、地下道は編み垣のすぐ前まで通じました。地面に土の薄い層だけが残りました。小鳥がそこに止まっても、必ずそこに落ちるでしょう。

四

そのあいだに、ヤゴルと雌牛《めうし》と雌山羊《めやぎ》は編み垣の柵の芝地まで来ていました。家と家畜小屋と子供の財産のすべては小さな低い丘の上にありました。柵のところには継母《ままはは》が立っていました。地下の穴の中からはポルドニツァ婆さんが片方の目だけで様子を窺っていました。しかし家畜小屋の戸のところではバガンが軒下の燕《つばめ》の巣の端に身をひそめていました。そしてバガンの陰からは子燕たちが外を覗いています。みんなは、孤児《みなしご》が到着した芝地のほうを見つめています。

ヤゴルは、自分の家と家畜小屋を見て嬉しくなっていましたが、雌牛《めうし》が雌山羊《めやぎ》に尋ねました。

「ねえ、どうしようか」

「ああ、素晴らしいなあ！　ぼくが先に柵を越えていくから、きみたちはぼくのあとについてきなよ」

——ヤゴルは気が急ぎました。

「それは良くないわ。ヤゴル。ここにいるのは、わたしたちだけよ。用心しなければいけないよ」

雌牛は編み垣の柵を見つめていました。長いことじっと見ていて、それから言いました。

「なんだか、気味が悪いわ。ここから先へ行くのはやめましょう」

雌山羊も見つめて、言いました。

「わたしも気味が悪い。ちょっと待ちましょう」

「さあ、おいで、坊や。怖がることはないよ。おかあさんはお前を赦《ゆる》しているのだからね」と継母は甘い声で呼びかけました。

ヤゴルは自分の家が恋しくなり、行こうとしましたが、雌牛と雌山羊が行かせませんでした。

継母はその様子を見て取って、内心、ほくそ笑みました。

「家畜に指導されているような子供を騙《だま》せないようだったら、わたしもお仕舞いだよ」

継母は柵の門を広く開いて、そのそばに立って家畜たちを招き寄せました。

「さあ、さあ、可愛い子たちや、お入りよ」

雌牛と雌山羊は急に頭が混乱しました。門の開かれた柵に逆らって進まない家畜などいるでしょうか？

雌牛と雌山羊は頭を上げて、門の開かれた柵と家畜小屋の開かれた戸を見ているうちにすべてを忘れてしまい、柵に向かって歩きだしました。ヤゴルは嬉しくなって、その先頭に立ちました。

あたりは静まりかえり、地下の穴にはポルドニツァ婆さんがうずくまっており、継母はもみ手をしておりますす。家も畑も庭も、あたり一面、静けさが支配しています。子供はだんだん柵に近づいていきます。

静けさが頂点に達したとき、突然、家畜小屋の上にさえずりが起こり、燕たちが、親燕も子燕も、巣から飛び立って、方々へ散りました。さえずり、軒下で羽ばたきし、家畜小屋の前を横切り、飛び交いながら、ずっと鳴き立てています。

子供は目を上げました。雌牛と雌山羊は急に足を止めました。継母は、なぜこんなに喧《やかま》しい鳴き声が起こったのか、訝《いぶか》って、あたりを見回しました。

すると、燕の巣の中から麻糸の束が家畜小屋の戸を越えて降りてきました。糸束は戸口のかまちを覆い、それから揺れはじめ、ばらばらに分かれると、戸口にひとりの老人が現れました。老人は顎鬚《あごひげ》が白くて長く、白いシャツを着てベルトを締めています。そして小脇に小麦の束を抱えています。老人は立ったままで動こうとしませんでしたが、ただ微笑《ほほえ》んで掌《てのひら》を子供に向かって伸ばし、進むことを静止する仕種《しぐさ》をしました。糸束は戸口で静かに揺れていました。継母《ままはは》は恐怖に蒼ざめました。家の中にそのような老人がいることなど今まで聞いたことがありませんでした。欲の深い新参者の継母は先祖があの編み壁の中に何を編み込んだかを知らなかったのです。しかしヤゴルは芝地から老人を見つめていて、老人が小脇に抱えている麦束に目を留めると、にっこり笑って芝地にひざまずきました。老人は家畜小屋の戸口から、柵を越えて、継母の頭を越えて、恐ろしい地下道を越えて、孫を祝福しました。ヤゴルはひざまずいたまま芝地の上にとどまり、先へ進もうとはしませんでした。

継母は驚きのあまり呆然と立ちすくんでいましたが、老人の姿が消えると、怒りと憎しみにとらわれました。

「この家の中ではわたしよりも子供のほうが強いのだ。軒下に魔法がかけられていて、子供を護っているのだな。それならわたしは家の中には入らないことにしよう」そしてあの残り物の一切れのパンを取り出して、門の開かれた柵越しに芝地にいるヤゴルにそれを投げて、孤児《みなしご》を嘲って言いました。

「いいかい、お前のお父さんはお前を置き去りにして、死んだのだよ。それを持って出ていきな。二度とお前の顔なんか見たくないからね」

ヤゴルは訊きました。

「ほかにぼくにくれるぼくのものはないの？」

「あるよ」——継母はまたからかいました。「小麦一粒、藁《わら》一本、羊毛一本だよ。お前は強いし、その三つも強いよ。できることならみんなで一緒に力を合わせればいいのさ」

情け知らずの継母は嘲り笑いましたが、継母にとってそれが最後の時でした。無慈悲が度を越したからです。

継母がこう言ったかと思うと、芝地の上に一本の長い頑丈な蔓《つる》がするすると伸びてきました。蔓の両端は一瞬のうちに編み垣の柵の門の両側の支柱にしっかりと絡みつき、何かが蔓の下に入って自分の体を蔓に結びつけ、ぐいっと蔓を引っ張りました。強く引っ張って、さらに強く引っ張りました。柵が動き、編み垣全体が、そして編み垣によって囲まれているもの全体が動きました。――家も、家畜小屋も、菜園も、畑も斜面を下って引っ張られました。農家の屋敷全体が引っ張られて動くと、柵の下の落とし穴もあらわになりました。継母は柵の上から落とし穴に落ちました。家は地下道の上を通り越し、継母を埋め、ポルドニツァの頭をもぎ取りました。子供の家と財産は、神様の掌の上にあるように、そっくり無事に小さな丘の斜面を下って、真っ直ぐに孤児《みなしご》のもとに滑りおりました。このことが起こった芝地には何かがかろうじて見えました。芝地には小さな――二十日鼠《はつかねずみ》の足よりも小さい――蹄《ひづめ》の跡が残っているだけでした。バガンが屋敷を小丘から蔓で引きおろした時についた跡です。こうして屋敷は子供の前に立っていました。

ヤゴルは片方の腕で雌山羊《めやぎ》の首を抱き、もう片方の腕で雌牛《めうし》の首を抱いて、一緒に家の敷地内に入りました。子供が家の中に入ると、壁の掛け鉤《かぎ》たちが輝き、ランプが炎をあげ、お母さんの紡錘《つむ》が涙を流しました。そして一本の小さな藁と一粒の小さな小麦と一本の小さな羊毛がやって来て、安心して孤児《みなしご》の足もとに身を横たえました。

ところで、バガンはどうしたのでしょう？　バガンはあの編み細工の壁の中の小麦の束の中にいて、もう眠っています。ほかにすることがあるでしょうか？　バガンは自分の仕事のうちでそうしているのが一番好きなことなのですから。

イヴァーナ・ブルリッチ＝マジュラニッチの神話的幻想世界

栗原成郎

一　イヴァーナ・ブルリッチ＝マジュラニッチの人と文学

少女の精神形成

イヴァーナ・ブルリッチ＝マジュラニッチ Ivana Brlić-Mažuranić は、その生まれ育った家庭環境と自然環境からして、児童文学者になるように運命づけられていた。一八七四年四月十八日、イヴァーナはクロアチア北西部の小都市オグリン Ogulin に生を受けた。父ヴラディミル・マジュラニッチ Vladimir Mažuranić は国家公務員の弁護士、郷土史家で『クロアチアの法律・歴史事典 *Prinosi za hrvatski pravno-povjestni rječnik*』（一八八二）の著者として知られる。ヴラディミル・マジュラニッチはクロアチアの総督で詩人のイヴァン・マジュラニッチ Ivan Mažuranić（一八一四－一八九〇）の息子。イヴァーナの祖母アレクサンドラ・マジュラニッチは、有名な作家でクロアチア民族再生運動の立役者の一人ディミトリイェ・デメタル Dimitrije Demetar（一八一一－一八七二）の妹。

イヴァーナは生まれ故郷のオグリンを生涯忘れることはなかった。オグリンは、絵のように美しいクレク Klek 山の麓《ふもと》にあり、流れる水が途中で地中に消える"ponornica"とよばれる「尻無し川」であるドブラ Dobra 川の川尻に位置する幻想的な町である。十五世紀末にクロアチアの侯ベルナルディン・フランコパン Bernardin Frankopan がオスマン・トルコ軍の攻撃に備えて建てた石造りの古城が河畔に聳《そび》える。イヴァーナが自ら告白したところによれば、オグリンのロマンティックな風景、特にクレク山は彼女に強烈な印象を与えて、最初の抒情詩「わが故郷の星に」を産み出す創作意欲を吹き込んだ。「クレク山の奇怪な、きらびやかな山容とドブラ川のロマンティックな魅力は、私の幻想に充分な糧《かて》を提供してくれたので、夜が更けるにつれて、私自身がそれを思考の中で最も奇怪な光景と幻想上のさまざまな姿に変容させるのだった。クレク山の周辺で夜更けに起こるすべてのことがそれだった」とイヴァーナは若き日の空想を回想している。地元の伝説によれば、夏至の前夜や嵐の夜にはクレク山の頂上に各地から魔女たちが集結し、それに妖精《ヴィーラ》や妖怪たちが加わって夜宴を催し、その騒ぎはオグリンの町まで聞こえるという。このクレク山の「魔の山」としての要素は、作品『姉のルトヴィツァと弟のヤグレナッツ』のなかのキテジ山のイメージに生かされている、と思われる。

一八七九年にイヴァーナの父はザグレブの南西部の町ヤストレバルスコ Jastrebarsko に転勤となり、一家は、プリェシヴィツァ Plješivica の山麓の葡萄畑の続く美しい丘陵地帯に居を構えたが、一八八二年になるとザグレブに移住し、イヴァーナは祖父のイヴァン・マジュラニッチの家（ユーリエフスカ通り五番地）に住むようになった。

ここでの家父長制的雰囲気につつまれた生活環境、家庭の厳しい倫理観、政治家であると同時に叙事詩『スマイル - アガ・チェンギッチの死 *Smrt Smail-age Čengića*』（一八四六）の作者として知られる詩人の祖父イヴァン、優雅な祖母アレクサンドラとの毎日の接触は、多感な少女イヴァーナの精神形成に決定的な影響を及ぼした。後年イヴァーナは『自叙伝 *Autobiografija*』（一九一六）のなかで祖父の家での生活の心に深く刻まれた思い出を語っている。

「私たちの家族は一八八二年に最終的にザグレブに移り住んだ。ザグレブでの生活の印象は（他のすべての場所における両親の家での印象とともに）、私の祖父である、詩人でクロアチア総督のイヴァン・マジュラニッチの家での毎日によって一層増大した。それに、私がそれ以前に（四、五歳のころ）、両親とともにマルコ広場にある総督公館に祖父を訪ねたことも、もちろん、よく覚えている。総督公館での生活はこのように小さい子供の興味をそそったいろいろなものを提供したにもかかわらず、私はすでにその時期から祖父の人柄に注目し、それを鮮明に覚えている。祖父の家では毎晩彼の拡張家族が集まり、常に十五人から十八人ぐらいまでの人が一緒に食卓につくのだった。食卓の座長は祖父自身がつとめ、家族の会話を導き展開させるのも祖父であった。この祖父の肉体的にも精神的にも強靭な個性は私という存在に測り知れない影響を及ぼした。その影響を私はきわめて早い段階で意識しはじめていた。この並はずれて厳格な家父長的精神のために、私たちさまざまな性格の孫たちにとって祖父と一緒にいることは堪《た》えがたかった。それにもかかわらず、私はこの四年間（十二歳から十六歳の時まで）祖父の食卓に列《つら》なって、祖父の偉大な人格の印象のもとに自分が今日ある存在を培うことができたのである。祖父の言葉、議論（祖父は議論がはじまるとそれに熱中して、議題が論じ尽されるまで止めようとしなかった）はいずれも、理性に裏付けられた高尚なものであり、この強力な老人が自分の置かれている環境全体、自分の家全体、自分の一族全体を掌握しているその倫理観の純粋性と厳格性においてなお一層高尚なものとなっていた。その後、私が成長して、理解力と省察力をもって福音書を読む年齢に達したとき、私は自分の魂の中に、自分ではその要求の高さに決して到達することのできない福音書の高い要求を素直に受け入れ、それに自然に従おうとする耕地、整備された、実りをもたらす土壌、渇望する土壌があるのを発見したのだった」

イヴァーナの母ヘンリエッタ Henrietta はヴァラジュディン Varaždin の富裕な商家の出であるが、娘の情操教育に心を配り、娘の抒情的な精神形成に影響を及ぼした。イヴァーナは母の実家の所有地であるヴァラジュディン郊外の夏の別荘をたびたび訪れ、この地方の魅力に満ちた美しい風景は少女に強い印象を与えた。牧歌的な田園で過ごした少女時代のノスタルジアをイヴァーナは自叙伝のなかで強調している。「とは言うものの、私が夏の別荘で（ヴァラジュディンスキー・ブリェーグの私の母の世襲財産である牧歌的な美しい村で）過ごした時代が、唯一の時代として私のうちに永続的な思い出を残した。あの時代は、言わば、私が青春とよぶすべてのものを私に結びつけている」

イヴァーナが受けた正規の学校教育はザグレブの女学校での二学年にすぎない。マジュラニッチ家の家庭環境と当時の知識階層の社会環境により、イヴァーナは高等教育を家庭で受けた。イヴァーナの父方の大伯父アントゥン・マジュラニッチ Antun Mažuranić（一八〇五－一八八八）は『イリリア語およびラテン語の基礎 *Temelji ilirskoga i latinskoga jezika*』（一八三九）などの著書がある言語学者で、リュデヴィト・ガイ Ljudevit Gaj の民族再生運動の協力者であった。イヴァーナはアントゥンの専門家としての指導のもとに国語のクロアチア語の基礎教育を受けると同時に外国語（主要なヨーロッパ近代語）を学習した。イヴァーナはフランス語、ドイツ語、ロシア語を自由に読み書き話したほかに、英語とイタリア語も解した。イヴァーナは九歳の時から詩作を試み、最初の詩をフランス語で書いた（「わがクロアチア *Ma Croatie*」「幸福 *Le bonheur*」）。

祖父の家でイヴァーナは数多くのクロアチアの文士、学者たちに出会うことになる。少女時代にイヴァーナは従兄にあたるフラン・マジュラニッチ Fran Mažuranić（一八五九－一九二八）に会う。騎兵将校で詩人であるフランの独特の簡潔なスタイルによる散文詩『スケッチ *Lišće*』（一八八七）はイヴァーナの心に強烈な芸術的衝撃をもたらした。フランの勧めによってイヴァーナは『日記 *Dnevnik*』を書きはじめた。そこには十五歳の時、祖父イヴァンの生まれ故郷ノヴィ・ヴィノドルスキ Novi Vinodolski を訪れた際の、そのアドリア海沿岸の広大な風景の魅力あふれる輝きや、十三世紀の古城や、色鮮やかな民族衣装や、方言で歌われる民衆詩歌についてなどの「旅の思い出」が克明に記されており、『日記』はイヴァーナの若き日の観察記録となっている。

このようにして、イヴァーナの少女時代は主として祖父イヴァンにつらなるマジュラニッチ家の文化環境のなかで過ぎ、その環境は物心両面においてイヴァーナに絶大な影響を与えた。特に、マジュラニッチ家の豊かな、精選された蔵書は少女の好奇心を揺り動かし、新しい知識を獲得させ、文学的想像力を養った。

母となって

一八九二年、イヴァーナは、ちょうど満十八歳の誕生日を迎えた日に、博士の学位をもつ若き法律家ヴァトロスラヴ・ブルリッチ Vartroslav Brlić と結婚し、ブルリッチ家の邸《やしき》に移り住む。ブルリッチ家はサヴァ河畔のブロード（現在のスラヴォンスキイ・ブロード Slavonski Brod）に広大な邸をもつ旧家で、この家門にも学問と芸術の伝統があった。ヴァトロスラヴの父イグニャト・アロイジイェ・ブルリッチ Ignjat Alojzije Brlić（一七九五－一八八五）は実業家であると同時に、文学者、文法学者でドイツ語による著書『イリリア語（クロアチア語）文法 *Grammatik der illyrischen Sprache*』（一八三三）がある。

ブルリッチ邸には文化の香りが漂っていた。イヴァーナの姑《しゅうとめ》となったフラニカ Franjka は画家であり、家には彩り豊かな装飾がほどこされ、部屋は油絵、水彩画、デッサンで飾られていた。そして、家の代々の主人が蒐集《しゅうしゅう》した豊かな蔵書があり、さまざまな外国語の書籍や写本類、一七二六年から一八六〇年にいたるあいだの一千通に達する書簡が保管されていた。それらはほぼ一世紀半にわたる家族の生活誌を語る資料としてイヴァーナの文学精神を刺戟した。

イヴァーナは六人の子供（うち一人は生まれてすぐに死亡）の母親となる。結婚後の最初の十年間は母親としての大きな喜びのなかにあって子育てに没頭する。そのさなかにもイヴァーナの文学活動への衝動、創作欲は子供たちへの情操教育に向けられて結実してゆく。自ら告白するところによれば、子供たちは母親の口を通して語られる不思議な物語を夢中になって聴くようになった。イヴァーナは、自分の創作意欲が自己認識の要求と、自分の子供たちの想像の世界を満たすべき責任とを一つに融合させるものであることを、一種の霊感として知る。その心の動きをイヴァーナは『自叙伝』のなかに綴《つづ》っている。

「私の子供たちに物心がつきはじめて、子供たちに本が読みたいという共通の欲求があらわれたとき、作品を書きたいという私の創作欲が自分のいだいていた義務感と融合する一致点を、突然発見したような気がしたのだった。私の子供たちが本を読みたがっている。それは私にとってたいへん嬉しいことだった。なぜなら、私は自分の子供たちのために読書の案内人になるのであり、あの素晴らしい彩り豊かな読書世界へ子供たちが第一歩を踏み入れようとする時に、そこへいたる扉を私が開けてやることになり、私自身がまず一番に注目して決して見失ってはならないと思う人間の生き方の良い面に、子供たちの澄んだ、好奇心に輝く目を向けさせてやることができるからだ。そのような仕事が私の義務にそぐわないなんてことがあるはずがない！」

イヴァーナの文学的才能は、詩、評論、寓話、小説などさまざまな文学ジャンルにあらわれているが、その芸術的な成熟が結実するのは児童文学の領域においてである。子供たちのために童話のロマンティックな世界への扉を開いた最初の作品は『良い子と悪い子 *Valjani i nevaljani*』（一九〇二）である。三年後に第二作『学校と休暇 *Škola i praznici*』（一九〇五）が出版された。出版当時、西洋文学に精通した作家で評論家のアントゥン・グスタヴ・マトシュ Antun Gustav Matoš（一八七三－一九一四）は、つぎの言葉をもってこの二作を推薦している。「イヴァーナ・ブルリッチ＝マジュラニッチ夫人は今までわが国の広い文学界ではまったく知られていなかった人であるが、すでに、疑いもなく最も優れた子供のための物語を書いている。『学校と休暇』と『良い子と悪い子』がそれである。これらの物語と詩は、教養の高いクロアチアのお母さんが最初は自分の子供たちのために、その後ですべてのクロアチアの子供たちのために書いたものである。ここにはズマイ［ヨヴァン・ヨヴァノヴィッチ＝ズマイ Jovan Jovanović-Zmaj（一八三三－一九〇四）セルビアのロマン派詩人］の美しい児童詩と同様に、特別の研究に値する珠玉の作品が並んでいる。ブルリッチ＝マジュラニッチ夫人の詩は最も明るい形での愛の歌である。それは自分の子供たちへの愛であり、祖国への愛である」

　クロアチアの児童文学は十九世紀の末から、子供の冒険の明るい素朴さを抒情的に描いたヤゴダ・トルヘルカ Jagoda Truhelka（一八六四－一九五七）の作品によって発達の兆しを見せはじめるが、その発達段階においてもっとも重要な位置を占めるのはイヴァーナ・ブルリッチ＝マジュラニッチである。

　イヴァーナ・ブルリッチ＝マジュラニッチの観察の精神は子供の空想世界の視野に入りこむ。イヴァーナの繊細な心理的な内観は子供の明るく多彩な万華鏡の中に浸透する。イヴァーナの心は子供の冒険心の中に入りこみ、独自の魅力ある人物像を創り出し、抒情的な挿話を組み立てて現実性のある物語世界を展開する。その世界は女性の洗練された感受性と優しく暖かくつつみこむ母性愛に満ちている。この創作精神において最も成功している作品は『見習い職人フラピッチの不思議な冒険 *Čudnovate zgode šegrta Hrapića*』（一九一三）である。［邦訳に山本郁子訳『見習い職人フラピッチの旅』（小峰書店、二〇〇六年）、せこぐちけん訳『フラピッチのふしぎな冒険』（新風舎、二〇〇五年）がある］

『見習い職人フラピッチの不思議な冒険』は、孤児《みなしご》の境遇で靴職人の徒弟として働き、子供ながらに人の世の辛酸を舐《な》め、それでいて純朴さを失わない、明朗闊達《めいろうかったつ》な愛すべき少年フラピッチが一週間に凝縮された人生の旅に出て、不思議な経験をしたことによって親方の家庭と旅の途中で出会った人々に幸福をもたらし、同時に自分の未来を切り拓くという、現実に起こりうる世界を描いた作品である。そこにはフォークロア的幻想性はない。

　それに対して、ブルリッチ＝マジュラニッチは次の作品『昔々の昔から』（一九一六）においてそれまでに情熱をもって蓄積した神話的想像の宝石箱の蓋を一気に開ける。そこからは彩り鮮やかなファンタジーの光彩が輝き出る。この作品が出版されたとき、当時新進の評論家、詩人のアントゥン・ブランコ・シミッチ Antun Branko Šimić（一八九八－一九二五）は物語作者としてのブルリッチ＝マジュラニッチの才能に注目し、「イヴァーナ・ブルリッチ＝マジュラニッチは、何人かの若い抒情詩人や何人かの若い画家とならんで、クロアチアの芸術の道を歩みだした。その道は今のところ少し霧がかかっているけれども、クロアチア文化に真っ直ぐに至る道である」と言って、自分と同様にクロアチアの新しい芸術の道を模索する同行者を見出した。

一九三七年には最後の作品となった歴史小説『グジャラートの総督ヤーシャ・ダルマティン *Jaša Dalmatin potkralj Gudžerata*』が出版されたが、イヴァーナ・ブルリッチ＝マジュラニッチの代表作は先の『見習い職人フラピッチの不思議な冒険』と『昔々の昔から』の二作と考えてよい。イヴァーナ・ブルリッチ＝マジュラニッチは一九三一年と一九三八年の二回、ノーベル文学賞の候補者として推薦され、「クロアチアのアンデルセン」の異名を得た。のちには「クロアチアのトールキン」ともよばれた。また、一九三七年に彼女は女性としては最初のユーゴスラヴィア科学芸術アカデミーの会員となった。

しかしイヴァーナは一九二三年に夫に先立たれてからは次第に心身ともに衰弱してゆき、成人した子供たちがいるザグレブに居を移して、一九三八年九月二十一日に死去した。享年六十四。ザグレブのミロゴイ墓地に埋葬された。

二　ブルリッチ＝マジュラニッチの時代のクロアチア

現在のクロアチア共和国は国際的に承認された独立国家であるが、イヴァーナ・ブルリッチ＝マジュラニッチの生涯（一八七四－一九三八）と重なる時期のクロアチアは完全な独立国ではなく、第一次世界大戦以前はハプスブルク帝国の一部であり、第一次世界大戦終結後は「セルビア人・クロアチア人・スロヴェニア人王国」（一九二九年に「ユーゴスラヴィア王国」と改称）の一部にすぎなかった。クロアチア人は、栄華を誇った中世クロアチア王国の一時期（十～十一世紀）を除いては、主としてハンガリーの支配下に置かれ、独立のクロアチア人の統一国家を形成するまでには長い苦難の道を歩んだ。

クロアチア人が長いあいだハンガリー王国の支配下に置かれるにいたった歴史的状況は、およそ次のような経緯によって説明される。

現在のクロアチアにあたる領域は、中世にはそれぞれに族長的な支配者を公に戴《いただ》くおよそ十二の部族単位的な小国に細分化されていた。それら諸部族を統一して中世クロアチア王国の基礎を築いたのはトミスラヴ Tomislav 公で、彼の治世下（九一〇－九二八）のクロアチアは、クロアチアのほかにダルマツィア、ヘルツェゴヴィナ、ボスニア、ツルナ・ゴーラ（モンテネグロ）およびラシュカ（スタラ・スルビヤ）を版図におさめた。トミスラヴは九二五年にクロアチア王としてローマから承認されて戴冠した。それにともないローマ・カトリックのキリスト教がクロアチアの国教となった。しかしトミスラヴの死後クロアチア王国は、宮廷内の勢力争いや部族間の抗争により国力が衰えはじめる。中世クロアチア王国は、クレシミル Krešimir 四世（一〇五八－一〇七四）とその後継者ズヴォニミル Zvonimir（一〇七五－一〇八九）の時代に最後の繁栄を見る。ズヴォニミルはローマ教皇の祝福を受けて戴冠し、クロアチアをローマ教会の直轄下に置き、教皇の権力のもとに地方の世襲貴族を従わせようとした。そのためズヴォニミルは地方貴族の反感を買い、伝説によれば、議会の乱闘の最中に殺害された。ズヴォニミルの妃ヘレナはハンガリー王の妹であった。ヘレナは玉座を護るために自分の兄に援助を求めた。謀叛を起こしたクロアチア貴族たちはペタル・スヴァチッチ Petar Svačić なる者を王として擁立したが、ヘレナを援護するために駆けつけたハンガリー軍がペタル・スヴァチッチを滅ぼした（一〇九七年）。クロアチアの内乱は五年つづいた。一一〇二年ハンガリーの圧力のもとにクロアチア議会が開かれ、ハンガリー王とクロアチアの十二部族の代表貴族とのあいだで結ばれた「パクタ・コンヴェンタ Pacta conventa」とよばれる「協定」によって、ズヴォニミルの妃の甥にあたるハンガリー王のカールマーン Kálmán（一〇九五－一一一六）〔クロアチア名はコロマン Koloman〕がクロアチアおよびダルマツィアの合法的な王として承認された。ハンガリー王はクロアチア諸侯の先祖伝来の特権を尊重することを約束し、ハンガリーとクロアチアは一人の共通の王のもとにある別個の王国である、というのがこの「協定」の主な内容であるが、それについての両国の解釈の相異が後々まで争議の火種として残った。歴代のハンガリー王はクロアチア王としての戴冠式を別個に執り行うためにクロアチアに来た。ハンガリー王はクロアチアとダルマツィアにそれぞれ「バン ban」という総督（副王）を据えた。総督はしばしば王室から選ばれた。時代が十九世紀に下ってからのことであるが、イヴァーナ・ブルリッチ＝マジュラニッチの祖父であるイヴァン・マジュラニッチは平民出身として最初のクロアチア総督となっている。

ハンガリー王国の支配下のクロアチアでは、インド・ヨーロッパ語族のクロアチア語はフィン・ウゴル語族のハンガリー語と系統をまったく異にする言語であるためもあって、ラテン語がクロアチアの国家の公用語となり、この状況は基本的に一一〇二年から一八四七年まで（文書の種類によっては一九一八年まで）つづいた。クロアチア人はヨーロッパのなかでラテン語を最も遅くまで公用語として使用した民族である。

オーストリアとハンガリーのあいだに「アウスグライヒ Ausgleich」という二重帝国の協定が結ばれた一八六七年にも、ハンガリー側はクロアチアがハプスブルク君主制オーストリア＝ハンガリー二重帝国のハンガリー部分となることを要求した。

十九世紀に入りハプスブルク帝政下で抑圧された状況にあったクロアチアにおいて知識人たちは、ゲルマン化とマジャール（ハンガリー）化に抗して「イリリア運動 Ilirski pokret」とよばれる民族再生運動を起こした。イリリア運動の主導者はリュデヴィト・ガイ Ljudevit Gaj（一八〇九－一八七二）であった。ガイはクロアチア語をラテン語やドイツ語に代わるクロアチアの文章語とするために『クロアチア・スラヴ語正書法の基礎 *Kratka osnova hrvatsko-slavenskoga pravopisanja*』（一八三〇）を著して、新聞、雑誌を発行し、クロアチアの文芸復興を図る「クロアチア文化協会 Matica hrvatska」（最初の名称は「イリリア文化協会 Matica ilirska」）の創設に努めた。イリリア運動の目的は「南スラヴ民族統一主義 Jugoslavenstvo」の理念のもとにクロアチア人とセルビア人が基本的に共通の文化と言語を共有して共生し得る「イリリア」（古代バルカンの民族「イリュリア」の名に因んだ）という共同体を築くことであった。この運動にスロヴェニアの詩人スタンコ・ヴラーズ Stanko Vraz（一八一〇－一八五一）、セルビアの文人ヴーク・カラジッチ Vuk Karadžić（一七八七－一八六四）が賛同した。クロアチア国内ではクロアチア人の最大の精神的支柱であったスラヴォニアのジャコヴォの大司教ユーライ・ヨシプ・シュトロスマイエル Juraj Josip Strossmayer（一八一五－一九〇五）がこの運動を支え、促進した。

シュトロスマイエルは、その名が示しているように先祖はオーストリア系のクロアチア人であるが、ハプスブルク帝国内でのクロアチアの独立を志向する進歩的自由思想のクロアチア愛国者であり、フランス語、ドイツ語、イタリア語を自由に話し、ラテン語に精通した博学のカトリック学僧として人望を集めた。彼は「教育を持って自由に向かう」をスローガンとするイリリア運動の思想の流れの中にあって一八六六年、ザグレブに「ユーゴスラヴィア科学芸術アカデミー Jugoslavenska Akademija Znanosti i Umjetnosti」（現在は「クロアチア科学芸術アカデミー」）を創立し、ザグレブ大学を拡張し、各地に小学校を設立し、ギムナジウムを再編成した。

イヴァーナ・ブルリッチ＝マジュラニッチは結婚後この大司教シュトロスマイエルを夫婦で何度か訪問し、またシュトロスマイエル自身もブルリッチ家の客となったことがあり、イヴァーナはすでに老境にあった大司教の高潔な人格に接し、また彼との対話を通して絶大な感化を受けたことを『自叙伝』のなかで述べている。ブルリッチ家を訪れた七十歳を越えた老司教シュトロスマイエルは晩餐のさい、突然両手を広げ、声をあげて「われらの救い主、神の御子よ、御身は熱愛された人類の救いのために十字架にかけられて死にたまいました。そして私、弱き身の老人は、全能なる神の御前にひざまずき、感謝の涙を地に注いで、祖国クロアチアの救いのために磔刑《たっけい》によって自分の生涯を全うすべく、この老体を十字架にかけます。主よ、そのことをお許しくださいますように」と祈ったという。

イヴァーナ・ブルリッチ＝マジュラニッチはシュトロスマイエルから祖国愛を鼓舞されてはいるが、それは偏狭なクロアチア・ナショナリズムではない。イヴァーナの祖父イヴァン・マジュラニッチ、大伯父（祖父の兄）のアントゥン・マジュラニッチ、大伯父（祖母の兄）のディミトリイェ・デメタル、義父のイグニャト・アロイジイェ・ブルリッチは、いずれも、クロアチアのみならず南スラヴ民族の独立と統一を願う「イリリア運動」の推進者であり、その環境に育ったイヴァーナも南スラヴ民族再生運動の精神の延長線上にあった。

イリリア運動は文学史的にはロマン主義である。しかし異民族あるいは他国の支配下に長く置かれていたスラヴ民族においては、ロマン主義は、文芸上の思潮を超えて、民族再生運動としてのイデオロギー的意義を西ヨーロッパにおけるよりも長く保っていた。クロアチアの文芸思潮は十九世紀末からリアリズムへと移行し、二十世紀の初頭には印象主義、象徴主義、自然主義の潮流が西ヨーロッパから流れ込むが、イヴァーナ・ブルリッチ＝マジュラニッチは新しい思潮のなかで人間の精神的葛藤の抒情的再創造を試みながらもスラヴ的なロマン主義の精神を最も色濃く表現した作家と言ってよい。

三　『昔々の昔から』の舞台背景

時代背景

『昔々の昔から *Priče iz davnine*』の原語題名を直訳すれば、『大昔からの物語』であるが、この作品は、その題名から想像されるような、いわゆる「昔話」ではない。「昔話」は民衆が創り出した口承文芸であるが、『昔々の昔から』はクロアチア人の祖先である古代スラヴ人の神話世界に材を取ったブルリッチ＝マジュラニッチの純然たる創作である。作者が想定した「大昔」とは、原スラヴ人の有史以前の古代からはじまり、カルパチア山脈の北側に居住していた南スラヴ系のクロアチア族が四世紀ころから原故郷を出てカルパチア山脈を越えて南下してパンノニア平原に入り、さらに六世紀から七世紀にかけてパンノニアから東ローマ（ビザンツ）帝国の領土に侵入してアドリア海沿岸に到り、やがてジュパとよばれる部族連合の共同体としての国を形成して九世紀後半にローマ・カトリックのキリスト教を受容する中世初期までの、クロアチア史の時代である。

スラヴ人がヨーロッパの歴史に登場するのはかなり遅く、紀元後六世紀のことであり、東ローマ帝国の領土を侵犯し、帝国の安全を脅かす「スクラヴェノイ Sklavenoi」という名の北方蛮族の一つとしてその存在が知られるようになった。東ローマ帝国の領内に侵入し、定着するようになった南スラヴ人の種族名や生活様式の一端はビザンツの史家プロコピオスの『ゴート戦記』のなかに記録されているが、スラヴ人は当時まだ「蛮族」にすぎず、九世紀後半になるまでは文字をもたなかったために、自分たちの歴史や神話を記録する術《すべ》を知らなかった。それゆえに、古代スラヴ人がほぼ共通なものとしてもっていたと想定される「スラヴ神話」の物語としての内容はスラヴ世界のいずこにも伝承されておらず、わずかに神々の名称が残存するにすぎない。個々の神格の神話体系の中における位置や機能も断片的にしか知られていない。したがって、「スラヴ神話」は、種々の史料・言語学的資料（地名・水名・神名など）・考古学的資料（物質文化的資料）・フォークロア資料の分析、比較神話学の理論的要請などに基づいて学問的に「再構築」されるべき対象である。

「スラヴ神話」の再建は学者の課題ではあるが、イヴァーナ・ブルリッチ＝マジュラニッチの『昔々の昔から』は、イヴァーナの豊かな文学的想像力によって独自に再構築されたスラヴ神話の幻想世界である。

『昔々の昔から』はそれぞれに独立した八篇の中篇・短篇の物語から成る。物語の配列は創作の成立の順序によるものではない。イヴァーナがスラヴの神話的形象を登場させることを最初に思いついた作品は『ストリボールの森』である。その経緯をイヴァーナは長男のイヴォ（一八九四年生まれ、のちにジャーナリスト・文学者、一九七七年没）に宛てた手紙（一九二九）の中で述べている。

「私は『昔々の昔から』の実際的な成立起源についてたびたび質問されてきました。「成立起源 geneza」という言葉はあまりにも学問的なものに私には思われます。その言葉は「物語」という理念を破壊するものです。それでも、いま想い起こせば、その成立起源は実際には次のようであった、と言うことができます。

ある冬の晩のこと、わたしたちの家は、いつもと違って、まったくひっそりと静まりかえっていました。誰もいなくて、どの部屋も広々としていて薄暗く、神秘的な雰囲気があり、暖炉には火が燃えていました。奥の部屋――大きなダイニングルーム――から「トン、トン！」とノックする音が聞こえました。「誰？」と訊きましたが、何も答えがありません。

また「トン、トン！」という音。「誰？」と訊いても、また答えはなし。恐る恐る広いダイニングルームに入ってみると、突然、楽しげにはじける音、爆《は》ぜる音、小さな爆発音がしました！　大きな暖炉の中で松の丸太が火に燃えて爆ぜて、炉口の小扉から火花が、小さな星の群れのように、私に挨拶しに飛び出してきました。私が両手を広げてこの小さな生きた黄金の贈り物を摑《つか》もうとすると、それらは高い天井に向かって舞い上がり……そして消えてしまいました。私はその当時アファナーシエフの『スラヴ人の詩的自然観』を読んでいたところなので、その瞬間に「家の精 domaĉi」の構想が頭に浮かんだのでした。そうしてせめてあの小さな星のような火花の群れが消えないうちにと、それは『ストリボールの森』の中に取り入れられました――火花のおかげであの物語は出来たのです。この物語に続いて『昔々の昔から』の残りの七篇が、これといった特別の「成立起源」はなく、『ストリボールの森』がそうであったように、同じ古いスラヴの家の暖炉から出る火花のように飛び出してきたのです」

これは実に立派な文学的答えである。文学者の場合、想像力（イマジネーション）は創造力（クリエーション）である。ブルリッチ＝マジュラニッチが愛読したロシアの民俗学者アファナーシエフ А.Н.Афанасьев の大著『スラヴ人の詩的自然観 *Поэтические воззрения славян на природу*』（全三巻、モスクワ、一八六五－一八六九、全部で二四三〇ページ）は古代スラヴ人の世界観を知るうえで示唆に富んだ重要な文献である。

イヴァーナ・ブルリッチ＝マジュラニッチはアファナーシエフの著作からさまざまなヒントを得てはいるが、イヴァーナのスラヴ神話的世界はアファナーシエフからの引き写しではなく、独自な再解釈に基づいて構築されたものである。『昔々の昔から』は古代スラヴ人の神話的幻想とクロアチアの民族文化の伝統との交差によって織り成された精巧な物語である。

ブルリッチ＝マジュラニッチは自然界（天体、自然現象、動物、植物、無生物）と人間とが渾然一体となっていた神話的「大昔」を人間存在の時空として設定し、そこに人間にとって友好的な存在と敵対的な存在をともに超自然的な神話的形象として造形して登場させ、人間の運命との関係において物語る。

その関係において個々の作品を検討することにする。

『ポティエフが真実にたどり着くまで *Kako je Potjeh tražio istinu*』

時代はスラヴ人が森からすべての恵みを得ていた狩猟文化時代に設定されている。古代スラヴ人は大河に沿った森の近辺に住み、森から木を切り出して住居を建て、森の中で食用になる草、草の根、薬草、木の実、果実、きのこなどを採り、野生蜜蜂が樹木の空洞に蓄えた蜜を採取し、食用獣や毛皮獣を狩る採取・狩猟経済を営んでいた。やがてスラヴ人は、森林を伐採・開墾する焼畑農業を覚え、野生蜜蜂の蜜を採る原始的養蜂から巣箱を用いる養蜂へと進み、野生動物を飼いならすことから牧畜を知った。古代人の経済は採取狩猟経済から農耕牧畜経済へと移行した。このような時代、原始の森は人間にかぎりのない恵みをもたらすとともに、害を加える得体の知れぬ魔物の住む神秘の世界であった。

このような大昔に原始の森の中の小さな開墾地にお爺さんと三人の孫とが自給自足の平和な生活を営んでいた。ある春の日、三人の少年たちは若い太陽神スヴァロジッチに出会って、それまで知らなかった森の外の広い世界を見せてもらう。年上の二人の少年はそこで垣間見た無限の富と強大な軍隊に心を奪われる。その心の隙に悪魔が入りこむ。

キリスト教受容以前の古代スラヴ人の宗教は自然宗教であり、その中核にあるのは、天空界・自然界の諸力に対する崇拝と祖先崇拝である。この作品に登場する神話的存在は、若い太陽神スヴァロジッチ、森の悪霊たちの首領ビェソマール、その配下の小鬼たちである。

スヴァロジッチ Svarožić という神名はロシア（東スラヴ）やポーランド（西スラヴ）には知られているが、クロアチア（南スラヴ）には伝承されていない。古代スラヴ人のあいだでは太陽神として崇拝された。また天上の火（＝太陽）を地上にもたらして人類に火を用いることを教えた火の神、鍛冶《かじ》の神としても崇拝された。『ポティエフが真実にたどり着くまで』では光り輝く黄金のマントをまとった美しい若い太陽神として現れるが、人間にそれぞれの運命を教える運命神でもある。スヴァロジッチが少年たちに教えたことはただ一つ「親のいない孫たちを育ててくれたお祖父《じい》さんに恩返しができるまで、森の中の開墾地でお祖父さんと一緒に暮らせ」という家族愛の倫理である。しかし三人の孫たちはこの単純な教えを忘れてしまう。忘却は善ではない。特に恩愛を忘れる「忘恩」は人間の悪である。人間の心の隙間に忘却の風を吹き込むのは悪しき力である。

その悪の力はビェソマール Bjesomar という悪魔の形で現れる。しかしビェソマールの姿かたちは、はっきりせず、身を隠しながら霧のように移動する。人を忘却に陥れる仕事は全部手下の小鬼たちにやらせる。三人の少年にはそれぞれにビェソマールが送りこんだ小鬼がとりついてスヴァロジッチの教えを忘れるように仕向ける。上の二人の少年は富と権力への欲望にとりつかれて、お祖父さんから受けた恩愛を忘れる。末の少年はスヴァロジッチの教えを思い出すためにお祖父さんの家を出てひとり森に中で暮らして、最後は「忘却」の魔の犠牲になる。

お祖父さんと末の孫は死んで、スヴァロジッチの天上の光の宮殿に迎え入れられる。「心に何らかの罪を持っている人間は決して入ることができない」という天上のスヴァロジッチの光の宮殿のイメージはキリスト教化された天国のイメージに近い。

森の悪霊たちの首領ビェソマールとその子分の小鬼たちには間抜けたところがあり、ユーモラスですらある。ビェソマールは森の中の開墾地でお祖父さんがともす、消えることのない聖火を苦手とし、その煙に咽《むせ》ぶが、この聖火は「火の神」でもあるスヴァロジッチを拝してともされている、と思われる。

『漁師パルンコとその妻 ***Ribar Palunko i njegova žena*****』**

アファナーシエフの『スラヴ人の詩的自然観』のイメージを駆使しつつ「海王」伝説や「賢い妻」の民話モチーフを綯《な》い交ぜて編み上げた美しい物語である。

青い海のかなた、水平線が白むころ、銀の小舟を金の櫂《かい》で漕いで美しい曙娘《あけぼののむすめ》（これは、ロシアの昔話『火の鳥とワシリーサ姫』やエルショフの『せむしの仔馬』などでおなじみのイメージで、太陽の娘である）が現れる。原始的な漁法で魚を獲る貧しい漁夫がその日暮らしの貧しさを脱するために曙娘に幸を授けてくれるように願う。曙娘が漁夫に与えた幸は貧しい孤児《みなしご》の妻であった。結婚しても生活はいっこうに楽にならない。妻は夫を慰めるためにおとぎ話を語り聞かせる。愚か者の夫は妻の語るおとぎの世界を現実の世界と思い込み、贅沢三昧《ぜいたくざんまい》の暮らしがあるという「海の王」の国へ行く道を求めて海辺をさまよう。妻にもその道を探させる。その過程で妻は生まれて間もない子供を何者かにさらわれて、驚愕と悲しみのあまり言葉と声を失い、口が利けなくなる。漁夫は裕福な生活の夢が捨てきれず、曙娘に懇願して「海の王」の国へ行く方法を教えてもらうが、そこへ行けば二度と地上へは戻れない、と言われる。漁夫は海底の王国に行き、そこで自分の子供がいるのを発見して激しい衝撃を受ける。漁夫は我に返って、わが子を連れて「海の王」の国からの脱出を試みる。

一方、物が言えなくなった妻は、失われた言葉の代わりに動物と対話のできる特別の言葉を得る。漁夫の妻は死んだ母の霊が宿った雌鹿の教示によって子供と夫を救出する方法を知る。救出のためには「どことも知れぬ」海へ行かねばならない。しかしその海へ出るには、恐ろしい番人がいる三つの雲の洞窟を通過しなければならない。

「一つ目の洞窟にはすべての蛇たちの始祖である大蛇がいて、大波を起こして海を荒れさせる。二つ目の洞窟にはすべての鳥たちの始祖である巨大な鳥がいて、嵐を起こす。三つ目の洞窟にはすべての蜜蜂たちの始祖である黄金の蜜蜂がいて、雷を起こして稲妻を走らせる」

この大時化《おおしけ》と嵐と雷電を起こす蛇の始祖、鳥の始祖、蜜蜂の始祖が住む神話的世界の幻想はロシアの民間伝承に知られており、イヴァーナ・ブルリッチ＝マジュラニッチはそのイメージをアファナーシエフの『スラヴ人の詩的自然観』から得てはいるが、それらの神話的怪物が支配する三つの危険な雲の洞窟を通過する冒険はイヴァーナの独創である。

貧しくとも心清き妻が嬰児《みどりご》の我が子と愚かな夫とを奪還する冒険はスリルと感動に満ちている。

『レゴチ *Regoč*』

レゴチは廃墟の町レゲンにひとりで暮らし、崩れ落ちた城壁や城門の石の数をすでに千年も数えつづけている不思議な巨人。このレゲン Legen はクロアチアの神話に断片的に知られている「レゲン Legen」あるいは「レジャンの町 Leđan grad」の伝説を連想させる。クロアチアの神話伝説によれば、レゲンは古代の不思議な「氷の町」である。その氷の王国の支配者はレジャン Leđan という名の巨人である。冬の女神モラナ Morana は暴君の巨人レジャンの援助者であった。氷河期が訪れた時、冬の女神は地上のすべての生きもの（そのなかには巨大マンモスも含まれていた）を凍らせた、と言う。

一方、レゴチ Regoč という名の巨人の伝説の由来は、はっきりしないが、博学なブルリッチ＝マジュラニッチは、この主人公の名をドゥブロヴニクの詩人イグニャト・ジュルジェヴィッチ Ignjat Đurđević（一六七五－一七三七）のコミカルな物語詩『マルンコの涙 *Suze Marunkove*』（一七二四）の作中人物の名から借りている、と思われる。そこでは、海上を軽快に航行するガレー船の舳先を摑んで船ごと山の頂に引き上げるレゴチ Regoč という巨人が力持ちの比喩としてあらわれている。

作品『レゴチ』にはコーシェンカという美しい少女の妖精《ヴィーラ》が登場する。ヴィーラ vila という妖精はクロアチアとセルビアとスロヴァキアの一部の民間伝承に知られている女性の神話的形象である（ブルガリアとマケドニアではサモヴィーラ samovila あるいはサモディーヴァ samodiva とよばれる）。ヴィーラは背が高く、ほっそりとして、美しい若い娘で、くしけずらぬ長い明るい色（ブロンドか亜麻色）の髪の毛をもち、白いロングドレスに身をつつみ、金のベルトを締めている。影のように軽やかに動き、ドレスの下に羽をもち空中を飛ぶ。共同生活を営み、人里はなれた山中の洞窟、湖、泉のほとり、あるいは雲の中に住む。歌と踊りを得意とし、馬や鹿に乗ることを好む。ふつう人間に対して好意的であり、孤児を護り、貧しい人に金銀の贈り物をする、家事を助けるなどして、人に幸福をもたらす。コーシェンカはそのような好ましい存在としての妖精《ヴィーラ》である。それゆえ、この作品では村の子供たちは村の真ん中に大理石で造った美しい塔を建てて、妖精《ヴィーラ》のヴェールを失って天上へ帰れなくなったコーシェンカにいつまでも住んでもらうことにした。

妖精《ヴィーラ》のコーシェンカと巨人レゴチは力を合わせて美しい村と子供たちを災いから救う。レゴチとコーシェンカは奇妙な友情によって結ばれているが、両者の結びつきは偶然ではない。クロアチアの民間伝承では、巨人や叙事詩の英雄たちは、妖精《ヴィーラ》と義兄弟・義姉妹の関係にあり、「妖精《ヴィーラ》の庇護下にある者」として「ヴィレニャク vilenjak」あるいは「ヴィレニク vilenik」とよばれ、その超人的な力を妖精《ヴィーラ》から得ているからである。

［この作品には美しい絵本の体裁による既訳がある。イヴァナ・ブルリッチ－マジュラニッチ作／ツヴィエタ・ヨブ絵／中島由美訳『巨人レーゴチ』福音館書店、一九九〇年］

『ストリボールの森 *Šuma Striborova*』

ストリボール Stribor という神はスラヴ神話には存在しない。ブルリッチ＝マジュラニッチが創造した神である。ただし中世ロシアの文献によれば、キエフ・ロシアのヴラジーミル公がキエフの丘の上に六杜の異教の神々の偶像を祀《まつ》って建てた神殿（十世紀後半）には、音韻上類似したストリボーグ Stribog という名の神がいた。ストリボールは「風の神」といわれるが、実体は不明である。神名 Stribog の構成の後半部の bog はスラヴ語で「神」を意味するが、前半部の stri- の語源と意味は、諸説はあるが、不明である。ストリボールは Stribor ストリボーグ Stribog をもじった造語であろう（後半の構成部 bor は「松」「松の森」の意味をもつ）。ストリボールは魔法の森の主であるとともに家の精たちの「お頭《かしら》」であり、家神の祖として人間の運命を左右することができる。

昔のスラヴ人の家屋では竈《かまど》は暖炉を兼ねた。竈（＝暖炉）は家族に調理された食を与えるとともに暖を与え、竈の火は悪霊を追い払った。竈は家の安全と平和と安らぎの象徴である。竈の火には祖先の霊が宿る、と信じられた。ブルリッチ＝マジュラニッチは竈の火の精たちを「家の精たち domaći」とよんだ。家の精たちはお婆さんの家の本当の嫁になる貧しい少女からもらった焚《た》きつけの木切れを燃やした竈の火から生まれて、お婆さんを助けて、愚かな息子を魔性の蛇女の迷いから目覚めさせ、家に幸福をもたらす役目をする。

『姉のルトヴィツァと弟のヤグレナッツ *Bratac Jaglenac i sestrica Rutvica*』

『昔々の昔から』の八篇の物語のうちこの一篇だけはキリスト教受容後の「昔」に時代が設定されている。キリスト教の信仰と人間の理性によって龍や妖精《ヴィーラ》などの魔物が人間世界から追放されたが、キテジ山だけは恐ろしい火焔龍と人間に悪意をもつ「ザトチニツァ」とよばれる七人の妖精《ヴィーラ》が住む最後の魔の領域として残っていた（キテジという名は、十三世紀にモンゴル＝タタール軍がロシアに侵攻したさい

「聖なるロシア」を異教徒から護るため湖底に消えた伝説の町キテジにその名を借りたもの）。しかしこの魔の山の頂上には魔物を寄せつけない結界となっている溝の円で仕切られた聖なる湖とその中島に建てられた小さな教会堂があった。

小さないくつかの公国が争い合う中世初期の時代、高貴で善良な公妃が家臣に裏切られて城を脱出せざるを得なくなり、夜ひそかに嬰児《みどりご》を抱いてひとり国を遁《のが》れた。国はずれのキテジ山の麓の村で貧しい羊飼いの娘の小屋に一夜の宿を乞い、その善良さを見込んで娘に公の家門の証《あかし》となる黄金のベルトと胸にかける小型の金の十字架を預けて、さらに遠くへと遁れる。

時が経ち、羊飼いの娘は善良な男性と結婚し、女の子のルトヴィッァと男の子のヤグレナッツを産むが、夫婦とも幼い二人の子を残して病死する。母親の葬儀の日、女の子は鷲《わし》にさらわれてゆく途中で山頂の聖なる湖の中島に落ちる。男の子は姉を捜して山に入り、さまざまな危険に遭いながら奇跡的に山頂に到り姉と出会う。危険や災いや誘惑から自分を護る術を知らない幼児《おさなご》たちは、その幼さとか弱さの純粋性のゆえに天佑を招き、奇跡の優しさに護られる。一方、公妃は他国で身分を隠して生きのび、幼かった公子は立派な勇士に成長する。

やがて公子は自分の出自を知り、公国を奪還する旅に出て、公家の証の黄金のベルトと金の小型十字架を失わずに持っている幼い子供たちと出会うことができ、キテジ山の魔物を退治する。魔の山は聖なる山に戻り、公子はその山麓に母と子供たちとともに平和な国を築く。

『うろつきっ子トポルコと九人の王子 *Lutonjica Toporko i devet županČića*』

「顔も体も洗わない人」を意味する「ネウミイカ Neumijka」という名の不思議な天空神が登場する。ネウミイカ爺さん Djed Neumijka は次のような性格をもつ。①顔を洗わず、髯《ひげ》を剃らず、爪を切らず、夜明けから日暮れまで大空を移動する。足には速歩きの農民靴《オパンキ》を履き、頭には桶の帽子を被っている。雲から雲へと歩き、二歩で空を渡る。桶の水で泉の水を汲んで、牧草地に露を降ろす。顎鬚《あごひげ》を振るって激しい風を起こし、指の爪で雲をちぎり、雨を降らせる。霧を散らせて太陽に顔を出させ、小麦の芽の育ち具合を観察する。②森と草地を何よりも大切にする。③人が知っていることを知らず、人が決して知り得ないことを知っている不思議な目をしている。④自然の若木（楓《かえで》、四手《しで》）の根株を揺り籠に入れて揺らして人間を創り出すことを人に教える。⑤山の上の岩の洞窟の中に眠る。⑥木の実を常食とし、ハーゼル・ナッツを好物とする。

　ネウミイカ爺さんはブルリッチ＝マジュラニッチが創り出した神話的人物である。ネウミイカ爺さんは風の神と降雨を司る神の性格をもつ。ネウミイカという神はスラヴ神話には知られていないが、アファナーシエフによれば、太陽神のダジュジボーグ Даждьбог は冬のあいだはその輝きを失い、老いぼれて、汚い乞食の襤褸《ぼろ》をまとって、不潔な「ネウモイカ неумойка」（「体洗わぬ者」の意）として現れ、髪をくしけずらず、散髪せず、体を洗わず、鼻をかまずに鼻汁を垂らす。彼の垂らす鼻汁は濃霧の隠喩《メタファー》である。太陽の金色の光が雲の切れ目から現れるためには「ネウモイカ」は鼻汁を拭かなければならない。ブルリッチ＝マジュラニッチはネウミイカ爺さんの形象を発想するにあたってアファナーシエフの「ネウモイカ」からヒントを得ていると思われる。

ネウミイカ爺さんは、自分の領土内の自然の樹木を愛し保護するユーリナ王に目を留める。ユーリナ王（原語の župan ジュパンを「王」と訳したが、クロアチア中世では初期の国家形態は「župa ジュパ」とよばれる部族連合共同体であり、ジュパンは「族長」的な王であった）はひとり息子を亡くして悲しみのなかにあった。ネウミイカ爺さんはそんなユーリナ王を哀れに思い、かつて王が水を与えて枯死から救った九本の楓の若木から九人の息子を生まれさせる方法を王に教える。「ヤヴォル javor」という西洋楓は二十〜三十メートルの高さに達する美しい木であり、スラヴの口承文芸のバラードでは母親の呪文によって木の姿に変えられた人間でもある。また、子宝に恵まれない夫婦が、森の木を伐ってその根株や丸太を揺り籠に入れて子守唄を歌いながら揺すると、それが子供に変わるという人間の異常誕生のモチーフはスラヴの昔話に知られている。

ユーリナ王には彼が自分の片腕として信頼していた重臣（いわば「城代家老」に当たる）がいたが、これが腹黒い人物で、楓から生まれた九人の王子を亡き者にしようとする。重臣は牧草地の隅に九本の楓と並んで生えていた四手の木を伐り、それで斧の柄を作らせる。ネウミイカ爺さんは、四手の木を伐れ、とは言わなかった。重臣が自分の勝手で伐ったのである。「グラブ grab」というカバノキ科に属する四手の木は、南スラヴ人の俗信によれば、魔除けの特性をもつ神聖な樹木であり、伐採したり、傷つけたりすることは禁じられた。重臣は四手の木で斧の柄を作るように年老いた大工に命じるが、大工の賢明な妻が楓の木から王子たちが誕生した秘密を知って、月夜に四手の木を揺り籠の代用の飼葉桶に入れて揺り動かして男の児に変え、「トポルコ」と名づける。自然児のトポルコはネウミイカ爺さんと毎晩対話し、機敏で利発な子になる。トポルコは九人の王子たちを暗殺者の魔手から救う。九人の王子たちはネウミイカ爺さんの弟子となり、山中にあって自然のなかで生き、耐久力をつける訓練を受けるが、地上に降りることは許されない。賢明なトポルコはネウミイカ爺さんを出し抜いて、王子たちを地上に降ろすことに成功し、重臣の悪事を暴き、悪を滅ぼす。

『婚礼介添え役の太陽とネーヴァ・ネヴィチツァ *Sunce djever i Neva Nevičica*』

スラヴ神話においては、夜が最も長く昼が最も短い冬至の時の太陽は老いた弱々しい神、昼が最も長く夜が最も短い夏至の時の太陽は血気盛んな若い神として表象される。この太陽神と対偶関係にある女神として想定されるのが大地母神のモコシ Mokoš である。しかしモコシという名をもつ大地母神の伝承は東スラヴにおいて微かに残るのみで他のスラヴ地域においては忘れ去られた。

この作品に登場するモコシはブルリッチ＝マジュラニッチが創造した大地母神である。夏の太陽は海の果てから水浴びを楽しみながら昇り、同じようにして海の果てに沈むと想像された。しかしこの作品では秋と冬の弱った太陽は地の果ての湿地帯に沈み、そこに住むモコシの世話になる。モコシは太陽の乳母であるが、変身能力があり、薬草の知識に通じ、呪文を用い、良いことも悪いこともする魔女的な存在として描かれている。

夏至は、梅雨期のさなかで青空も太陽も見えない日がつづく日本では強く意識されることは多くはないが、ヨーロッパでは太陽が中天に燃えて燦々《さんさん》と輝き、光と熱の中で生きとし生けるものの生命力が最高潮に達する時点の夏至の季節は、太陽崇拝の神話と祭りを産み出した。この作品はそのような神話的幻想世界の産物である。

『ヤゴル Jagor』

幼い孤児《みなしご》を虐待する継母《ままはは》は、「ポルドニツァ Poldnica」という妖怪と結託して悪をエスカレートさせる。ポルドニツァは東スラヴと西スラヴに知られている神話的形象で、そこでは真夏の真昼時の直射日光の精であり、日射病の擬人化である。ポルドニツァは夏の真昼時に畑に現れて、そこで働いている人を襲う。ロシア北部の伝承によれば、ポルドニツァは輝くばかりに白い衣を着た、背の高い若い娘、あるいは巨大なフライパンを両手でかかえた美しい女性、あるいは胸の大きな、長い髪を振り乱した女性として想像される。西スラヴ人の俗信によれば、ポルドニツァは罪深い人や魔女の死霊からでた怪異で、地獄に住み、穀物の収穫時に畑に現れて刈り手を苦しめる。ポルドニツァはライ麦の花の咲くころと穀物の成熟期に畑の畦道《あぜみち》にいるのが見られる。ポルドニツァには善良な場合と邪悪な場合とがある。善良なポルドニツァは巨大なフライパンで穀物と草を真昼の灼熱の太陽光線から護るが、邪悪なポルドニツァは白熱したフライパンを裏返しにして穀物の穂や花を焼く。ポルドニツァは禁止命令を無視して真昼時に畑で働く刈り入れ人たちに対しては特に残酷に対応し、日射病にさせたり、首を捻じ曲げたり、くすぐり殺したりする。道で出会った人の首を大鎌で刈り、幼児を奪う。それゆえに、真昼時に種まきをしたり、刈り入れをしたり、子供を監督しないで放っておくことは禁じられた。ポルドニツァからのがれるには、何かの農事の全段階を順序だてて細かく説明しながら、十二時まで辛抱しなければならない。例えば、亜麻の栽培については種まきから始めて収穫におよび、繊維を採り、糸を紡ぎ、亜麻布を織り上げるまでの全過程を説明しなければならない。

ブルリッチ＝マジュラニッチの創造したポルドニツァ（「真昼婆さん」）は悪しき妖怪である。①ちょうど正午に地下の隠れ家から出てきて、夏の炎暑の中で蛇のようにじっと身をひそめて刺草《いらくさ》で突き刺す人を待ち伏せする。②子供をさらい、地下の隠れ家に連れ去る。③大食いである。地下の打穀場のような広い場所に十二個の竈《かまど》があり、そのうちの六個は赤い炎を出す赤い竈で、そこでは子羊が焼かれ、他の六個は黄色の炎をだす黄色の竈で、そこでパンが焼かれる。これらはポルドニツァ婆さんの一回分の食事である。そこは灼熱地獄である。④笑うと鼻が垂れ下がり、顎《あご》が鼻まで持ち上がる醜悪な老婆である。⑤鉄と岩で囲まれた石地に羊の囲い場があり、巨大な羊を飼っている。⑥邪悪な継母と結託して子供を滅ぼそうとするが、最後は家神のバガンによって滅ぼされる。

孤児のヤゴルを助け護るのは、家畜小屋の中の若い雌牛と若い雌山羊と家神のバガンである。「バガンBagan」という家の精はクロアチアの民間伝承にはなく、これもブルリッチ＝マジュラニッチの創り出した神話的存在である。バガンはベラルーシの民間信仰に知られている家と家畜の守護霊である。ベラルーシ人の俗信によれば、バガンは善良な精霊で、有角家畜の守護者であり、家の主人が善良な人間であるか邪悪な人間であるかによって主人の家畜の繁殖の良し悪しを決め、主人が良い人であれば、彼の家畜は多産で、健康な子孫が殖えるが、主人が悪い人である場合は、彼の家畜は繁殖せず、病気になったり、死んだりする。ベラルーシ人は家畜小屋の中にバガンのために飼葉桶と干草を備えた特別の場所を設ける。そうするとバガンは善良な主人の家畜小屋に移り住み、家畜を病気や事故から護り、特に重要なことは家畜の出産を助ける、と信じられた。バガンのために用意された干草には薬力があると信じられ、保存されて出産後の雌牛にそれを食べさせた。

作品『ヤゴル』に登場するバガンはベラルーシの民間伝承のバガンに発想のヒントを得ていると思わ

れるが、ブルリッチ＝マジュラニッチの創り出した独自の形象であり、先祖霊が宿った家神の性格が明瞭にあらわれている。①バガンは家畜小屋の編み壁の中の麦束の中にいる。その麦束はヤゴルのおじいさんがバガンを招くために編み壁の中に入れたものである。②バガンは家畜と家の中のすべての財産を護っている。③若い雌牛と若い雌山羊は幼い孤児に、バガンを招くために小さな飼葉桶を作って、誰にもわからない所に藁《わら》を敷いて置き、手にひと掬いの飼葉を入れるように、教える。④継母に虐待されている子供は家畜小屋の中でバガンに保護されて順調に育つ。⑤バガンは親指のように小さく、足には小さな馬の蹄《ひづめ》がついていて、頭は人間の頭だが、牛の角がついている。二十日鼠《はつかねずみ》のように小さいが、巨人よりも力が強い。⑥バガンは家の本当の支配者である。動物植物ばかりでなく無生物にいたるまで家の中のすべてのもの――扉のかんぬき、竈の上の煤《すす》けた掛け鉤《かぎ》、腰掛、紡錘《つむ》、三脚台、長持、古いランプ、小麦、羊毛、藁、蜘蛛《くも》、軒下の燕《つばめ》――がバガンに従う。⑦バガンは、ふだんは妖怪じみた姿でいるが、最後に、長い白い顎鬚を伸ばし、白いシャツを着た老人の姿をとって一瞬現れ、子孫を祝福して消える。そのことからバガンは先祖霊の宿った家神であることが分かる。

☆　☆　☆

スラヴ民族の魂の物語

スラヴ人はその民族形成期において大規模な移動と異民族・他国への隷属によって古来の独自の神話を失った。前述したように、古代スラヴ神話は、残存する神名や神格の特徴の記録を基礎に置いて、種々の二次的資料とさまざまな観点から再構築されるべき対象である。イヴァーナ・ブルリッチ＝マジュラニッチは既知の神名と神話的存在の散発的伝承を駆使して、古代スラヴ神話的な物語を紡ぎ出した。

イヴァーナは長男イヴォへ宛てた手紙の中で書いている。

「神話に多少とも興味をもった人ならば、残念ながら、われらがスラヴ神話はその全体においてほとんど一貫したつながりのない推定の一つの塊にすぎないこと、神名だけが柱のように突っ立っている廃墟の原であることを、結局は知ることになります」

スラヴ神話的物語『昔々の昔から』は口承文芸に見られるスラヴの民衆精神に基づいて構成されている。イヴァーナは『昔々の昔から』と民衆詩歌の精神との内的なつながりを同じく息子への手紙の中で強調している。

「その観点からすれば、私の『昔々の昔から』は、本当は、私のものではなく、スラヴ民族の魂の物語、予見、希望、信仰、支柱なのです。スラヴの大地と光から、スラヴの河川と海の水蒸気から、スラヴの大雪と吹雪から、スラヴの畑の穀物から——私たちの体、スラヴ民族の体は創造されており、再生されています。一方、私たちの魂は、スラヴ民族の感覚、感情から、スラヴ民族の知覚と認識から構成されています。私が今後、完全に自己の内に沈潜して、まさしくスラヴ民族の心情から何かを書くことができるならば、その時にはそのようにして書かれたものはすべて、正真正銘の民族詩歌となるでしょう」

イヴァーナ・ブルリッチ＝マジュラニッチの『昔々の昔から』は、自らそうなることを願っていた「スラヴ民族の魂の物語 priča duša slavenskoga plemena」となったのである。

訳者あとがき

私が「クロアチアのアンデルセン」とよばれるイヴァーナ・ブルリッチ＝マジュラニッチの名を知ったのは、もう半世紀も前の昔のことです。一九五〇年代の末のころ、ハンガリー語ハンガリー文学研究の泰斗、徳永康元先生から「東欧文学」の勉強を勧められ、万巻の書を擁する先生の書斎から借り出した数冊の「東欧文学」関係の本のなかの一冊、バラッツ著『ユーゴスラヴィア文学史』（Antun Barac. *A History of Yugoslav Literature*. Beograd, 1955）の中にその名前を見つけました。そして、クロアチア、セルビア、スロヴェニアの文学を包括する「ユーゴスラヴィア文学」という未知の文学世界に憬れをいだきました。それがきっかけとなって、当時のユーゴスラヴィアの公用語の一つ「セルビア・クロアチア語」の勉強を始めました。セルビア・クロアチア標準文語のクロアチア・ヴァージョンを学ぶには、文章が易しそうな児童文学のジャンルのブルリッチ＝マジュラニッチから始めるのが良いだろう、と勝手に見当をつけました。ところが、これがとんでもない見当違いであることが、後になって分かりました。ブルリッチ＝マジュラニッチの文章は、子供向けの言葉の枠に縛られず、彼女独特の語彙や語法があって、決して易しくないうえに、スラヴ神話のイメージを駆使して書かれているので、言語ばかりではなく、その文化背景の理解が必要であることを痛感しました。

スラヴ神話は「物語」としては伝承されていないので、ばらばらの断片としてのみ残存しているにすぎない神話要素をつなぎ合わせ、組み合わせてストーリー性をもたせないと、言葉の本来の意味での「神話」にはなりません。スラヴ神話の祖型を再建するのは、比較神話学者の課題ですが、それを文学化して「物語る」のは作家の仕事です。ブルリッチ＝マジュラニッチは『昔々の昔から』においてその課題を見事に果しました。

スラヴ神話は完全な「神話」の形では残されていませんが、スラヴ世界の各地に伝承されている昔話、民衆歌謡、伝説などのフォークロア資料に基づいてそれを復元することは不可能ではありません。「ロシアのグリム」といわれる民俗学者アファナーシエフの大著『スラヴ人の詩的自然観』（全三巻、モスクワ、一八六五－一八六九年）は、スラヴの多様な民間伝承の綜合を踏まえて古代スラヴ人の神話的世界の再現を試みた労作であり、スラヴ神話の研究のためには欠かせない基礎文献です。しかし、神話的幻想の宝庫であるこの二四〇〇ページを超えるかさばった本は、長いあいだ絶版のままで、特に無神論的な科学万能主義のソヴィエト期のロシアでは無用の長物であったらしく、一、二の抄録・簡約版は別として、再刊されることがなく、不便を感じておりました。一九七〇年になってようやくオランダの「ムートン」社からリプリント版が出たおかげで同書の勉強が可能となり、爾来、私の座右の書となりました。

解説「イヴァーナ・ブルリッチ＝マジュラニッチの神話的幻想世界」で書きましたように、『昔々の昔から』の物語の発想にあたり作者にインスピレーションを与えたのは、アファナーシエフの『スラヴ人の詩的自然観』でした。イヴァーナさんが私と同じ本の愛読者であることを知って、私はこの作家をいっそう身近に感じるようになりました。

ブルリッチ＝マジュラニッチの『昔々の昔から』が世界的な名作であることを確信していた私は、この作品の邦訳がないことを残念に思っておりました。一九六六年ころのことと記憶しておりますが、友人のポーランド文学者、吉上昭三さんが、できれば翻訳するつもりだ、と言って、クロアチアで出版された二冊の美しい絵本の形の『レゴチ』と『ストリボールの森』を見せてくれました。その二冊の絵本の吉上昭三訳か、あるいは御夫人の内田莉莎子さんによる翻訳が、やがて出るものと期待しておりましたが、それは実現せず、だいぶ時が経った一九九〇年になって中島由美さんによる翻訳『巨人レーゴチ』（イヴァナ・ブルリッチ－マジュラニッチ作・ツヴィエタ・ヨブ絵）が福音館書店から出版されました。

一方、私は自分の愛読書となった『昔々の昔から』を語彙や表現法をメモしながら、細部を忘れないように、あくまでも自分のための、粗い訳を大学ノートに書きつけておきました。そのノートのうちから、粗削りの訳文に手を入れて、これまでに「ストリボールの森」を、亡き吉上昭三・内田莉莎子御夫妻にささげた東中欧文学アンソロジー、小原雅俊編『文学の贈物』（未知谷、二〇〇〇年刊）に、「漁師パルンコとその妻」を、故千野栄一教授を記念して編まれた飯島周・小原雅俊編『ポケットの中の東欧文学』（成文社、二〇〇六年刊）に発表し、ブルリッチ＝マジュラニッチの世界を少しばかり紹介することができました。

『昔々の昔から』はクロアチア人にはなじみ深い幻想世界である、と思われます。なぜならば、そこに登場するキャラクターのスヴァロジッチ（若い太陽神）、ビェソマール（原始の森の悪霊の頭領）、コーシェンカ（美しい少女の妖精）、チビ助ティンティリニッチ（家の竈《かまど》の火の神）は、二十一世紀に入って発行された「クロアチアの妖精世界」という郵便切手のシリーズの画像になっており、また『ストリボールの森』『レゴチ』『婚礼介添え役の太陽とネーヴァ・ネヴィチツァ』などは美麗な絵本の形の児童書として版を重ねて広く読まれているからです。

『昔々の昔から』を構成する八編の物語の主人公たちは、いずれも最も小さく、最も弱く、最も貧しい存在です。それらの主人公たちは、自分の置かれた生活環境によって、最も邪悪な存在との闘いの場に否応なしに押しやられます。最も小さく、最も弱く、最も貧しい者たちは、その無防備の純粋さのゆえに、天の助けによって不正に勝ち、悪を滅ぼします。主人公を助ける天は、天空界・自然界の神であったり、亡き母の霊や先祖の霊であったりします。そこに神話的存在が介在します。それは、キリスト教受容以前の古代スラヴの神々です。おおよそ人間が空想・想像し得るものはすべて、それが人間の真・善・正義・美につながるものであるかぎり、必ず現実に存在します。それがイヴァーナ・ブルリッチ＝マジュラニッチの文学世界です。

二〇〇八年の晩秋のこと、私は、大阪大学大学院人間科学研究科ＧＣＯＥプログラム「コンフリクトの人文学」セミナーの「ヨーロッパ／非ヨーロッパ――東欧の現代文学」の研究会にお招きを受けて、「イヴァーナ・ブルリッチ＝マジュラニッチとスラヴ神話」と題して公開講演をする機会に恵まれました。この集まりには幾人かの親しい方々の御顔が見えていたので、こちらも安心して力まずに、自分の愛書『昔々の昔から』に対する心情を述べることができました。その研究会の折、知られざる「東欧文学」の発掘者である松籟社編集部の木村浩之氏のお目に、この隠れた名作『昔々の昔から』が留まりました。

長いあいだ篋底《きょうてい》に眠っていた試訳の『昔々の昔から』が、地味な外国文学の翻訳書の出版が困難な現況下に、陽の目を見ることができたのは、ひとえに木村浩之氏の侠気とご努力によるものです。

翻訳にあたっては、Ivana Brlić-Mažuranić. *Priče iz davnine*. Treće izdanje. Matica hrvatska. Zagreb, 1926. を底本として使用しました。

この原書第三版は画家ヴラディミル・キーリン Vladimir Kirin の筆に成る挿絵が入った決定版であり、それらの挿絵はスラヴ神話の幻想に豊かな彩りを添えています。

木村氏は、拙訳を丹念に読んで適切な助言をくださったばかりでなく、キーリンの挿絵を本書にも入れるべくいろいろ心を配ってくださいました。そのことを心に銘じて同氏に感謝の意を表します。なお、キーリンの挿絵の著作権者に関しては不明な点が多く、正式な権利所有者を確認したうえで著作権使用の契約成立にこぎつけるまでには、亀田真澄さんのお力をお借りしました。そのご努力とご厚意に対して亀田さんにこの場をお借りして御礼申し上げます。

二〇一〇年五月　暮れゆく春の札幌にて

栗原　成郎

【訳　者】
栗原　成郎（くりはら・しげお）
1934 年東京都目黒区生まれ
東京大学名誉教授　博士（文学）
〈専攻〉スラヴ文献学（スラヴ語学文学研究）

〈主要著書〉『スラヴ吸血鬼伝説考』（河出書房新社、1980 年）、『スラヴのことわざ』（ナウカ、1989 年）、『ロシア民俗夜話』（丸善、1996 年）、『ロシア異界幻想』（岩波書店、2002 年）、『諺で読み解くロシアの人と社会』（東洋書店、2007 年）
〈主要訳書〉プーシキン『ボリース・ゴドゥノーフ』（『プーシキン全集』第三巻、河出書房新社、1972 年）、アンドリッチ『呪われた中庭』（恒文社、1983 年）

昔々《むかしむかし》の昔《むかし》から

2010 年 7 月 9 日　初版発行　　　定価はカバーに表示しています

著　者　イヴァーナ・ブルリッチ＝マジュラニッチ
訳　者　栗原　成郎
挿　画　ヴラディミル・キーリン
発行者　相坂　一

発行所　松籟社（しょうらいしゃ）
〒 612-0801　京都市伏見区深草正覚町 1-34
電話　075-531-2878　振替　01040-3-13030
url　http://shoraisha.com/

装　丁　西田優子
印刷・製本　モリモト印刷（株）
Printed in Japan

© 2010　ISBN978-4-87984-284-8　C0097